U0483243

在城中

许伟杰 著

汕头大学出版社

图书在版编目（CIP）数据

在城中 / 许伟杰著. -- 汕头 : 汕头大学出版社, 2023.12
 ISBN 978-7-5658-5067-7

Ⅰ．①在… Ⅱ．①许… Ⅲ．①长篇小说－中国－当代 Ⅳ．① I247.5

中国国家版本馆CIP数据核字（2023）第239259号

在城中　　　　　　　　　ZAI CHENG ZHONG

| 著　　者：许伟杰
| 责任编辑：闵国妹
| 责任技编：黄东生
| 封面设计：宋汝冰
| 出版发行：汕头大学出版社
| 　　　　　广东省汕头市大学路243号汕头大学校园内　邮政编码：515063
| 电　　话：0754-82904613
| 印　　刷：武汉市盛宏源印务有限公司
| 开　　本：787mm×1092mm　1/16
| 印　　张：16
| 字　　数：204千字
| 版　　次：2023年12月第1版
| 印　　次：2023年12月第1次印刷
| 定　　价：58.00元
| ISBN　978-7-5658-5067-7

版权所有，翻版必究

如发现印装质量问题，请与承印厂联系退换

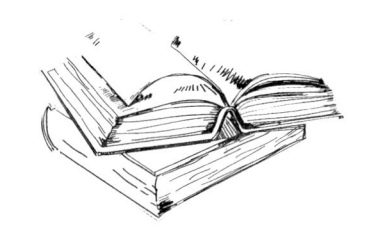

自序

我小时候喜欢写日记来表达自己的情绪，这跟我的成长经历有些关系。瘦小、懦弱、自卑这是老师对我的印象，所以被欺负也是常有的事，加上陌生环境带来的压迫感，那种无助和漠然的情况常常发生。算了下，我经历了数十次搬家，居所从不固定，所以我在悲欢离合中成长，一次次失去，一次次得到，循环往复。这本书的内容融合了我儿时至青年的生活，我对其中情节记忆犹新，甚至不敢忘怀。

城市的建设离不开农民工兄弟，浩浩荡荡的乡村人从天南海北聚集到一座又一座新兴城市，付出辛勤与汗水，恨不得把时间榨干，即使身体脱虚也无所谓，只为换得财富。城市之所以好，是因为它承载着人的欲望——渴求优良的教育环境、医疗环境、社会环境等，让人们疯狂，趋之若鹜。

书中表现了人物对城市的执念。首先，是李晓茂父母对城市的执念，在城市打拼，小人物的最初梦想是生存，继而是拥有立身之地，拥有城市的房子是那代人极其渴望且迫切的憧憬。后来，当梦想无限之远大时，生活中最致命的矛盾才逐渐显现，这段历程会把人的身体和灵魂狠狠折磨。我觉得我的父母拥有很强大的内心，因为他们是从坎坷之路走出来的。

李晓茂对城市的执念相较于父母，过犹不及，这是家庭执念的延续。当他承受了种种是非以及不如意时，便认为都是自己的错，是自身不够强大的缘故，这是自卑的体现。当李晓茂完全置身城市时，他已脱离淳朴的乡村社会，被城市社会同化，当他再度回首时，便会觉得陌生、惶恐。人和事总会改变的，感情也随时间淡化，如此，他再去看待儿时玩伴或是家乡亲人时便徘徊不前，甚有抵触心理，直至远离那种他不愿再度承认的关系。这是一种悲哀，社会虽然在进步，但也搁浅了人最初的感情。身在俗尘里，事有不得，隐隐约约，朦朦胧胧，辨不清，道不明。

每个人的求学之路常与孤独为伴，这恰好让我们有了自省的时间。懂得放下，才不会萦绕痛苦；懂得保护自己，才足以得到内心的光明。每个人的遭遇有所不同，但终归有相近的地方。少时，我最喜欢的就是到书店里读书，那段时间非常惬意，因有这样的读书体验，才能心中无所顾虑，也逐渐看淡人与人之间诸多实质性的区别，接受，然后有所选择，主观地认识自己。迷惘也常伴随，可那又怎样呢，这是必然的，慢慢适应它，消化它，最后你会发现，那不过如此啊！

我衷心希望阅读这本书的少年，这本书能在你遇到困难时给予一点方向的指引。当然，我觉得家长也有必要读一读，读出孩子的内心，读出他所要面临的困境，帮助他。这样，他在成长中，便不是孤军奋战。

1

一棵龙眼树下,李晓茂光着膀子,跷着腿,悠闲地躺在秸秆堆里。他的嘴里叼着根芦苇秆,正眯着眼瞧向树梢上站立的麻雀,他很想丢一块石头把那只麻雀吓跑。远处忽然传来呐喊声,喊的都是李晓茂的名儿。和他做游戏的一群伙伴找不见他,他心想:就这样躺到黄昏日落,任由这些家伙找吧。

只听其中一个孩子说:"这家伙,准又是耍赖了。算了,咱不跟他玩了。走。"说完,气愤地举起玩具枪向天空扣去,砰砰就是两枪,塑料子弹急速飞射,惊得雀鸟扑扇翅膀飞走。

李晓茂这一躺就是一个下午,直到晚霞从天边出现,万丈金芒,如镶了金箔一般。

李晓茂的奶奶长呼短喝,声音都传到天边去了,才终于唤醒睡眼惺忪的李晓茂。李晓茂打了个长长的哈欠,气丝顺畅,一通到肺底。

他双手撑地,心里一惊:"糟了,怎么迷迷糊糊地睡着了。"

李晓茂奶奶一个劲地呼喊,才得来李晓茂的回复:"奶奶,我在这儿。"

"快跟我回去，饭菜都凉了……"奶奶埋怨道，她余下说的闽南方言中还夹杂些粗俗的脏话。大抵是说，李晓茂跟他爹一样，糙得很，皮得很，不让人省心，最后还骂起了他爹，说他爹没良心。

李晓茂对着奶奶傻笑："嗯嗯嗯……好……好好。"

奶奶最后说的话很小声，他听不清，且如果听清了，他还小，多半听不太懂这些复杂的闽南方言。

他任由奶奶拽着他的手，调皮地倾倒身体，脸上嬉皮笑脸。

不远处的一座晒谷埕上站着好几个人，有的站在埕道边；有的蹲在沟渠坎上；有的单脚搭在草墩子上。这些人都是李晓茂的亲人：站在埕道边的，李晓茂要叫他一声二伯；蹲在沟渠坎上的，李晓茂要叫他一声大哥。他们手中全拿着白瓷碗和筷，碗中盛着稀饭、咸菜卜，稀饭被他们一口接着一口地吃进肚里，再咬上一口香脆的咸菜卜，别提多有滋味。他们吃得神色满足，脸上不住地冒出汗来。

大伯对他说："茂子，明天跟你三哥上学去好不好啊？"

李晓茂这年五岁，还没尝过上学的滋味。说是上学，并非正儿八经、堂堂正正地坐在课堂里。他才五岁，不到上小学的年纪。大伯只是让三哥李青田带带他，去学校走一遭，提前感受下学习氛围，避免李晓茂到处乱跑，惹是生非不说，还给他奶奶添麻烦。

李晓茂答了一声："好。我早就想去了。"

"你不怕吗？"

"怕什么？"

"怕老师啊。"

"老师有什么可怕的。"李晓茂想起前日大伯家来了一人，那人粗眉毛，留有胡须，看着约莫三十来岁，见李晓茂时，脸上笑乐着，让李晓茂感到亲切。在酒桌上，听大伯说那人是老师。

"你要不好好学习，老师把你抓起来，拎到教室外罚站。"

"才不会呢。"李晓茂稚嫩的声音和自信的神情逗乐了在场的人。

那天夜里，李晓茂就想着上学会是个什么样的呢？他从未去过学校，大哥、二哥、三哥平日里见不到人影，其他比他大的孩子也老看不着，只有到傍晚时，才见他们背着书包回来，有说有笑，像比吃了蜜糖还要高兴。上学这么好玩吗？

李青田可犯了难，学校哪能随便带人来，又不是祠堂，况且他这个弟弟这么小，不到上学的年纪，要是被发现，肯定连同他一起被老师撵出来。

但他爹的指示他又不敢不从。第二天，他硬着头皮，拉着李晓茂的手去学校。学校在梅庭街道，离家有三里地，要踩着泥路，蹚过草地，在田间垄子上行走几个来回，七弯八拐，才能走上用水泥铺成的大马路。

大清早，太阳初升，这个间当儿，田间垄子上还有菜地里迎来许多背着书包的孩童。远处高坡上，有人喊了李青田一声，李青田睁大眼望去，而后回喊了一声，这清脆的声音在空旷的田地里荡漾开来。

喊李青田的男孩是李青田的同班同学林甘麟，他们在田垄的拐角处碰面了。一见面，林甘麟就嬉笑着说："你怎么还带个拖油瓶来。"

李青田无奈地笑了笑，说："这不，我爹发话了。"

"你要让他藏在哪里？"

"跟秦老师说说，应该可以吧？"

"你忘啦，咱班于乐伟就带他弟弟来过学校，还不是照样被秦老师撵出去了。"

"那怎么办？我爹让我照顾着。"

"这样……你……"林甘麟在他耳边嘀咕了几句，李青田皱起眉头说，"这能行吗？"

"试试呗。"

"只能这样了。"李青田苦笑一声。

李晓茂听不见他们的对话，跟在他们的后头，把玩着从稻田边摘来的芦苇条子。山峰上的云雾堆积，像一团饱满的肉丸子。田间风大，李晓茂的衣衫翻卷过来盖住了他的脸，露出了他光溜溜的小肚腩。这件衣服实在太过宽大，是三哥长个子后穿不下的衣服，伯父拿给他穿的，但他那样矮小瘦弱，穿起来极不合身。

一走上大路，李晓茂的心思就投在了这四面八方而来的学生身上。他们个个背着书包，脸上洋溢着快乐的神情。

李晓茂像只小猫一样让三哥牵着。走过一条窄桥，再沿着泥路走一里地才终于抵达学校。

这所学校名叫新勒小学，有一个超大的半圆形操场，操场中央筑有一个四方台，四方台上立着一根铁柱子，铁柱子上挂着迎风飘扬的五星红旗。那鲜艳的颜色第一次印刻在李晓茂的瞳眸中。学校的围墙用土坯夯起来，四周还有草田，教学楼和民房差不多，只不过占地面积比普通民房大，且有两层高。这所学校是四个村的村民们掏钱共同修建的，来此读书的孩子有一百多人，分学级，一个年级一个班，仅七位老师，其中包含校长。

孩子们陆陆续续地涌进学校。三哥现在读四年级，李晓茂在三哥的带领下来到班级门口。进班级后，李青田把李晓茂带到他的座位。李青田的座位临着窗边，位于纵列第四排，恰巧这排前后桌的左边都是窗台，这窗台的下方有个空处。

李青田要李晓茂藏进去，等下课再出来。这空处只要在外边盖一件衣服，就能遮得严严实实。因为窗台低矮，正好与课桌平行，因此藏在这里边极难被人发现，更不会引起老师注意。

这个时间段尚早，还没有太多人。有几个学生进班级后就瞧见李青田身后跟了个陌生人，饶有兴趣地凑了上来。

"李青田，你胆子还挺肥。"说这话的是班里出了名的捣蛋鬼——王虹响。

"你可别嚷嚷，我这是带我弟提前来认认学校。"

"要想不让老师知道这事儿也可以，如果你愿意请客，我就不告诉老师。"

"你……是故意的吧！找茬？"

"哪有，我不过是希望咱班有点纪律，毕竟学校不是随便想让啥人来就能带啥人进来。"

李青田不耐烦地说："少废话，你要是敢说，小心我揍你。"

王虹响摊开双手，撇嘴一笑："不说就不说咯。"

王虹响耸了耸肩膀，灰溜溜地回到座位上，他之前惹过李青田一次，被李青田扇了三个巴掌。李青田凶狠地盯着他的样子，令他毛骨悚然，现在回想起来还心有余悸。

铃声响起，李青田赶紧叫李晓茂藏进"小山洞"。李晓茂虽极不愿意，但三哥命令式的口吻令他不敢反抗。"小山洞"矮小，他只能坐在地上。在三哥的严厉警告下，他不敢出半点声音。期间，他只能侧耳倾听，班里刚刚还此起彼伏的吵闹声瞬间安静了下来，接着响起了低沉的男声，显然，这声音的主人就是秦老师。

秦老师一上来就拍桌了，大声批评和训斥班级同学，说他们的作业一塌糊涂，乱做一通。他一巴掌拍在那沓作业上，吓得李晓茂"啊"地叫出了声。

"谁的声音？"秦老师皱起眉毛，三四条抬头纹拧巴在一起。

"啊，老师，是我。"李青田吓得站起了身，他不敢直视秦老师的眼睛，额头上冒出冷汗。

秦老师只当刚才自己的行为吓坏了学生，李青田的反应说明震慑效果极佳，证实了他的威严足，有震慑力，学生们非常听话，他暗自得意自己在班里的地位。表面上，秦老师依旧不苟言笑，饶有得势地做出一副深沉的架势，说道："坐下。"

李晓茂心里犯着嘀咕，心想：这老师果然如他们所说，凶得很，严厉得很啊！

时间似乎过得很慢，一直佝偻着身子令李晓茂腰椎酸痛。他想挪动几下，不承想把桌子撞摇了几下，破烂木桌突然发出咯吱咯吱的声响。

秦老师正念着课文，这声响顿时让他停住了嘴，转头看向李青田，怨怒的神情表现在脸上。李青田心中又是一惊，抬头向秦老师看去，秦老师的眉头紧紧地拧在一块，李青田的心里开始忐忑不安起来。

其他同学不敢吭声，教室突然静得可怕。林甘麟瞪大了眼睛，似乎在说："李青田你要完蛋了，你弟弟也忒不安分了吧。"

秦老师看出了端倪，那件挂着的衣服很是可疑，联想平日，李青田可不会这样做。他绕了一圈，来到李青田跟前，秦老师一米七六的个子，那双俯视的眼睛就像鹰眼一样洞穿心虚的李青田。

"拉开！"秦老师只说了两个字，却好像圣令一般。

李青田低着头，拉开了衣服，他不敢看向里边，也不敢看秦老师，他知道自己准会被秦老师留堂打扫卫生并且罚抄书本课文了，像料定了后事似的，他作好准备，接受责罚。

然而，秦老师轻咳了一下，说："站起来。"

李青田倏地一下站起来，站得笔直。"你刚才发出这么大的声响，影响了同学们上课，下不为例。"

李青田的脑袋嗡嗡的。"就这样？……"他想不通秦老师啥时候这么好了。

待秦老师走向讲台时，他斜着眼睛朝"小山洞"看去，差点惊呼出声音。

李晓茂呢？

2

  李青田疑惑，好端端的一个活人竟从自己眼皮子底下不见了。不过也好，秦老师没发现就是天大的幸运。准是李晓茂猴精，说不定他躲在桌子底下了。李青田这样想着，便一点点地弯身，假装在翻找抽屉的书本。

  但是，他依旧没能看见李晓茂的身影。

  忽然，身后传来女生惊声尖叫。李青田吓了一跳，连忙转过身看去。秦老师本来背过身写黑板字，冷不丁地传来刺耳的尖叫声令他着实难受。

  "吴小丽，你在叫什么？"秦老师声音提高了不少。

  吴小丽惊恐地说道："老师，我桌子底下有个小孩。"

  别座的学生一听就来了兴趣，半弯起腰，伸头看去。秦老师来到吴小丽跟前俯身一看，李晓茂坐在地上，正对着他笑。秦老师深吸一口气，生气地看向吴小丽："你带你弟弟来做什么？"

  吴小丽委屈地说："老师，这不是我弟弟。我也不知道呀！"

"你出来。"秦老师蹲下身，对着李晓茂说道。

李晓茂睁着大眼睛看他，但不肯出去。他想，要是自己出去了，这老虎似的秦老师肯定要收拾自己。

秦老师对扰乱课堂秩序的学生的惩罚是极为严厉的。

"谁带来的？"他环视教室一圈，强压怒火。

隔着一排座位的张正铭开口道："是李青田带进来的。我看见了。"张正铭的脸上似有幸灾乐祸之色。

李青田咬着牙，狠狠地看着他。之前与张正铭的恩怨仅仅只是一次游戏上的较量，没曾想他还惦记着。

最终，李青田被罚扫班级门前的空地，还被秦老师劈头盖脸地训了一顿。李晓茂则被赶出了教室。

这倒好得很，李晓茂不用缩在"小山洞"里了，便在校园里逛了起来。校园就一栋教学楼，楼前就一处操场和一坛花园，他除了在花园里翻翻泥土，就无乐子可寻。大门由一个五六十岁的爷爷守着，没有响放学的铃声，他是不会把门打开的。

不过一会儿，下课铃声响了。最先走出教室的是秦老师，秦老师一走，大家撞开桌椅，向班外奔去。

李青田气势汹汹地奔向张正铭，张正铭见势不妙，急忙扭转身子，跑出教室。于是，李青田追，张正铭跑，一群学生齐声高呼，课间气氛瞬间喧腾。

李青田可是出了名的跑得快，没几下就抓住了张正铭，把他按倒在地上，打得张正铭嗷嗷叫。

"让你告密。"

"我就告你，我就告你。"张正铭也不怂，决不求饶，脾气跟牛一样犟得很。他用手臂挡住李青田雨点般打来的巴掌，手臂都红了。他瞅准时机，肚子一挺，大腿一蹬，将李青田顶飞出去。接着翻身起来，朝李青田扑去。两人扭打在一块，谁也不让谁。

两人刚打起来时就有同学急急忙忙地寻秦老师去了。

"秦老师来了。"人群中有人高喊,旁边同学一听,神情又激动又害怕,笑着躲到一旁。

秦老师那双粗壮的手臂瞬时就伸了进来,一把擒住两人,两人像小鸡似的被他轻松地拎起来。

此时,李青田和张正铭两人灰头土脸,一身白净的衣服变得脏兮兮的。

秦老师脸一黑,将两人叫去了办公室。

李晓茂也在围观队伍中,他愣愣地见了校园打架的场景,甚至不理解为什么三哥要同别人打架。

吴小丽在人群中发现了李晓茂,她走到还处在懵痴状态的李晓茂跟前。李晓茂感受到头顶有一只大手摸来,于是抬头望向吴小丽。

吴小丽说:"你是李青田的弟弟吗?"

李晓茂点点头。他的注意力转移到了在空地中央玩游戏的哥哥姐姐身上,跳长绳、跳房子、追跑、老鹰抓小鸡,他们欢快地嬉戏,比他在田间飞奔要来得快活、有趣!

"我带你去找秦老师吧。"

李晓茂一听要去见秦老师,瞬间回过神来,那位像猛虎一样凶悍的秦老师令他畏惧。他颤颤巍巍地说:"不要,我不要去。"

吴小丽"呃"地拖长了尾音,思虑了一会儿,说:"要不然,你跟我们一起玩吧!"

吴小丽微笑着,那笑容甜甜的,让李晓茂心中泛起波澜。吴小丽也不等他回应,拉起他的小手来到她的朋友中间。

吴小丽对她们说:"让他牵绳子吧!"

李晓茂的腰间套着长绳,长绳的另一端绑在了树上。瘦弱矮小的李晓茂第一次与哥哥姐姐们一道玩耍。

女生们嬉笑着,夸李晓茂懂事,又夸他长得可爱,他那圆圆的脑袋被她们摸了不下十次。她们极喜欢这个新到来的小弟弟。

但当上课铃声响起,她们又以极快的速度将绳子收起来,不等李晓茂反应过来,就已钻进教室。操场上,只剩下李晓茂孤零零的身影。

教室里传来琅琅诵读声,李晓茂踮起脚尖,探出脑袋朝里看去。老师认真地讲课,学生们认真地学习,他看得有些痴迷,嘴巴跟着念了几句。

忽然不知从哪儿传来了动听的歌声,这歌曲的旋律在他脑子里旋转:

池塘边的榕树上
知了在声声叫着夏天
操场边的秋千上
只有蝴蝶停在上面
黑板上老师的粉笔
还在拼命吱吱喳喳写个不停
等待着下课
等待着放学

这首动人的歌曲勾住了他的心,勾起了他的回忆:每年过年时,他的爸爸妈妈就会回家,妈妈总是喜欢唱这首歌。妈妈时常唱,他倚在妈妈的怀里,久而久之,便连歌词也记下了。此刻再听,一切都那么熟悉,一切都那么想念,他不禁泪眼婆娑。

接着,他擦去了眼泪,去寻那摇曳在心口的动人的歌声出处,声音越来越清响,他在另一间教室前停住了脚步。这是二年1班的学生在上音乐课,他们放开嗓子,正欢快地唱着这首歌。

李晓茂也跟着唱,但他的音不准,声音时粗时细,毫无音调,他拼命地想跟着他们的声音一起唱起来。即使他的声音像公鸭子喊叫似的，可他唱得十分投入。

他的唱歌声使教室内唱得正投入的学生一下子转移了注意力，有的学生唱着唱着就跑调了，老师听出不符合歌曲调子的节奏，示意大家停下，这时，李晓茂唱歌的声音清晰地传了进来。

众人哄笑一团，纷纷朝窗外探去，在墙下发现了李晓茂的身影。李晓茂蹲在墙角，闭着眼睛，忘情投入的唱喊模样逗笑了孩子们。

李晓茂终于反应过来，见一双双大眼睛盯着他，他疑惑不解，却也不羞，呆愣愣地望向他们。直到音乐老师走了出来，亲切地与他交谈一番，将他请进教室，让他坐到后桌孩子的身旁。

这如梦般的待遇让他有机会跟着其他孩子一起唱歌。他忘不了站在讲台上用手指挥哥哥姐姐们唱歌的音乐老师，也忘不了音乐老师温柔可人的微笑。

下课后，学生一起喊："谢谢王老师，王老师辛苦了。"李晓茂才从入迷的状态中回过神来。

他们飞快地收拾书包，一窝蜂地跑出教室，只留下李晓茂慢慢地从椅子上下来，音乐老师抱着书走到他身边，微笑着说："小朋友，欢迎你下次再来哟，我走啦！"

音乐老师披着一头乌黑的秀发，曼妙的身影逐渐消失在教室门口。

李晓茂忽然想起三哥，现在是放学时间了，他终于可以回家了，想到这他有点激动，雀跃地从楼梯上蹦下来，他要赶紧回到三哥的班级去。

此时三哥所在的教室早已没有了孩子的身影。他顿时慌了手脚，大声喊着："三哥，三哥……"

吴小丽刚从老师的办公室出来，手上抱着一堆作业，她将作业抱到班级的讲台上放着，等下午时发给同学们。

吴小丽听到李晓茂焦急的呼喊声，闻声赶来，问道："咦，你怎么还没走？"

"三哥，我三哥呢？"

"你说李青田吗？他早就走了呀，我看见他跟张正铭走了。"

李晓茂"哇"的一声大哭起来。

"你别哭呀，可能是你三哥忘记了。这样，我带你跟上他们。反正我也要回去，咱们快走。"吴小丽见李晓茂泪眼汪汪，牵起他的手就往校门口跑。

他俩站在高台上，远远地就看见李青田飞快地向桥沟那儿奔去。

吴小丽跺跺脚："好你个李青田。"她知道李青田今天挨了秦老师的批评，心里愤懑，但竟然不管自己的弟弟，真是没良心的家伙。

"快，你三哥在那儿，我们赶紧跟过去。"吴小丽怕李晓茂伤心，牵着他的手快速下楼梯。

"三哥！三哥……"李晓茂大声高喊。可李青田的脚步丝毫没有停止，反而加快了许多。

三哥的身影消失在人群中，吴小丽牵着李晓茂的小手，气愤地咒骂李青田。

"你认得路吗？"

"认得一些。"李晓茂怯弱地说。

"那你自己能回去吗？我得回家去了，回去晚了要挨妈妈骂。"

李晓茂点点头。对他来说，这位大姐姐没有送自己回家的义务，他依稀记得来时的路，觉得只要摸索一番，总能回去的。

吴小丽把他送到大路上。李晓茂目送吴小丽从另一条小道走了。临近中午，天气炎热，他环视四周，街道上都是匆匆回家的学生。他穿着老旧拖鞋，人们从他眼前经过，偶尔会有几个眼神停在他身上。他站了小一会儿，顿时感到茫然无措，不晓得该从哪条道上走。

他还记得来的时候有经过一座桥，于是试着朝前走。走着走着，果然出现了一座桥，他兴奋地加快脚步，可当他穿过窄桥时，他愣住了。眼前又出现一条岔路，是往左边走，还是右边走呢？他来时完全没有印象。

他有点拿不定主意，但看见有些学生背着书包朝右边走去，像抓住救命稻草一般，他义无反顾地跟在他们的身后。

走了好一会儿，那些学生发现有人跟着他们。

问李晓茂："你干吗跟着我们？"

"我要回家。"

"哦，回家。"他们见李晓茂个子不高，稚嫩，能瞧出大约的岁数。

有一位同学认出了他："你不是那个上课捣乱的小弟弟吗？你是李青田的弟弟！"

李晓茂一听三哥的名字，知道这些学生准是三哥的同学，顿时眉开眼笑。

"你跟着我们做什么？"

"回家。"

"我记得李青田不走这条路。"

"是啊，干吗跟着我们，快回去。"说着就要将李晓茂赶走。

"等等，既然他弟弟在这儿，那我们……"个了比另外两个稍高的男孩低声在两人耳边说了几句悄悄话。

他讲完，一个露出喜色，一个露出忧色，还眯起眼睛看向李晓茂。三人嘀咕了一会儿，随即一同点头。

那个个子稍高的男孩说："小子，我带你去找你哥，好不？"

李晓茂一听，抬起头，露出笑容，说："好，好呀。"

"那你跟我们走。"

"你要走快点哦，不然跟丢了，我们可不带你了。"

李晓茂说："好，我会跟上的。"

三个学生大笑一声,随后飞奔起来。他们背着厚重的书包仍然跑得飞快,而且这是上山的路,他们竟然一点不吃力。

"你们等等我。"李晓茂哪是他们的对手,几下子就累得大喘粗气。

他们边笑边呼喊李晓茂:"你快点,你快点。"

"再快点,再快点。"

"太慢了。再不来我们要走了。"

他们跑了一会儿,见李晓茂跟不住,便放慢了些脚步,脸上全是玩笑的意味。山路崎岖陡斜,四旁还有丛林及灌木掩盖斜坡坡体,稍不留神就会磕绊摔倒。

李晓茂越跑越觉得这路不是来时的样子,他心里安慰自己,许是翻过山,能从另一头走到回家的路。

后来他实在跑不动了,弯着腰喘着气,他自己都不知道跑了多久。当他抬头时,那三个学生早已不见了踪影。

他慌了。

山腰上没多少人家的房子,稀凉的树木和一眼望不到头的梯田,蓝天白云相衬,翠鸟的啼叫声清脆而婉转。可入李晓茂的耳朵里,却只是戚戚呜呜的虫鸣声,雾气虽不浓郁,可田间寂静,四下无人,安静得可怕。

这时传来几声狗吠,吓得李晓茂汗毛竖起,转身向后跑去,他终究是控制不住自己的委屈而号啕大哭。

这种无助、害怕的情绪将他捆绑得死死的,像掐住喉咙似的。哽咽的哭泣导致他不住地咳嗽,泪水早已浸满衣襟。

他生怕恶狗追来,铆足劲儿奔跑。他的衣服太大了,像裙子一样摇摆来摇摆去,大腿无法迈开更大的步伐。

一个趔趄,他摔在用石岗岩铺成的小路上。那件衣服的下摆缠住了双腿,在膝盖处磨出了个破洞,不仅如此,还稍稍擦破了皮。李晓茂泪眼汪汪，一堆污泥搅和在身上，他比李青田更加灰头土脸，此外，胳膊磕伤了，血如细窄的小河流水一样流淌下来。

狗吠声戛然而止。

他抱着胳膊坐在地上，四周寂静凄清，毫无人迹可寻。远山炊烟袅袅，静亭山水翠，鸟语花香灵，李晓茂的哭声在空旷的田野和树林里回荡。

李晓茂哭了好一会儿。止住了抽泣，看看四周，狼狈的他从地上爬了起来。

下山。

一路上，他再没什么话要说，再没有眼泪要流。

他回到那座窄桥。桥头分出了两条路，现在，只剩下另一条小路了，那是他回家的路。寻着暂时的记忆，蹚过河水，跨过垄子，踩过稻田，即使栽了跟头，陷进泥潭，他也只是把脸一抹，爬起来继续向前。

重回村庄的小路，李晓茂看见已有背起书包往学校走的学生们了，都是同村的孩子，他们看见一身污泥满是狼狈相的李晓茂，忍不住大笑起来。

李晓茂没有理会他们，踮着脚，低着头，慢慢前行。

到了晒谷埕，奶奶焦急地从田间垄子上奔来。

"终于找着人了，终于找着人了。"奶奶的声音有些发颤，眼角似乎有泪珠滚落，她紧紧地抱起李晓茂，嘴里不住地说些谢谢菩萨保佑之类的话语。

眼窝干涸的李晓茂再度哭了出来。好像久别重逢，好像孤苦无依，好像生离死别，这次，他终于可以放声大哭，他将头埋在奶奶的肩膀上。

那些亲人也一一出现：有从巷尾跑来的四姐姐；有光脚挑担子的三叔伯；有气喘吁吁的大哥，他们脸上的神情由焦急转轻松。

三哥李青田早被大伯拿着藤条抽打，这会儿正跪在柴房里面壁思过。

"谢天谢地，终于回来了。"三叔伯舒缓了口气，笑着说。

"这坏小子，气死我了。"大伯看到李晓茂的惨状，越想越气，转头便要冲去柴房，那头青白短发笔直地朝上，仰望即见粗黑的下巴。大伯的脸黑得可怕，他是真的气坏了。要不是二伯拦着，三哥怕是又要遭顿打。

奶奶拍着李晓茂的背，哭着说："茂儿，没事了，没事了，有奶奶在。走，咱们回屋，咱们回屋。"

奶奶最疼爱这个孙子了，总是宠溺他。如今看到李晓茂这副模样，心仿佛针扎似的疼痛。

奶奶抱着李晓茂回屋去，留下众人长吁短叹。

大伯最为自责，捶了两下胸膛，沉声说道："都怪我，是我不好。不应该让茂子跟青田去学校，没想到那个小崽子胡来。"

"好了，你别说了，人没事就行。"二伯来劝。

"行了，都散去吧，干活去吧。"爷爷背着手说道。

3

十月，秋高气爽，伴着丝丝凉气。天不热不燥，屋前的黄叶落满泥地，晒谷埕的渠水快见底了，少有鱼儿吐出泡来。

田野里，大伯、二伯正和李晓茂的爷爷奶奶一起收稻谷。李晓茂的大哥、二哥、三哥还有大娘和奶奶负责割稻子，李晓茂的爷爷、大伯、二伯负责打稻穗。谷桶里的稻粒堆得满满当当，再打上几捆就要溢出来了。

金黄的稻子和湿润的泥土是这片大地最美的颜色，丰收的喜悦在人们的脸庞上，他们的汗水里含着泥土与稻穗的气息。

李晓茂得了小感冒，人不舒服，但愿意跟着大伙来田里收稻谷。他坐在垄子上，看大伙忙碌着。鼻涕时不时流下来，他都给吸了回去。

这时，李良平牵着黄狗跑来找李晓茂玩，前日他们约定要一起上山抓金甲虫和田蛙。李良平比李晓茂大两岁，住李晓茂奶奶家隔壁，是尧奶奶家的孩子。

"走嘞！找远地去。"李良平说。

李晓茂强打起精神，说："好。"对玩乐这一点，他从不拒绝，更何况只是小感冒，流些鼻涕罢了，他全然不在意。

李良平身后背着一个竹篓，另一手握着网杆子，黄狗在嗅田地里蚯蚓的味道。

"走，阿黄！"黄狗听到召唤，屁颠屁颠地跟在李良平身后。

李晓茂不忘跟奶奶说声去处，一说完，便跟着李良平跑了。尽管奶奶一再呼唤他回来，他权当听不见。

他们穿过晒谷埕的地方，一路走小道来到李远地的家。李远地加入了队伍，三个人组成了一支探险小队，朝山上进发。

行至半山，一条弯弯曲曲的大路通向山顶，沿途的视野极为开阔，梯田上种着一排接着一排的淡绿色茶树，它们像梯子一样接踵着，层层叠叠又整整齐齐。

有户人家的闺女在采茶，年龄不大，戴着斗笠，穿着花衣裳。见到他们，眉毛舒展，俏脸一红，露出浅浅的笑窝。

女孩唱着最爱的童谣。

经过半小时的奔波，他们三人来到山顶的黄松林。秋风虽然在林间卷动竹叶，惹人不快，但秋风也给他们带来清凉。若是夏天，定要热出一身汗，不到半山腰就要头晕目眩。

原来，已有人先来了黄松林，见到李晓茂、李良平、李远地三人，便嚷道："喂！你们三个，滚回去。这里我们先来了。"

那位阻拦他们的孩童倒有几分威猛的样子，虽个头不高，但看起来非常壮硕。

李良平不服气，叉着腰，站得笔直，说："凭什么，我非要进，你能拿我怎么样！"李良平可是出了名的捣蛋鬼，且他胆子大，根本不怕这个比他差不了几岁的矮小子。

"喂！你们是哪个村的？敢跟我们抢地盘！"

"哟呵！你管我哪个村的，我就抢，怎么了？"

李远地挺起胸膛，同站一旁，眼睛直勾勾地盯着对方，似乎是在给李良平壮势。

"识相就快点滚，不然我大哥来了，你们吃不了兜着走。"

"我管你大哥是谁，闪开。"李良平也不是吃素的，把手推了上去，正好使力在对方的胸膛上。那孩童还未反应过来，诧异中身子向后倒去，接着，人直接摔在地上。

"你敢推我。"孩童气得腾地而起。

李良平走前一步，气汹汹地瞪着他；李远地跟着走前一步，伸出头瞪着他。李晓茂是他们三人中年龄最小的，却也不甘示弱地走前一步，他吸溜完鼻涕，两手插口袋，装作很勇猛的样子。

就这架势，那孩童支支吾吾地再说不出什么狠话。

"推你怎么了？就推你。"李良平乘胜追击，步步紧逼。直到孩童吓得哭了起来，抹着眼泪说："我叫我大哥去……"说完哭着向黄松林内跑去。

李远地说："怎么办？他叫人去了。"

"怕什么！咱走咱们的，我们往这边走，好让他们找不着我们，扑了个空。"李良平深有远见，笑着说道。

"对，咱不怕他们。良平哥厉害。"

"哈哈，你小子也不赖。胆子似乎比以前大了。"李良平夸赞李晓茂。要搁以前，他有些瞧不上李晓茂，但他本性善良，喜欢结交朋友，李晓茂一口一个良平哥叫着，他自然痴听好语。李良平自幼父母离异，母亲再嫁他方，有了新家庭；父亲跑到外地去，好几年不回，听说也有了新家庭。李良平是奶奶一手带大的，在这样一个环境下，李良平不再苛求什么父爱母爱，他只要快活就可以了，只要和奶奶在一块就满足了。

李晓茂成天和李良平一起玩，李良平去哪儿都少不了带上他。

"上边有个高地，我们趴在那儿，一会儿他们来找咱们，咱们啊，嘿嘿，瞧瞧他们做些什么……"李良平嘿嘿一笑，似乎他心里已有怎么对付"敌人"的良策了。

果不其然，不过一会儿，黄松林的入口处钻出几个人影。

"好呀，原来是黄口村的'小黄驴'。"李良平一眼就瞧见这几人中个子最高的那位孩童。这孩童本名叫黄小黎，读二年级，比李良平大一级。李良平曾跟他打过一架，虽然输了，可他玩命似的招架行径也让黄小黎心生惧意，不敢再轻易招惹李良平。

"他们人真多。"李远地拿起手指头一个人头一个人头地数，数到第6个，咋舌道。

"怕什么，咱们占领高地，叫他们上不来。"李良平从竹篓里掏出三把弹弓，每人发一把，拿着趁手的武器，他情不自禁地笑起来，"嘿嘿，惹了我李良平，就让他们吃不了兜着走。"

"良平哥，你太厉害了。"李远地对这把弹弓爱不释手，不住地夸赞。

"小意思。你们等着，让我先给你们示范下什么叫'百发百中'。"李良平架好姿势，装上石子，对准山坡下的黄小黎。

迅疾的"咻"声穿射众多松林之间的罅隙。

"哎哟。"黄小黎痛得直哀号。

"他们在那儿。"

随后李晓茂和李远地也发起进攻，一个接一个的石子飞快地朝黄小黎他们打去，但李晓茂和李远地射击的准度没有李良平好，且竹枝之间太过密集，石子纷纷打在枝干或是叶片上。

"躲避，躲避。"坡下有人高喊。

黄小黎捂着头蹲了下来，他的头流血了，但他随即冷静下来，不顾头上的伤，迅速指挥同伴躲避在山石旁，黄小黎到底是领头的人物，着实不简单啊。

他们做出了反击，把竹篓或是木板挡在前面，抓起木棍冲了上去。因他们常常混迹于各村之间，难免有孩童间的打架，所以，随身携带装备都是习以为常的事了。

可坡太陡，一边躲避一边拿着木板，看不清前方的路。

李良平也不赖，此次对战尽显他足智多谋，懂得占据有利地势，打得"敌人"只能龟缩在山坡的下方口。

"绕后，绕后。"黄小黎命几个人从另一侧上去。

"走，咱们撤。"李良平听见黄小黎的话，笑着说。

"咱跟他们打游击战。他们来抓，咱们就躲。他们要是谁落单了，咱就合力抓住落单的人。走。"李良平对这片黄松林相当熟悉，来了已不下八次。

"来咱村，还占咱的山头，这些人好不要脸。"李远地不服气地说。

"可惜咱人少，如果正面打，可打不过他们。"李良平带他们从小道上到高坡去。

到一处稍平整的空地时，李良平示意他们停下，而后看看四周，露出满意的笑容。他抓起一节长条竹枝，轻轻在地上敲着。

"你们跟在我身后走，小心点。我前天在这儿做了几个陷阱。嘿嘿！"他小心翼翼地往前走。"这可费了我不少劲儿。"

李晓茂担心地说："这不好吧，良平哥，要是伤了他们，他们家里人会找来的。"

"没什么大碍，就是几个坑洞。掉进去，要费些力气上来，我本来就是为了抓野猪或兔子用的。"

林间时不时落下竹叶，地上满是枯黄的竹叶，李良平挖坑的地方被盖得更厚了。

身后传来黄小黎等人的喘息声，看来，他们上山费了不少劲，人多就都得照顾，相当麻烦。

李良平高声呼喊:"小黄驴,你来追我啊。哈哈!"

黄小黎最讨厌别人叫他"小黄驴",李良平的叫嚣令他气急败坏,他狠狠地骂道:"好你个李良平,李二狗,李狗人,等我抓到你,非打得你满地找牙不可。"

李良平不住地叫唤和嘲讽让黄小黎越加愤怒。

"跟上——哎哟——"黄小黎刚说了一句,眼前一黑,整个人掉到地坑里去。"李二狗,你个大坏蛋。哎哟,我的妈呀,啊——"黄小黎重重地摔了下去,脚一扭,疼得他龇牙咧嘴,胳膊被擦破出血,他只能发出愤怒的吼叫声。

坑洞外,几个伙伴围着他:"老大,手给我,我拉你上来。"坑洞高过黄小黎的肩膀,在伙伴的拉拽下,他艰难地爬出坑洞。一出坑洞,他就瘫软在地上,嘴上仍旧不停地咒骂李良平。

李良平、李远地、李晓茂三人已经走进了黄松林深处。黄小黎受伤,其余人也不敢再朝前走了,他们担心还有其他的坑洞陷阱。

"老大,怎么办?"有孩子问黄小黎。

黄小黎咬着牙说:"咱们就在林子外等他们,我就不信他们不出来。到那时,他们的东西都是咱们的。扶我起来!"

"说得没错,咱们人多,他们跑不了的。"

黄小黎带着他的这些小弟灰溜溜地离开了。这一切,站在高树上的李良平看得一清二楚。见黄小黎等人离开,他们三人欢呼雀跃,表示打赢了这场以少胜多的战役。

李良平他们继续一路向前,竹篓里装了不少沿途采摘的蘑菇和山药。他们什么都不放过,上到大树上的果子,下到河里面的鱼。这个季节,果子成熟,个个肥硕鲜美。不到一刻钟,李良平的竹篓里装了一半果子;李远地的桶里抓了两条鱼和五只虾;李晓茂的木头罐子里装了三只金甲虫。

李良平和李远地还在溪里洗澡,打起了水仗,顾及李晓茂感冒了，就让他在岸上放哨。李良平确信黄小黎等人不会再来纠缠他们，才敢这么肆无忌惮地玩起水来。

别看李良平瘦小，那身小麦色的胴体却能在金阳照耀下显出结实和强壮的力量来。

"放开，放开我。"李晓茂忽然大叫起来。

"怎么了晓茂？"李远地听见声音，不禁担心起来。还不等李晓茂回应，便传来黄小黎的大笑声，"哈哈，终于逮到你们了。原来躲在这里游泳。"黄小黎领着众人站在高高的岩石上，样子威风极了。

"良平，良平。"李远地唤着李良平，李良平正好从水底潜出水面，抹去脸上的水，他听见李远地焦急地喊他，便问："怎么了？"

"你看。"

李良平面向黄小黎等人。

"李良平，你完了。哈哈哈。"李晓茂被他身后的黄小黎同伴扣住了胳膊，头被按压着，就像囚犯一样。

李良平大吃一惊，他没想到黄小黎等人并未离开。

"还真是不死心啊。"李良平猛拍水面，"有种下来单挑。"

"你当我傻啊，有胆量你上来啊。我跟你说，想救你兄弟，要解我心头之恨，这样我才大发慈悲放了他。"

"还不上来！"他身旁有个孩童喊道。

李良平和李远地相对一眼，斜着眼，咬着牙，爬上了岸。黄小黎几人见状便围了上来。尤其是黄小黎，仇人见面，分外眼红，他攥紧的拳头当即挥来，给了李良平下腹重重的一拳，李良平痛得眼冒金星，跪在地上。

"怎么样？让你也尝尝这种滋味。"紧接着，黄小黎和其他几个孩子一起对付李良平，李良平哪能如他意，跟他们扭打起来，李远地也不甘示弱，挥起拳头，加入混战。李晓茂挨了打，他身子骨弱，没几下就躺倒在地。

李良平绝非好惹，虽然已经鼻青脸肿了，但他仍然有力气与黄小黎等人斗架。他的野性在这刻得到了释放。

最后一刻，李良平瞅准机会，将黄小黎一起拽入了水里，五人在水里扑腾，用水击打对方。

这场斗架以大家精疲力竭地躺倒在草地上结束。

阳光在这群孩子的身上跳跃，温暖而舒服。或许，这是他们尝尽苦头后得来的松散感。

黄小黎一身瘫软，躺在地上，仰起头，竭力地说："李狗平，你不是我的对手，你放弃吧。臣服我，我让你做我的二把手。"

"休想。"

"你别……你别好果子不吃。有种再来啊。"他说着就要爬起身子，可身体半点力气都使不出来了。

"来啊，谁怕谁。"李良平也不服输，挣扎着要站起来。

两人哪还有其余力气。

"哼，我要不是瞧得起你，能让你做我二把手？"

"谁稀罕。"

"你很不错。我不跟你吵了，这次过后，咱也不争了。你得你的，我拿我的。"

"哼，是你先惹我的，还好意思说我。"

"谁让你这人看起来这么嚣张，让人讨厌。"

"你管得着吗？"

"好了，我不跟你吵了。"

他们终于停止了拌嘴，两手摊平，喘着粗气，躺了一会儿，逐渐恢复了力气。这场仗以黄小黎人数多而赢得了胜利，又在黄小黎等人的威胁下，劫走了三人一箩筐的果子。

"这些家伙太野蛮霸道了。"李远地气愤地说。

李良平说："下次有机会收拾他，趁他旁边没人的时候动手。"

"那估计是没机会了。"李远地说。

"不急，等咱长大些，君子报仇十年不晚。"

"哈哈哈。"他们随即大笑了起来，笑声传荡在整个竹林中。

他们要下山了，再有一会儿，大人们吆嗓子呼唤他们，要是晚归，不仅挨骂，还要饿肚子。

李晓茂第一次跟人打架，这一身的伤，回去后肯定少不了挨骂。李良平倒是无所谓，这种事他干过不少。至于李远地，虽然少不了父母的唠叨和责罚，但他也表现出无所谓的态度。

"阿咻——"

三人齐声打了个喷嚏，鼻涕泡冒了出来，这下，三人都感冒了。他们彼此看着对方，随后又哈哈大笑起来。

落日的余晖洋洋洒洒地倾泻在大地上，河水波光粼粼，倦鸟归巢，这一天的欢愉算是结束了。

4

李晓茂上学了,这年他六岁。

李晓茂不舍地告别了父母,他的父母是那天下午走的,走得很急,他追了他们好远的路,哭了好长的时间,尽管如此,爸爸妈妈还是坐上长途汽车走了。这一别,又是漫长的等待了,等待下一个新年。

他犹记得,往年爸爸妈妈容光焕发,今年却憔悴了许多;他犹记得,往年爸爸妈妈无话不谈,今年却少言寡语;他犹记得,往年爸爸妈妈慈眉善目,今年却愁眉苦脸。李晓茂睡不着,他在想,那是一座怎样的城市,有什么样的魔力让爸爸妈妈甘愿离开家乡去那儿呢?爸爸妈妈的脸上少了快乐,他们经历了什么呢?虽然爸爸妈妈总是讲他们在那座城市过得多好多好,可他们的脸上却找不出快乐的痕迹。

第二天,李晓茂背着书包和李良平、李远地一起去学校。

去学校的路,李晓茂已完全记住了。从第一天上学起,他奶奶就千叮咛万嘱咐要听老师的话,不要调皮捣蛋,少跟李良平他们瞎闹腾。李良平太调皮了，做了好多不好的事，李晓茂的奶奶有点不喜欢他，而且上次打架的事还让李晓茂受伤了，李晓茂的奶奶可心疼了。虽然李晓茂的奶奶嘴上说李良平不好，但行动上，她对李良平还是好的，时常会塞给他好吃的，偶尔会对他说教，希望改正李良平不好的习惯。其实，李良平对李晓茂的好，她这做奶奶的是完全清楚的，她知道自己无法阻止李晓茂与这几个小伙伴的友谊，因为伙伴对小孩来说至关重要啊。

新勒小学的学生均来自这附近的几个村子。李晓茂第一天到班级就认识了向阳村的王三齐，浮萍村的林云珊，东崎村的吴紫雨。这些孩子和他一样，对眼前这个新班级里的同学感到陌生和羞涩。唯一让他们感到轻松的便是眼前这位温柔、美丽的年轻女老师，因为她说的话给人一种心花怒放的感觉。她姓林，叫林双双。

上学第一天，李晓茂就在新发的本子上写上自己的名字，名字的书写是大伯教他的，大伯上过四年的小学，因此会写些字，李晓茂的"茂"字他还翻了字典重新认识了一遍。

春季多雨，又临近清明，许多孩子总光着脚丫上学，任凭老师怎么劝说也不为所动，孩子们认为光着脚丫很是舒服，穿着凉鞋不方便走路，有时候走在泥地里还妨碍抬脚，那凉鞋不说会陷进去，还容易扯坏。下雨天，穿小白鞋就更不方便了，一到学校，鞋子里湿透了，整个脚泡在潮湿的鞋子里，过一会儿，那双脚就该浮肿发白了。

林老师教学生们识字写字。李晓茂有些愚笨，一个简单的字记了好久，写了好几遍，总写错。他握笔的姿势像倒拿着一棵大葱，略有些滑稽可笑。或许是李晓茂善良朴实，林老师非常耐心地教导他，放学后总会留他十分钟，手把手带着他写字。可李晓茂的心哪里还在此呢，小伙伴都已高高兴兴地回家去，他却被老师留校了，于脸面是过不去的，于心里是难受的，他何尝不渴求身体与心理的解放呢。

学校里有一棵百岁大榕树，这棵大榕树是泉州市市长捐赠的，有特殊的意义。据说是为了还新勒小学李校长的恩情。泉州市市长小的时候曾在新勒小学读书，当时李校长还是老师，要不是李校长用自己的教师工资资助想弃学打工的他，便没有他如今的成就了。

现在这棵树是孩子们的天堂，夏天有它在，半个学校都是凉爽的。孩子们会在它的下方玩耍，因它太大了，绕着慢走一圈都要一分钟的时间。老师们明令禁止孩子们爬上树去，因它太高了，摔下来可不得了。虽然夏天有它的存在会感到幸福，但到了秋天乃至冬天，它会掉下许多枯黄的落叶，孩子们时不时就要拿起扫帚打扫，累到愁眉苦脸。

春雨下得轻、小，夏雨就来得欢了，且来得迅疾，时常让你琢磨不透它的脾性，有时上午好好的天气，下午就要来次倾盆大雨。

曾有几次，李晓茂站在教室外，看着似乎有些禁不住风雨却显得成熟古朴的教学楼发呆。

又有几次，李晓茂静静地看着窗外，漫风漫雨，飘飘斜斜，烟山紫雾，轻轻拂拂，缥缈虚幻，令人心底宽凉。

山雨风满楼，春燕夏归去。可想，这样的天也乐得孩子们到处留情。

校园老楼终于迎来了它的"寿终正寝"，疮痍满面的墙体，在一个暴风雨夜洗去了它全部的辉煌。

孩子们得知了这个消息，欢欣鼓舞，似乎这陪伴他们许久的老友不值得他们想念和拥有。孩子们的想法当然比较简单啦。他们想着：终于可以不用上学啦。

李晓茂听村里的大人说起这事，还愣了一下，随即也开心地笑了。先前他由得大人们将他困缚在学校里而感到不满，当下的开心打自心底生起。

他突然想去学校看看，便蹬起小腿，飞奔地赶往学校，一路上大人小孩不在少数。果不其然，学校已成一片废墟，一群大人在忙碌着。有人举手朝拜，有人口念"阿弥陀佛、善哉善哉"，感谢孩子们相安无事。是啊，它就像一位垂暮的老人在黄昏后欢送孩子们归去，选在一个特殊的日子结束自己的生命，它的身体已无法再继续支撑啦。

当人们还在哀叹老楼的奉献时，有人注意到有一面大墙屹立不倒，来到底下一看，是大榕树支撑住了它。看来，大榕树也舍不得失去这位老朋友，即使自己粗壮的枝干快要断折了去，也依旧顽强地托举着它的朋友。或许这是大榕树给老楼留下的最后一点尊严吧。

老楼依然屹立不倒呀！

教学楼没了，重建起来肯定需要一段时间，这可把李晓茂乐坏了。第二天天微微亮，他就迫不及待地跑出去玩，东街窜窜，西巷走走。

早晨的闹市热闹非凡，各个村的人在这儿集合，吆喝声特别响亮，在这里可以品尝到闽南地区的水果，偶尔有海外归来的商客，会带来一些稀奇古怪的玩意。李晓茂喜欢站在摊子前观看，虽然他没什么钱，但这不妨碍他一饱眼福。

来的次数多了，集市的小商贩也或多或少认识了李晓茂。他只看不买，稍有心情不好的摊主会驱赶他到别处去。但也有少数摊贩，见他生得乖巧好看，会给他些吃的，与他侃些话来。

卖龙眼的林大娘就问他："怎么上午不上学了？"

李晓茂自豪地说："学校教学楼塌了，我们不用去了。"

林大娘眉开眼笑："不上学就这么开心啊？以后上不了好大学，就要来跟林大娘卖东西咯。"

"哼，我才不要。就算卖，也要卖那些个玩意。"李晓茂指着另一方地摊上稀奇古怪的铜器和玉石。

"嚯，你倒挺懂的呀！知道这些是好东西。要不要叫你家人来买几个，嘿嘿。"卖铜器、玉石的那人开怀大笑，乐呵呵地夸赞他。

"咦，不对啊，我家孩子老早就去学校了。要上课的呀。没人跟你说吗？"一位在菜摊上挑菜的阿姨见李晓茂与商贩侃聊，对此疑惑道。

"不用，那教室都没了，哪还用得着上学。"李晓茂想当然地说。

"可我们家老三说，上课的地点暂时迁到祠堂去，昨天镇上派人来调研，落实你们这些小孩读书的地方。"

"真的吗？！"李晓茂瞪大了眼珠子，不敢相信地说。

这位阿姨确信地点头。

林大娘扑哧一声笑着说："哈哈，看来就你不知道，你同学或许都知道了。现在可九点了，你们老师要是知道你没去，可要批评你咯。"

林大娘捂住嘴仍忍不住笑出了声。

李晓茂腮帮子鼓得圆圆的，神情惊恐，还没等众人再说话逗他，他便急不可耐地溜走了。

"糟了，糟了。"李晓茂快步跑起来。

他从小道走，一路上飞跨过好几道护栏，村里的人见他行色匆匆，问话他也不答。他十分惧怕林老师的责罚，有一次他字没写好，林老师就生气了，让他把那个字写一百遍，他整整写了一个小时才结束。想到这儿，李晓茂隐隐有些后怕。

他回到家，抓起书包就要夺门而出，奶奶问他怎么早上没去上学，他没搭话，再次撒腿跑去。

跑了一路，他不知道累，害怕和担心占据了他的大脑。

终于赶到了祠堂，里边传来琅琅的读书声，此时的李晓茂早已满头大汗。临门一步，就能抵达教室，李晓茂却迟迟不敢迈出，他担心林老师拉长了脸看他，也害怕同学们的嘲笑，可能全班就他一个人在外面逍遥自在了。

正当他踌躇、徘徊之时，李校长从外面走进来。

李晓茂忽然全身一紧，猫大的眼睛看向李校长，他不敢说一句话。

李校长认识李晓茂爷爷，和他爷爷关系挺好，来过他家，见过李晓茂几回。李校长见李晓茂杵着不动，想是猜到了缘由，他爽朗地笑道："你爷爷没把临时上课地点的事儿告诉你吧？没关系，进来吧！嚯！瞧你，衣服都湿透了。这可不行，得去换一件。跟我走吧。"

李校长拉着他来到祠堂的左厢房，拿了件稍大的衣服给他："暂时先换上这件。你脱下来的衣服放这儿晾着，下课后记得来拿哦。哈哈，小淘气娃。"

李晓茂还在恍惚中，听从李校长的安排回到课堂。

令他惊奇的是李老师竟然没有责怪他，还说这事是学校临时安排的，很多同学没收到消息，不怪大家。

李晓茂松了一口气，全身放松了下来。

他一身疲惫，听着林老师的讲话声，沉重的眼皮打起颤，不一会儿，趴在桌上昏沉沉地睡着了。直到同桌摇醒他，他才腾地一下，从睡梦中惊醒。

抬起头，迎面而来的是林老师那张精致的面孔。林老师拍拍他的脑袋说："晓茂，上课不能睡觉哦，是不是昨晚没睡好呢？"

李晓茂揉揉眼睛，满脸通红地缩起脑袋。

林老师转过身去，指挥同学们把书拿起来朗诵。

5

  闽南的美，不在于山水，而在于人文。每年的特殊日子，闽南人最喜欢做的就是"拜拜"，也就是祭拜、祭祀。这里几乎每个家庭的房子里都会有一座佛龛，供奉着土地公、观音菩萨或是其他神明，每年的农历初一、十五或者初二、十六都要备些零食瓜果摆在佛龛面前，焚三炷香，虔诚祷告，再烧点带金箔的纸。

  还有每年的农历正月初九，闽南人都会准备一场盛大的"敬天公"仪式。

  因是最受重视的仪式，每个村子会在祠堂举行祭拜仪式，而每家每户在这仪式前后几天的日子里都会派家里的掌勺来祠堂大厨房做饭菜，通常是比较有威望且做菜厨艺高的妇人，他们要给村里人准备宴餐。然后是张罗桌椅，叠金纸，摆贡品、红烛等拜拜用品，贡品基本由各家准备，到了仪式那天的早晨，村子里的每户人家都会拿满满当当的贡品向祠堂走去。在此之前，各家也会在家里的大厅或者阳台摆一张八仙桌，再给桌子绑上一条喜庆的敬天公专用的红色桌裙，桌上按照规矩摆上各种各样丰盛的贡品。

仪式从农历正月初九凌晨开始,有的是十二点一过就开始,也有的是凌晨五六点才开始。无论是什么时候开始,仪式总是相同的:家家户户都要放鞭炮,在厅堂点燃红烛灯,称为"天公灯";长辈们领着一家大小跪在桌前,并依长幼顺序上香,行三跪九叩礼,祈求在新的一年里家人平安,福运高照,事业昌隆;全家人一起拿着提前折叠好的好多好多金纸到堂门口前的炉火盆内焚烧。

天亮以后,大戏才来。连续不断的炮声响彻村子的上空,一群男女老少排成长队。迎在前头的年轻人扛着天公像,后面跟着舞龙舞狮的队伍,场面精彩绝伦;队伍中间,仪仗队拿着长筒炮,每隔十分钟放出响炮;后方队伍,便是村中百姓。有看戏的小孩穿梭其中,有背着手的中年男人凑到队伍里来看热闹,还有的人便是想沾沾喜庆,热闹热闹,跟着长队一起游玩去。

李晓茂、李良平、李远地就在其中。这是他们最喜欢的节日,每到这时候,停学的停学,停工的停工,全村人都为这场隆重且盛大的宴会筹备着、参与着,热闹程度堪比春节。

李晓茂不用奶奶带着,这种日子,没有大人会管小孩,他们任由小孩嬉闹,因为在这天,大人打小孩是不被允许的。而且,这种节日更需要孩子的参与,家人祭拜天公,除了保佑家人健康,也祈求愿望,希望孩子有出息,光宗耀祖。

同队伍前行,李晓茂好奇地打量过往的行人。形形色色的人,全都是他没见过的。还有的哥哥姐姐穿着光鲜亮丽的衣服,远比自己的要合身好看。

李良平呼唤远地和晓茂,要他们一起跟好自己,不要走丢了。三人在人群中穿梭,从队尾走到队中,拥挤着朝前进发,期间惹来路人的不悦,可他们全然不当回事。

最让他们觉得有意思的当属舞龙舞狮。舞狮人矫健的身姿舞动红艳艳的狮头，那姿势威武霸气，雄风傲然，让人便觉受到鼓舞，心头澎湃，浮想联翩。

李良平曾跟他们二人说过他的梦想，他想学舞狮，这样就能在万众瞩目下成为大明星，不仅如此，还能到全国各地表演。李良平说，有朝一日他一定会成为出色的舞狮明星。但梦想终归是梦想，李良平现今不具备实现梦想的条件，也没有师父能领他入门。小孩子的心思就是看一样爱一样，事后抛之脑后。

忽地一下，李晓茂在人群中摔倒。他们跑得太急，撞到了跟前的大人。那大人拿着小号正吹着呢，突然身后一个推搡的劲儿使来，他没站稳，也朝前摔去，一众吹拉唱的乐器小队在响声沸腾的人群中停止了，乱作一团。有人骂道：

"哪里来的野小子。"

"哪个有娘生没娘教的臭小子。"

"滚。"

"是谁踩着我的脚了？哎呀妈呀！"

李晓茂哪受得了这架势，又听见大人带着怒色骂他，他心一揪，吓得大哭起来。李良平这时也惊呆了，他跑在最前头，才知大事不妙。这支队伍的核心就是这些吹响乐器的乐手们，乐声突然停止使得所有人的目光齐刷刷地汇聚过来。李良平赶忙跑来，拉起李晓茂就要溜，却被人拉住了，扭头一瞧，一个魁梧壮汉正怒瞪着他们。

"糟糕，闯祸了！"李远地愣在原地。

"你放开。"李良平气呼呼地对那位壮汉说道。

"你们闯了祸还想走？哪来的小孩！"那壮汉更生气了。

"你想怎么样？"

"什么怎么样？当然是把你们交给村长处置。"

"哼，才不要。你放开！"

"哟，你这个小孩儿，胆子挺大，脾气也不小，看我怎么教训你。"这壮汉显然被李良平的无礼之言给气坏了,大手举起当即要朝李良平的脸扇去。

李良平一听,胸中顿时腾起怒火,额上青筋都鼓出了,不止如此,他还动起手来,连带着踢、踹、蹬。那大汉哪能如他愿,他个子要比李良平高出一大截,身体还特壮,他甩开李晓茂,一只粗壮的手臂轻而易举地拽住李良平的脖颈。蜉蝣撼树的感觉在二人掐架的表现上来看是有多么真实。

众人的议论和指责令李晓茂冷汗直流,李良平起初的叫嚣就令他心生惧怕,李良平和壮汉打起来更使他觉得天要塌下来了。他杵在原地,不知如何是好。李远地见这情形,冲来帮忙,那壮汉随手一挥将他推倒在地,他气愤不过,爬起来张口就朝壮汉手臂咬去。

壮汉疼得大叫,猛地甩手,这力道着实大,一下子就将李远地扇出老远,李远地的脸上出现一大片红红的掌印,嘴角鲜血流出,倒在地上一动不动。看热闹的人群直呼:"不好啦,不好啦,打死人了。"壮汉吓得脸色一白,拽着李良平的那只手也松开了。

李良平趁壮汉不注意,狠狠地踹了他的裆部一脚,壮汉双腿一缩,捂着裆部,疼得倒地不起。李良平来到李远地跟前,检查伤势后轻轻将他扶起半个身位来。

周围的人陆续围了上来,有位妇女蹲下身来,焦急地询问情况。

有个岁数大的长者弯下腰来察看,看完后连连叹声:"这年轻人下手真不知轻重啊,都把这孩子的脸给打坏了。"

"这不要紧吧?哎呀!你看这孩子,似乎只有喘出的气,没有吸进的气呢。"

他们越说越担心,神色焦急。

有人喊:"快送诊所去。让李医生看看!"

"还愣着干什么!"有老者弓着腰朝他们吼道。

李远地昏厥了。在场的人火急火燎地送他去村中诊所。"拜天公"的仪式则在村子中有威望的老者的组织下继续进行。这突如其来的纠纷也在大家一致的敬神心理下妥协，不想在这重大日子里把事态闹大。

李晓茂和李良平跟抱着李远地的大人们一起走了。他们内心忐忑不安，为之前做的事感到后悔。李晓茂在李远地醒来之前仍然处在焦急、慌乱、惊恐、自责等情绪中，当真被吓蒙了。

李远地出事后，李远地的父母匆忙赶来。李晓茂的奶奶也来了，随行的还有他的大伯和二哥。一大群人围在村子的诊所内。

前因后果由当时在场的目击者向家长们说明。

李远地的妈妈哭哭啼啼地问村医李章笛："我家孩子没事吧？"那害怕的声音颤抖而模糊。

村医李章笛说："没什么大碍，不要着急，他只是晕过去了，过会儿会醒来，脸上的伤等会儿我开上药方，你去前台拿药，照方治就行了。"

李远地妈妈还想说些什么，但见村医李章笛抓起笔写药方，且周围人都在宽慰她，她那颗悬着的心这才落下。

李晓茂的奶奶牵着李晓茂挤进了诊所，抬起李晓茂的手要让村医李章笛给看看。

李晓茂的奶奶摸着李晓茂的手臂说："李医生，你看，我孙子这手臂都肿了，你也给他开点药。"她心疼李晓茂被那可恶的壮汉抓红了的手臂。

李晓茂不想让奶奶伤心，低着声对她说："奶奶，我没事，不疼。"

"哪能不疼，你看，这块都淤青了。听话，上点红药水。"奶奶心疼道。

李晓茂方才的心思全在昏迷的李远地身上，也许是因为奶奶的关心和触碰，才让他感觉到手臂上的剧烈疼痛，他扑进奶奶的怀里，眼泪夺眶而出。

奶奶说:"不哭哦,咱茂茂是个勇敢的男子汉。"

李良平立在诊所外不知所措,他在自责,在难过,觉得要不是自己,李远地也不会受那么重的伤。

时间过去很久,之前进去的人退出几个,还有看热闹的人站在廊道处吸烟。

李良平忽然听到他的名字。

诊所内,旁人在念叨这起事件。有大人把这件事的错归咎于李良平,说他怎么能打大人,最后又小声嘀咕几句难听的话:说他是坏小孩,整天惹是生非,是个讨人厌的熊孩子。最后讨论出个结果,他们一致认为整件事都是李良平的错。

李良平站在原地,听李远地和李晓茂的亲人和其他目击事情经过的人说他的不是。

争吵期间,李晓茂想要解释:"不是的,不是的,是我……"

谁知奶奶马上捂住他的嘴示意他不要讲话,还笑着说:"小娃儿不懂事,小娃儿不懂事。"

李晓茂惊恐地看着奶奶和大家。李晓茂想澄清这件事,但不等他开口,奶奶已将他拉出人群。

李晓茂被拽出房门前,最后看到的一幕是李良平坐在墙角,低着头,满眼的失落和伤心。他想呼唤李良平,可奶奶的力气好大,一把将他抱走,他只能看着李良平落寞的身影远去。

李良平摇摇头,从地上爬了起来,对于他人的数落,他轻笑一声,自顾自地离开。没有人阻拦他,也没有人安慰他。他脖颈上的勒痕以及手臂、脸、头的伤都被这些评头论足的大人们忽略了。

三个小伙伴因这起事件,原本玩意浓烈的心情也瞬间无味了。李远地还躺在医院的病床上,李晓茂被奶奶和大伯拉回了家。而李良平独自走在回家的路上,他叼着芦苇秆子,无趣地望着远处热闹有趣的

"拜天公"仪式，那些手舞足蹈的人们与他毫不相干。太阳温热的光芒投射过来，他微微眯起眼睛，感受着这暖意，像接受沐浴之光的虔诚朝圣者。他的身上又有一处伤口要结痂了，在这新的伤口之前，李良平的身体上已有不知多少大大小小的旧伤痕了，这些伤痕就如同战士的徽章一样，牢固地贴合在他身体的皮肤上。

忽然，他的脸上绽放起笑容，迎接太阳的光芒。

李晓茂的家人曾不止一次劝说李晓茂远离坏孩子李良平，李良平的所作所为早已触怒了大人们。

这个缘由还跟李良平的家庭背景有关。李良平的身世比较可怜，父母在他很小的时候就离婚了，他被判给爸爸，可爸爸不管他，交给他奶奶后就外出打工，重新组建新家庭了。很早之前，他们家住在山上，后来才从山上搬下来的。闽南地区有个不好的习俗，大多数在平原地带的原住民对山上搬迁下来的居民是打心底里不喜欢，甚至觉得对方粗俗且文化水平低。尽管他们属于同一个镇子或是同个片区，但扎根心底的成见让原住民会有意无意地排斥搬迁下来的人，认为他们是"外地人"。

可李晓茂还小，他怎会管这些呢！他觉得李良平待他好，喜欢跟他一起玩，而且跟良平在一块特别好玩有趣。小孩子哪有这么多守旧的思想啊。事后一周，三个小伙伴又重新齐聚一堂。他们有说有笑，全然忘却了之前发生的那件事儿。

6

李良平带着李晓茂和李远地做过不少坏事。一开始都是做些小角料，每逢哥仨齐聚时，总会找到乐子。夏天，他们会去蹚水。路过庄稼地时，见地里瓜藤横七竖八，结得硕大肥美的西瓜令他们眼睛放光。可他们绝不会马上冲下去摘瓜，因为瓜地里有一位老汉正盯梢着瓜地的四周，他在谨防偷瓜贼，这偷瓜贼可能是山鼠，也可能是熊孩子。

这块瓜地没有任何人树之类的遮挡物，四野空旷，一览无余。如果贸然下地，必然会被那位老汉瞧在眼里。那老汉名叫李力征，他的脾气特别暴躁，是出了名的心直口快，骂人粗鲁。曾有个路人口渴得很，下地摘了他的瓜，被他发现，他就把人家祖宗十八代骂了个遍。

李老汉也曾教训过李良平，打过他耳巴子，那是因为李良平把他家扎起来的麦秸秆烧了，李老汉当场揪住他，"啪啪"给了他两个耳巴子，骂骂咧咧地拽着他去找他奶奶算账，还讹了一笔钱。那些麦秸秆是秋收后捆扎在麦田里的，本来也要焚烧后作肥田养料，可这李老汉蛮不讲理，非说烧了麦秸秆，他没法烧柴火做饭，要是李良平奶奶不掏钱，他就赖在李良平家不走了。李良平奶奶为了息事宁人，当天卖菜攒的钱全给了李老汉。这事就让李良平记下了，所以隔三差五就找李老汉的茬，要不就是推他家的篱笆墙，要不就是往他家牛圈里放鞭炮。这些事都是李良平偷摸着做的，等到李老汉发现后，只能站在坎儿上对着天对着地号骂了十几分钟。李老汉哪里晓得是谁干的，李良平做这事总是偷偷摸摸或是趁他外出的时候。

"这回我不仅要偷他的瓜，还要烧烂他的遮阳棚。"

"不好吧，那李老汉很凶的，被逮到要挨打的。"李晓茂怯怯地说道，他也见识过那李老汉的暴脾气，因为老汉前些日子与他二伯起了冲突。

"怕什么。咱要好好教训下那个老头。"

"对，那老家伙太霸道了。"李远地说。

三人假意从路边经过，那李老汉躺在摇椅上，拿着蒲扇摇曳，眼睛直勾勾地盯着大路上的行人，像是在对每个行人发出警告，休要打他家的瓜的主意，连看都不行。然后他又看了看那片绿油油的瓜地，脸上露出满意的微笑，自是得意于劳动的付出终有回报了。

李老汉正坐前方，李良平他们可不敢正面出击，他们打算绕到后面的河地里去，从那儿上到瓜地。那李老汉顾了前面，顾不得后面，而且有遮阳棚挡着，只要静悄悄地绕到后面去，他准发现不了。

他们来到河地的下游，弯着腰慢慢地潜到上游去。三人像老练的水手，轻而易举地蹚过了河。而后，他们躲在一道流淌的水渠沟里，这样一个水渠沟刚好能将他们的头和身子遮藏起来。

"我们要静悄悄地，绝不能出一丁点声音，他的耳朵特别灵敏，一点风吹草动都能惊动他。"李良平略加夸张地描述李老汉的厉害之处。

"如果被发现了，咱们往河道里跑，他逮不到我们。但如果要被逮到，咱们就合起来对付他。"

"他那么高大，凭咱仨打不过吧？"

"那也得上，不能抛下任何一个人，知道吗？"李良平这句话让李晓茂十分钦佩。

"嗯，好！"

他们偷偷探出脑袋，观察瓜地的情况。那李老汉还坐在摇椅上舒适地享受着风的吹拂。他们不仅要防范李老汉，还要防范大路上的路人，要是有谁多管闲事，举报他们，那他们可就完蛋了。

他们先观察情况，这会儿已是下午两点时分，过路的人逐渐稀少，他们躲在水渠沟里也不觉得热，因为他们的座下就是凉水。

"我们先去拔些芭蕉叶和绿草来。"李良平脑袋一拍，想到什么似的。

李晓茂对李良平的话感到不解，疑惑地问他为什么。

李良平指了指他们的衣服，又将黄衣服撩了起来。

李远地眼前一亮，说道："对哇，我们这身衣服太明显了。"

地太广了，且瓜地太绿，他们这身衣服一旦上到瓜地去，准是特别显眼突兀。

"走。"

随后三人来到河的对岸，他们把衣服脱掉，只留下短裤。这对岸种的就有芭蕉树，但这个季节的芭蕉树还未长出杏蕉。否则，也定然摆脱不了被他们摧残的命运。

他们从芭蕉地里捡起几片芭蕉叶，这些芭蕉叶都是地主人修剪下来的。拿够了后，他们又潜回了瓜地下的水渠沟处。

他们用草绳将芭蕉叶扎成衣服，前面一片，后面一片，再用草绳捆扎在腰间，这样简易的绿衣服就做好了。为了够隐蔽，他们还做了个芭蕉帽子。这样一身模样，他们是从村里放映的露天电影里学的，电影里战士为了掩藏自己，全身都用丛草和绿叶扎做的衣服，敌人就是再厉害，也瞧不出绿地里埋伏着的解放军战士。

　　李晓茂忍不住向李良平竖起了大拇指，活学活用，李良平的脑瓜子太好用了。李晓茂视李良平为自己的偶像，因为他常常做出令他们想不到的事情来，跟他一起玩，再快乐不过了。

　　天气炎热，少有凉风吹来，旷野无云，哪有隐蔽物可以遮掩。那身芭蕉衣就是他们最好的隐身宝贝，他们小心翼翼地匍匐前行，悄无声息地翻过田垄，就像在战场和敌人作斗争，每一步都很谨慎。

　　就这样摇摆腰杆，如水蛇一般，好不容易摸到瓜地边上，李良平选中一个大瓜，脸贴到瓜皮上，轻轻敲，再静静听是不是熟瓜，瞧他脸上喜笑，就知是好瓜。选好瓜后，他动作麻利，咬掉瓜尾巴，把瓜翻滚向后推去，李远地跟着接应，李晓茂摸到瓜，弯着腰抱起来，一步一挪，慢慢地退到水渠沟里去。

　　一个瓜，两个瓜，三个瓜。他们不贪，三个瓜就够。做好这些，他们再蹑手蹑脚地退出瓜地。那李老汉完全不知，兴许是睡着了。李良平还不够尽兴，放火烧了李老汉的遮阳棚是他的最终目的，所以他让李远地和李晓茂先行退走，他要独自去干这事儿。

　　忽然传来犬吠，一只大狗朝他们冲来。

　　"糟糕！快跑。"李良平从地上蹬起，传呼另外二人快快跑走，狗来了。

　　"这老头什么时候带了条狗啊？"李远地大呼。

　　"赶紧跑吧！"

　　瓜他们也不要了，拔腿就跑。身后传来李老汉骂骂咧咧的声音，还好他们用芭蕉叶做了衣服和帽子，才不让李老汉瞧出是谁来。

　　"瓜娃子，臭娃子，胆敢来偷我的瓜，抓到你们，非扒了你们的皮，大黄，咬死他们。"李老汉也够狠，不仅骂他们，还咒他们。

　　大狗追着他们，从瓜地追到河滩，再从河滩追到田地。几人实在跑得没劲了，从地上捡起棍子和石头迎战大狗，石子丢，棍棒打。

那大狗停稳身子，龇牙咧嘴，它不敢上前，就狂吠几声。李晓茂随手一丢，石子砸到大狗的鼻子上，大狗哀呼一声，夹着尾巴跑了。他们三人气喘吁吁地坐在地上，身上的芭蕉叶也随逃跑时的晃动散落了一地。

"臭老头，竟然带狗来。"他们万万想不到这李老汉身旁有狗的存在，他们方才在大路上没瞧见他身旁的大狗。

"大意了。"

"瓜偷不着了。"

"我就不信了。"李良平将棍子一甩，眼中燃着火光，信誓旦旦地保证一定让他们吃上瓜。

"既然大白天不成，那就晚上，一定要让那个老头吃亏。"

"对，咱不能就这么算了。"李远地说。

"那我们现在要做什么？"

"走，咱们去河里游泳。消消气先！"李良平朝着小山丘的方向指去，那儿有山泉。

他们上了山，顺着坡往上走，那是他们常去的地方。临过一间小茅屋，他们听到鸡叫的声音。大山可是块宝地，什么都有，果树也不缺。

对他们来说，爬树摘果子是乐趣。路过沼泽地，见种有甘蔗，他们就会拔两根来，也不管这些是谁的东西，拔了再说，要有人追出来，他们就跑。他们油滑得很，如果被抓住了，就装作可怜，演出求饶的姿势，乡里人一般都会心软放了。可也有例外的，便会抓住小孩，问出家在哪里，把小孩送回去要钱。这种时候，如果小伙伴够意思，就会不顾危险跑来营救，但也有大难临头各自飞的时候。

其实摘些东西倒不是什么大罪，摘一两次倒也无所谓。一般情况下，大人都不会与小孩计较什么，但要是自家种的东西频繁被小孩偷摘，这大人就是心再好也受不了啊。

李良平一听到鸡的叫唤，心里忽然蹦出一个大胆的想法。他从没有偷过鸡，不知道偷鸡是个什么滋味。

他们路过的小屋子是一处鸡舍，山里的养鸡人通常会将鸡散养在山上，这有助于提高鸡的存活能力和肉质味道。一到傍晚，只要敲响不锈钢盆，再吆喝几声，那些鸡儿就会张开翅膀从山上飞下来。

这天下午，天热得很，小屋子瞧不见养鸡人，兴许跑去乘凉或者钓鱼去了，李良平知道这是个好机会。

"想不想吃烤鸡？"李良平嘿嘿一笑。

"想，哪里有烤鸡？"

"咱自己做。"

"鸡呢？"

"你们看。"李良平指着山腰上一处林边野地，有几只正在啄土翻泥的母鸡。

"这可不行啊，这是偷鸡，要是被抓住了，肯定被吊起来打。"李晓茂感觉后脑勺有一股阴风吹来，情不自禁地抱紧双臂。

偷鸡的罪行比偷摘果子的罪行还要大。被抓住了，可是要被打的。之前向阳村有个小孩，偷了别人家的钱，被他爸吊在门梁上打，路过的小孩没有一个不吓得跑掉。

"小心点不就好了吗，怕的话就回家去吧。你们不会这么没胆量吧，那还玩什么，都回家当爸爸妈妈的乖宝宝吧！"李良平可不管这些，轻蔑地说着玩笑。

李远地向前一步，挺起胸膛，把头一扬，说："我可没说我怕哦，我可不怕。"

李晓茂自知不是怯弱退缩的时候，他生怕李良平他们瞧不起自己，这有失他的脸面，他硬着头皮说："那好吧，那……就……"

李良平得到二人支持，掐断李晓茂的话，说："咱们速战速决，绝不会让人发现的。走！"

他挥手示意李远地和李晓茂跟他走。

这鸡常年生活在山上，也算熟练的越野能手了，想要抓住它们也绝非易事。李良平安排李远地站住东边旷地的位置，安排李晓茂站住南边灌木林的位置。

李良平则悄摸摸地伏地前行，先是慢慢地，然后瞅准时机，趁其不备，出其不意，一个猛扑，如猛虎猎食一般，向母鸡扑去。

早在李良平屏住呼吸一步步地朝它走来时，母鸡就已起了警觉心。等李良平扑来，它便振翅高飞，朝南边的灌木林飞去。李晓茂早已就位等待，做好捕捉的姿势。可真当母鸡飞扑而来，那硕肥的鸡胸脯从天而降，伴随着片片纷飞的鸡毛，他慌了手脚，眼睛都不敢睁开了，双手随意乱挥，不仅没能抓到母鸡，还被母鸡用鸡爪抓伤了胳膊，场面混乱。母鸡受到惊吓，咯咯叫个不停，翅膀乱振，落得一地鸡毛。

母鸡一蹦一飞逃走了，李晓茂长叹一声，如泄气的皮球一样灰心丧气。

"别乱了阵脚，不怕，这还有一只。"

他们又瞅准了草地上的另一只母鸡。三人打算用围捕的方式，他们围成一个圈，慢慢地靠近这只母鸡。

母鸡在原地来回徘徊，前有李远地，后有李良平，近旁还有李晓茂，三面夹击，它往里跑不行，往后退不行，害怕地在原地打转。

瞅准时机，李远地急不可耐地扑上去了。

没扑着，母鸡扑扇翅膀飞了起来。趁这时，李良平一个翻手，一把抓住了母鸡的腿。母鸡咯叽咯叽地叫唤，翅膀抖个不停，鸡毛乱飞。周围的母鸡见状，吓得四处逃散。

为不使得母鸡的叫唤引来鸡主人，李良平一把捏住了鸡嘴。

"走。快走。"

他们做贼心虚，心怦怦直跳，李良平迈开大步子向山顶跑去，李远地、李晓茂紧随其后。三人飞奔在林间路上，脸上开心且激动。

  他们来到河边，打算先杀鸡再拔毛。他们看过大人杀鸡的样子，但他们没有刀，要是不放血，那味道特别腥臭。他们东找找，西找找，也没有找到什么东西能代替尖锐的菜刀。他们决定由一人回去拿刀，顺便拿些盐来，这样烤起来，才会有味道，其他人准备架石堆、取木柴。说罢，决定将鸡儿绑在树上。

  三人分好要做的事情之后，各自散开了去。

  半个小时后，李晓茂捡来了许多木棍和草料，李良平拿来了菜刀和一根铁叉，李远地拿来自家用的调味料，有油、盐、味精和胡椒粉，都用小袋子装着，他还拿了几只碗。

  "你拿碗做什么，我们直接用手抓不就好了吗？"

  "我看大人杀鸡放血时都拿碗接着。溅一地血不好看不是吗？"

  "有道理！"

  李良平抓过鸡，问他们谁来杀。李晓茂哆哆嗦嗦地说："我连大人杀鸡都不敢看，我哪儿敢杀鸡呢！"

  "远地，你来。"

  "我没试过，我不敢。"

  李良平鄙夷地说："真怂！"他拿起刀，然后看着手里的鸡，对准鸡的脖子，母鸡咯咯叫个不停。

  李晓茂吓得眼睛都闭上了，怕听见鸡的惨叫，于是把耳朵堵上。李远地眯起眼睛，等待李良平将母鸡杀死。

  李良平紧张起来，母鸡在它的手里拼命挣扎，声音凄厉，似乎在向他求饶。李良平迟迟不下手，持刀的手抖动着。他有些紧张了……

  "哎呀，算了。我……也不敢。"李良平羞愧地说。

  李晓茂听李良平这么说，顿时松了一口气。

  "要不算了，其实我不怎么想吃烤鸡。"李远地抱着手说。他担心李良平让他来杀鸡，才赶忙劝说李良平。

"这母鸡怪可怜的,要不,咱不要杀它了。"李晓茂说。

李良平垂下双手,缓缓说道:"哎,好吧。"他张手一甩,将母鸡抛飞,母鸡展翅滑翔,落地飞奔,转眼间就没入树林里去了。

他们没能做出烤鸡,却不怎么失望,如释重负一般。如此折腾一下午,他们也不可惜。很多事情做了不一定要有结果,没有结果的事情不一定不是好事。

"泡澡去。"李远地提议道。他们来回跑,已经热出一身大汗。

"冲啊。"李良平高喊着,率先冲向河里。夏天,唯有冰凉的河水能解他们燥热的心。

晚间时候,月明星稀,田间叫声欢快。在月光的照射下,瓜地闪着忽明忽暗的光芒,那是萤火虫在飞舞。

"嘘!小点声。"

李良平、李晓茂、李远地三人蹲在大树下。

"那李老汉拿着叉子真威风。"李晓茂说。

李老汉手持一柄钢叉在晚风中望哨,他实在太爱这些肥美的瓜了。不仅他爱,山间的小野兽也爱,他要谨防这些"坏渣子"来偷吃。

"威风个什么呀,等他棚子烧起来,我看他还威风不。"

"那只狗还在不在?"

"不在了,我刚跑到他家去看,那只大狗拴在他家的院门边上。"

"那可太好了。我本来想,要是那只大狗还在,咱这事就不太好办了。真是大助我也!"

"咱们要怎么动手?"

"再等等。"李良平望天边云际,舔舐了下嘴唇。

三人坐在大树下伺机等候。

"我刚才跑到水渠沟那儿,你们猜怎么着?"李远地说,"咱们那仨西瓜没被李老汉发现。"

"那还不赶紧拿出来？"

"嘿嘿，不就在这儿的吗。"李远地从身后的丛林里翻出一个大西瓜。他是最早来到这棵大树下的，这是他们约定的地点。李良平和李晓茂还没来时，他闲来无事，偷摸着溜到瓜地的水渠沟里，发现早晨偷摘的仨西瓜还好好地躺在水道里。夜晚，渠沟里的水十分冰凉，他刚一拿出来，就感受到西瓜通体冰凉，顿觉喜悦。

"太好了，咱就躲在这儿吃西瓜，等那李老汉没了力气，回棚里休息后，咱再动手。"

这月色甚好，晚风凉凉，他们仨吃着冰凉的西瓜，好够滋味，好够享受。

天色渐浓，白云遮蔽，月光灰暗，正是三人动手之时。

李良平还是穿着芭蕉衣和芭蕉帽，凭借他瘦小的身材和灵敏的身手匍匐在瓜地间。丈量瓜地足有二十余亩，那遮阳棚在正中央。李良平爬了有一会儿工夫，才好不容易爬到遮阳棚后。

风灌进他的耳朵，呼呼声传来，他歇口气，轻压着脚，从兜里掏出火柴盒。刚划燃一根火柴就被风无情地吹灭。他又点燃一根，这回他蜷曲身子，窝在怀里，点燃火柴。火柴摇曳着火光，他慢慢地递到遮阳棚底下的草料堆里。

那火苗一触及干草瞬间燃起，滋啦滋啦的火苗向上蹿。李良平见势不再犹豫，以他矫健的身姿疾速向树林跑去，头也不回。身后那徐徐燃烧的火势愈发猛烈，李良平兴奋地大声呼叫。

"呀嚯——呀嚯——"

这声长臂猿猴呼叫似的声音惊醒了李老汉，李良平的目的是烧毁李老汉的遮阳棚，可不是要烧了他的眉毛，因此，他用这声猿啼般的呼叫声来唤醒酣然入睡的李老汉。

火势已然冲天而起。等李老汉跑出遮阳棚，再想去救火也来不及了。李良平早跑没影了，只留下李老汉怒气冲冲地对着燃烧的草棚大吼。

李老汉的咒骂声传得老远。有人家老远看到，以为李老汉又发什么疯。他们不会以为这是谁家着火了，只会觉得是谁在田边野地里燃烧麦秸秆，看了些时候，就又回屋去了。

李老汉就这么眼巴巴地等草棚烧成一堆灰。他一屁股坐在地上，回想刚才那几声猿猴啼声，越想越气愤。他可没听说过猴子会做这种放火的勾当，料定是白天那三个小孩干的。

而远处的树林里，李良平和李远地还有李晓茂正吃着西瓜，乐呵呵地享受着，他们看到李老汉气急败坏的样子是又觉得好笑又觉得有趣。

7

时间过得很快，这一年，李晓茂上三年级。在学校里算是个厉害的人物了，有李良平罩着，没人敢欺负他，甚至他可以欺负别人。他跟李良平学得有模有样，不仅姿势像，连神情和语气都相仿。

李良平越来越蛮横了，做的坏事也越来越多，没人喜欢他，甚至别人见了他都要躲着。至于读书学习好与坏，这都跟他沾不上半点边，上课时他除了睡觉还是睡觉。校长、老师不止一次劝说他，要他学好，可他完全听不进去。他们知晓李良平的家庭背景，又因为义务教育的限制，没法对他有什么大的惩罚。李良平在村里的评誉相当糟糕，大家总对他的行为进行抨击，连大人都在背地里说他的不是，更是成为饭桌上大人教育小孩的典型。

喜欢他的人也有，就是他那些唯命是从的小弟，这一年，李良平凭借他的个人魅力，成功收服了不少追随他的小弟，李晓茂也因此成功晋升为他们队伍中的老三，李远地为老二。

有人觉得李良平威风，有人觉得李良平正义，有人觉得李良平讲义气。夸他的有，骂他的也有。

这一天，大事发生了。

新勒小学这学期新来了位语文老师，是位男老师，听说是从市里其他学校调来教育交流的，任期两年，这种教育交流简称"支教"。新来的老师名叫陆千行，年纪大概三十三，年轻强壮，却是位经验老到的语文高级教师，在市里年年获奖，相当有名，连市长都接见过他。

李晓茂在开学典礼上见过他，陆千行个子足有一米八，身穿中山装，笔挺地站立在校长身旁，很是斯文。他那个黑色的圆框眼镜将他深邃幽黑的眼睛罩了起来，鼻梁上挺，眉毛粗黑，一看就很有威严。

如今，五年一班的学习氛围已经荡然无存了。其中倒有李良平的影响。他把上一任班主任气走了。不仅如此，在李良平的游说下，班级人心涣散，无心向学，更在其他课程上欢闹，气得课任老师还不到下课时间就走了。

李良平的威风劲儿还没过，这学期，学校就派新老师来了。当天，陆千行就给了李良平一个下马威，以绝对的威严和恫吓，再以粗鲁的力量压住了李良平的气势。他当堂把与他呛言的李良平拽起，丢出了教室大门。

李良平一脸骇然和窘迫，即使想要发怒，瞬间被陆千行恐怖的气势和怒言压制下去。那天，李良平被赶出了教室，这是他生平第一次受到如此大的侮辱。而且，这件事，整个学校都知道了，一传十，十传百，整个镇都知道了。这所学校集合了四个村的学生，这些学生传一传，要想人不知是不可能的。

男老师比起女老师，在行动和思想上更加迅速、果断、刚猛，这是陆千行施展的最具震慑力的一面。

不过很快，李良平的回应就要来了，这是同学们都知道的事，有前车之鉴，大家都等着看好戏。

果不其然，第二天上课，陆千行的办公桌上就沾满了牛的粪便。可这事，陆千行没有声张，也示意其他老师不要传播出去，他静静地收拾这些牛粪便，像往常一样进班级上课。

李良平本来只等待陆千行将这件事在班级说了一通，问是谁干的，站出来之类的话，然后表示愤怒，慷慨激昂地说些大道理啥的。可陆千行啥也没做，不像其他老师一样愤怒不已，这让李良平怀疑自己是否真的去陆千行的办公桌放牛粪便了。

按照他的设想，陆千行一定会跑来班级质问自己，而自己就可以当着全班同学的面否认这件事，出言呛他无凭无据，再说些他有违师德、诬陷学生的话语，定能让陆千行气晕过去。

可什么事也没有发生，他都要郁闷了。

他心想：这是为什么？陆千行第一天还冲我发火，还揪着我的领子骂我，今天我在他的办公桌上丢牛粪，他能不生气？

放学后，李良平把陆千行的自行车的车胎扎坏。陆千行推着车去修车店修车，李良平则在学校大门的台阶上望着陆千行的背影哈哈大笑。

班里的刘云喜走到李良平面前，对此表达自己的不满："李良平，你做得太过分了。"

李良平嚣张地说："这事你管不着。"

李良平还做过更过分的事，那就是在陆千行的水杯里尿尿。

接连几件事后，陆千行不但没有任何反应，还直接无视了李良平，这让李良平觉得一点意思也没有。他的注意力又转到六年级的黄友明身上。这黄友民何许人也？是李良平的死对头。他和黄友民之间发生过无数次争斗。有时候因为地盘，有时候因为一句话，总之，哪怕是件很小的事情，他们也会争吵甚至打起来。

李良平倒不是因为打架能力强，能以力量镇压，而是赖。凡是比他厉害的人，他虽然打不过，但他能持续骚扰对方，死缠烂打，他这人又特耐打，非跟对方死磕到底，以至对方怕了。都说横的怕不要命的，李良平就是这样，他敢拼，敢争个你死我活。除非对方求饶，否则他就是战八百回合也不怕。不仅如此，他下手也没轻没重的，要是让他瞅准机会，不入流的招数他都会用出来。这就是比他强壮的、勇敢的都服他的原因，谁都怕他这样的人。

黄友民是隔壁东崎村的，胆大，偷鸡摸狗的事他做过不少。关键是他块头大，面相凶恶，谁见了都得心底犯怵。前些日子，黄友民将李良平在荷塘捕捞的鱼给放了，还把李良平收拾了一顿，到底有力量上的差距，李良平气得牙痒痒，不痛快。

李良平和黄友民两伙人根本不是一个级别，黄友民收的人块头都大，而且威猛，连初中生都给他当小弟。反观李良平，都是些残兵弱将，五年级的男孩，连发育的年龄都没有到，这一对比，阵势上就输掉了一截。

"团攻不行，那就单上。"

李良平果然不是好惹的主，他竟然趁着天黑拿砖头偷袭黄友民。黄友民躺在地上哀号的场景被李良平到处宣扬，他这招偷袭本就不道义，人家在背后说些闲言碎语，他不怕，他宣传也就罢了，还添油加醋说黄友民吓得尿裤子了。黄友民在家休养了五六天才来学校，这事令大伙儿唏嘘不已。

黄友民也是那种没人管的野孩子，要不然他的家长准上李良平的家闹去。现今局面，黄友民提防着李良平，李良平也时刻提防着黄友民，他们俩各怀鬼胎，总想着让对方臣服于自己。

在学校，他们不敢打架斗殴，生怕叫来警察把他们关局子里去。李良平被关过，但即使关了一天，也没能收敛他的脾性。

这天，陆千行叫住了李良平，他要上李良平家家访。

李良平惊掉了下巴，怕不是听错了话。

"放学等我，我跟你一块回去。"

李良平想，这陆千行知道对付不了我，打起我奶奶的主意，要上我家找我奶奶告我去？可我奶奶都不管我，他去告了也没有用。

陆千行不是不知道李良平家里啥情况，办公室的老师们跟他说过好几遍了。李良平家只有他跟奶奶相依为命，那老人家现在除了忙农活，管李良平吃喝以外，她啥也不管，毕竟老人家连小学都没有读过，大字不识一个。她自己晚年不幸，老伴去世，儿子离走，还丢下孙子给她，三年五载也不回来一趟。况且她年纪大了，腿脚都不利索，能顾好自己就不错了，哪管得住李良平。她也知道李良平在村里和学校做的那些事，即使唠叨了李良平两句，他一不耐烦，就跑出去了。用她话说，这是她的不幸，养的儿子不孝，孙子越大越不听话，还经常惹麻烦回来。久而久之，她都习惯了。不过，当奶奶的，并不觉得自家孙子坏，孙子对奶奶好就足够了。

陆千行这次家访是为了证实自己的想法，他认为李良平并非大家口中说的坏到一无是处的孩子，李良平一定有特别的一面，陆千行想要寻找改正李良平坏脾性的方法。

其实，初来这所学校，他或多或少听说了这个班有一个惹祸精的存在。那天也着实给他气得不行，见识了李良平的"坏"，觉得这孩子这辈子就这么完了。可就在他骂了李良平之后，一次偶然的机会，他亲眼见到李良平的善良，他在桥上看得一清二楚。李良平把河对岸的老人背了过去，还把自己头上的草帽子给老人戴上，离开时，他扬起的笑脸说明李良平并非毫无良心，骨子里也不坏。联想到李良平的家庭，他认为李良平并不是天生要作坏。他因此坚信李良平还有得救，起码他的心地是好的，他所做的这一切都不过是在保护自己，或是吸引大家的注意罢了。陆千行猜想，李良平或许失去了爱，所以心里只有恨了。

陆千行想帮帮李良平。

这也是为什么李良平做了那么多给他使坏的事儿，他都不恼火的原因。平日里，陆千行还对李良平多有关照。比如上课，他竭尽所能，想方设法给李良平创造机会，李良平只稍做得好点了，就对他狂加赞扬。李良平起初感觉莫名其妙，觉得陆千行有猫腻，时刻保持警惕。只是这些事情多了，他忽然觉得陆千行没那么讨厌了。这以后，他很少在他的课上胡闹。

陆千行与李良平同行，在路上，他与李良平寒暄日常，只听李良平讲他做过的那些事，还洋洋得意，但李良平对家里的事只字不提，许是有所避讳。他告诉李良平此行不是为了告他状，而是要去看望下李良平的奶奶，尽管李良平不太相信他的话。

他们路过小店铺时，陆千行买了些肉、菜和酒。

李良平起初感到疑惑，这陆千行卖的什么葫芦药，无事献殷勤。但他转念一想，从没有老师去他家家访过，是不是家访都这样？老师上门必须带点什么，有这样的好事？他可听同学说了，老师去家访，都是家长杀鸡宰羊来宴请老师的。怎么到了陆千行这儿，就变成这样了？

"你干吗对我这么好？"李良平羞愧地说。

"啊？"陆千行装作没听清，笑呵呵地说，"你刚才说什么？"

李良平脸霎时红了。

"我能当你的朋友吗？"

李良平一听，露出诧异的表情，他觉得一定是自己听错了。哪有大人愿意把小孩当朋友，还是当他李良平的朋友，说出来可得令人伙儿笑掉大牙。

他瞪大了眼睛看着陆千行，陆千行又重复说了一遍。

李良平吞吞吐吐地说："为……为什么？"

"没为什么，我觉得你身上也有很多的优点。"

李良平来了兴致，这是第一次有人夸他，他说："什么优点？"

"善良、活泼、讲义气。虽然平时调皮捣蛋，但重情重义。这些优点够不够？"

李良平听陆千行这么夸自己，顿时羞红了脸。同伴的夸奖或许是为了拍他马屁，大人的夸奖或许是嘲讽，可老师的夸奖和赞扬就不一样了，权威和地位摆在那儿，哪个小孩听了不乐乎。

"你说的可是真的？"

"当然。"陆千行一身长袍，看上去正义凛然，说的话义正词严，铿锵有力，不像油腔滑调、哄人玩的婆萨。

李良平尴尬地笑了笑，他的心里充满矛盾和紧张，双手在衣服上来回搓动。

不过半晌，他们就走到李良平的家。此时已是傍晚时分，李良平家的烟囱有烟尘呼呼地往外冒。一到家，李良平就喊了一句："奶奶，老师来家访了。"

陆千行愣了一下，李良平出声的叫唤与他平日里跟人说话的态度有些不同，他唤奶奶时，声音里充满真切和温柔。

陆千行见李良平奶奶笑容满面地从厨房迎出来，两手用毛巾不停地擦拭着，一见陆千行就赶忙伸出双手与他握手。

"您好，您好，哎哟，老师来了，哎呀，老师您太客气了，来，来，进来坐。"李良平奶奶大惊失色，又见陆千行提着东西上门，一来就递给她，她一时慌里慌张，一副受宠若惊的样子，话到嘴边，又不知说些什么，只能请陆千行快快坐到桌前。

"老师哟，您太客气了，您能来就是我祖孙二人的荣幸，太谢谢您了。"李良平奶奶红着脸说话。她的客气都让陆千行感到不好意思了。

破落的房舍，沉寂的客厅，只能用古老来形容他们的住所环境了。客厅内，陆千行坐在方桌前，李良平奶奶双手紧紧地握住陆千行的手，生怕他会跑走。他们用闽南方言交谈。李良平奶奶让李良平去厨房做饭，陆千行知道这是支开李良平，要与他说真心话了。

李良平奶奶像是知道陆千行此行的意图，言语中都是责怪李良平在学校不乖、惹是生非，随后充满歉意地请陆千行在学校时多教导他，任打任罚。话说于此，她突然落起泪，伤感地说，李良平这娃苦啊，没爹疼，没娘爱，从小到大受尽嘲笑和屈辱，成了村里欺负的对象，以至于现在的他只能用这种方式保护自己。

　　说完这些，李良平奶奶又开始滔滔不绝地讲述她这几年的辛酸。奶奶满脸愧疚与悔恨，像是终于找到能够倾诉的对象，她只顾自己说话。陆千行坐得笔直，静静倾听她的哀怨，点头、凝眉、轻叹回应李良平奶奶，等李良平奶奶愁苦地说完他们种种生活的不易后，陆千行才缓缓道出令李良平奶奶宽心的话。

　　他此行是想来看看李良平的家庭，好对他作进一步的了解，也希望用自己的实际行动，让李良平悬崖勒马、回心转意，不再行那些令人嫌恶的事。

　　但如今所见、所听、所感，已然超出他的预想。

　　握着李良平奶奶粗糙的双手，他的心有些触动。再见李良平家破砖烂瓦，禁不住雨飞雾落，更令他鼻头一酸。

　　门房偌大，却只有李良平和奶奶二人，孤寂之感与何人诉说？

　　尤记得李良平奶奶泪眼朦胧地说了句令他心头一颤的话："还有人能爱他吗？"

　　陆千行与他们别离时，稍稍转头侧目，便能深感心哀。离开后，他本来思考的对策也全无了，最后能想到的便是随心而行吧。

8

李良平不可能一夜回归良性,他依旧如常,天圆任他行,地广任他游,逍遥且自在。

他习惯了无拘无束,怎么可能受制于陆千行的好言好语。但是,李良平却因为这件事而有所收敛了他那放荡不羁的性格。

南方的夏季降雨量尤为充沛,常常倾盆大雨,八九月份还有强台风来袭,带来强降雨量。李溪村地属盆地,溪流众多,大雨瓢泼,常聚成河。村民们在李溪村挖了数十条大大小小的河,以防洪汛。

台风天下暴雨,学校暂时停课,学生在家里待着。

这年的超强台风俗称碧利斯,泉州地区出现长达六天的连续性暴雨。早在暴雨到来之前,村主任就带人上山加固山体,并劝说山上村民下山避难,紧锣密鼓地安排各种事项,希望把这次台风侵袭的危害降到最低。

但谁也无法料到李良平家的那一遭。

李良平的家塌了。

李良平千恩言万恩谢，都远远偿还不了陆千行。那一天要不是陆千行，估计他祖孙二人都得埋葬在那烂瓦泥墙之下。

那天，暴雨即将来临，陆千行忽然想起之前去过几次李良平家，那时他便觉得那座破烂的瓦院房有些欲倾欲倒。他是有文化的人，榫卯结构的房梁不仅发出咿呀咯吱的声音，木块边缘还有腐朽的痕迹，显然中空、断裂，要不是房梁主干还有侧梁，早就塌下来了。他预感暴雨毕至时，房梁定会无法支撑，断折，导致坍塌毁坏。他第三次家访李良平家时就劝说他们离开祖屋，可祖孙二人执拗，不以为意，即使给他们安排栖身之处也不为所动。

暴雨落瀑时，他又去劝说他们离开，可老人家就是不愿意。等到祖屋摇晃厉害，他们才害怕起来，可那时，要跑就来不及了。陆千行赶着搀着，千钧一发之刻，临门一推，将他们推出祖屋。他这舍身一推倒是救了祖孙二人，可自己就惨了，还未躲离屋外，惨遭倒下的大门和房梁的重压，左大腿骨折断裂，说来也幸运，前屋只是平房，未及后屋来得高，所以前屋倒塌向左倾去，还不至把他整个人淹没，否则他真就小命不保。可即使这样，腿骨折裂的痛感也让他喊出了撕心裂肺的声音，传到四邻八坊。

至此，陆千行落下了跛脚的病症。

从那以后，李良平不再过分调皮捣蛋了，至少陆千行的话他是一定会听的。陆千行救人的事迹传遍整个镇，大家都知道这是一位好老师，新勒小学的老师和家长们对他更加尊重。他也用他的实际行动改变了一个人们眼中的"坏孩子"。

因李良平家的祖屋坍塌，重修要一笔不小的费用，那块地是否会重建就只能看村里的意思了，祖孙二人暂住在学校新校舍里。

李良平不再与李晓茂他们一起去学校了，只等他们来找他玩，或是他们约好时间、地点碰面。

李良平住校后，可以说是有天大的好处——很多老师都住校，他的邻居一下子全换成老师了。这些老师只要一有空就教导他，在此氛围下，李良平要再不学好就说不过去了。

这些老师的技艺可高了。学校的课程很多，但老师很少，有的老师一人兼任三种课程，琴棋书画也略懂一二，甚至精通某一门艺术类学科。

学校有一位习承闽北曲艺的老师，名叫王长忠，擅拉二胡，喜讲评书，会说歌仔。王长忠那年六十七了，却还像硬朗青年一般，老当益壮。他的技艺使他远近闻名，颇有威望，不仅如此，他还收了五个真传弟子，皆在市里曲艺团表演，名响之度不输于他自己。

王长忠时常在周末时间利用学校场地授曲艺课程。每周都有家长带着学生上门来请他教，他也乐意教，只是他要求高，学生需得有中等以上的资质，否则他一概不收，但只要收进来了，他就会特别认真地教授技艺，不仅如此，他收的学费也特别低，家长非常乐意出钱带孩子来学习。

李良平本来不曾接触这些，只是每逢傍晚，王长忠就在学校广场拉二胡，学校广场很是热闹，有夜灯照耀，周边摆摊生意更增添热闹气氛。有孩子在学校广场追逐打闹，有老人在树下乘凉、下棋。当然，还有王长忠，拉着二胡，唱着锦歌。

这里的夜生活比他们村热闹，照往常，李良平要么和李晓茂他们在田里抓鱼、蛙、蚯蚓，要么就是去捉萤火虫，再不然就烤地瓜。村里头没啥亮光，家家户户一到九点就熄灯睡觉了。

而这里不是，围校而建的商铺数不胜数，灯火通明，热闹非凡。节日里，学校广场会摆开舞台，演上几段歌仔戏。每周日傍晚还会摆上幕布放电影，真是快活。以前因为离家远，他们一个月才来三四次。而现在，这些事情每天都在李良平的生活里发生。

自从李良平迷上歌仔戏后，就缠着王长忠学习拉二胡。他也真有功夫，当真像模像样地学起来。王长忠不看好李良平，只觉得他这人躁动，学习只有三分钟热度，而且李良平资质不算好，中等以下，所以王长忠不愿意收他。奈何李良平死缠烂打，真诚无比，求知若渴，王长忠才勉为其难教他几招。

光是压弦、定坐、弹弦这几招，李良平坚持着练了个把月，让与他打赌的王长忠心服口服。

后来，李良平真就会拉二胡，虽然只会简单的曲目，但也让王长忠看到了他身上不可多得的品质——执着。他原本就这样，认定的事，打赌的事，答应的事，绝不反悔。

过了一阵子，学校广场上多了一个拉二胡的小子——李良平的演奏在这天亮相了。众人的欢呼让他的脸红一阵白一阵。因为紧张，他拉的二胡曲子有些磕绊，饶是平时熟烂于心的一首曲子，听出了四次破锯的声音。即使这样，他还是受到了众人的一致鼓舞和称赞。敢在众人面前正正经经地演奏就已经迈出了关键的一步，更何况这人还是曾经的坏小子。

围观的观众里，唯独陆千行心头最有滋味，他容光焕发，端坐在石凳上，腰杆挺得笔直，左腿裤管扎裹了起来，拐杖就斜倒在石凳上。

从李良平的脸上，李晓茂看出了不一样的神采。

最近，黄友明总是找李良平的麻烦。黄友明怎么也不相信李良平会从坏小子变成人人夸赞的读书郎，他更加讨厌李良平了。缘由便是人人们总对他说："你看看人家李良平，再看看你，你就是烂泥扶不上墙，你就是个坏种。"一两次也罢，听多了，他心中的怒火越加旺盛。所有的殊荣都归李良平，所有的罪恶都归他。他即使做了一件好事，人们也觉得他在做坏事。人们内心的成见永远固定在之前的印象中。

李良平住校，只稍外出，黄友明就能撞见他，因而黄友明常常路上截胡对付李良平。李良平不得不绕道走，他不想再惹是生非了，这是他答应陆千行的，必须要遵守。

黄友明终于在身边跟班的小弟那里获取到一个歹毒的计划。这个小弟是他班级里的学霸，也是他们"黄旗军"的军师，常常为他出谋划策，黄友明才得以"名声震天"，传至其他小镇的学校。事实上，新勒小学没人比他更霸道了，之前的李良平不过是个新晋的小混蛋，他却是"万年老油条"。

那天放学早，李良平跟李晓茂他们一起去禾田捉蚯蚓钓鱼。这次野钓收获颇丰，五条大鱼，四条小鱼，比以往钓的要丰足得多。分了鱼后，他们各自回家，李良平拿着鱼朝学校走。

刚要走进篱墙小道，远远就见几个人从水渠沟内钻出，正是黄友明和他的同伙。黄友明早就埋伏在道上，给李良平来个措手不及，还没跑出几步，李良平就被黄友明几人抓住，按倒在地上。

"黄友明，你想干吗？放开我。"

李良平哪是他们这些人的对手，其中还有黄友明上初中的朋友，那体态和个头足以将瘦小的他按压在地上不能动弹。以前仗着人多，打不过就硬打，实在打不过就跑，他们都是小打小闹，输了也不会怎么样。

这次黄友明像是有意针对他似的，上来就对他拳打脚踢。

围墙后传来呼啦呼啦的声音，几个小孩从拐角处急急忙忙地冲出来，神色慌张且激动。

"老大，老大，老大，鸡抓到了。"那群小孩说。

这些小孩不是别人，正是曾经跟随李良平的那群人。

"给你们原来的老大拿着。哈哈哈！"黄友民戏谑地说道。

这群小孩簇拥在李良平身旁。刚才架住他的那些大孩子，把李良平的双手移交到几个与他差不多大的孩子手中。

"架住咯，若让他跑掉，你们就倒霉咯。"那些大孩子朝他们瞪眼，出言威胁。

- 062 -

李良平预感不好，大声叫道："你们要做什么？放开我，你们……"

"嘿嘿，李良平，你没想到吧，今天就让你身败名裂，看你以后还敢不敢这么嚣张。"黄友明嘿嘿一笑。

"我们撤！"黄友明呼唤他那几个人高马大的伙伴。

黄友明等人撤走后，围墙的另一头传来几声粗鲁的骂人话。他一出现，就吓住了这群小孩。这人是李三斌，李溪村的农户，喜欢喝酒，不仅夜晚喝，日晒三竿也能酌上几杯白酒。这会儿，他微醺且带着怒意狂奔而来，手里还拿着根粗重的木棍。原来，他正在追几个偷鸡的窃贼。这几个窃贼不是别人，正是往日与李良平在村里胡作非为的小子们。

"哈哈，让我逮到你们了吧！"李三斌举起木棍得意地笑着。

"不要打我们，是我们老大让我们干的，跟我们没关系。"

"我没说过，你们胡说！"李良平慌忙出口辩解。但他这一出口，马上中了黄友明的计。

任谁都会因此误解此次带头做坏事的人是谁。李三斌带着醉意顿时火冒三丈，他说："好啊，好你个臭小子，没想到竟然是你。我还以为你跟着陆老师学好了，果然狗改不了吃屎，你一辈子都没出息。之前你就到我地里偷挖地瓜，现在你还敢偷鸡。看我怎么教训你。"李三斌的酒力不错，硬是跟着这些狡猾孩童跑了二里路，此时浑身是汗，骂骂咧咧地叫嚷起来。其实，要不是这些孩童紧赶慢赶，有意放慢速度，他根本追不上他们。

"不是我！真不是我！你们……你们为什么要冤枉我！"李良平焦急地辩解，忽然醍醐灌顶一般，"啊！是黄友明让你们陷害我？你们为什么要这样？放开我，放开我！"他挣扎着要甩脱架住他的两个孩子。

其他小孩不敢看李良平，他们因害怕而说："是李良平让我们做的，不要打我们，不要打我们。"

那个抓鸡的胆大孩子害怕得把鸡扔出去，随后拔腿就跑，其他人也跟着一哄而散。李三斌原先要抓人，现在却一个都没抓到。他转念一想，那就抓李良平吧，谁让他是主谋，他便伸手去抓李良平。架着李良平的人在这时候松开了手，身旁两人把他往前一推赶紧跑走，李良平没站稳，一个趔趄摔在地上。

李三斌也在这时候把手伸来，一个巴掌打在他的头上，力道之大，让李良平头晕眼花。随后，他的一只手被李三斌牢牢地抓住，李三斌一抓住他，就气愤地拿木棍朝他打去，在酒意的驱使下，他打人力道迅猛，不知轻重，抽得李良平嗷嗷叫。

李良平眼泪一下子就掉下来了，哭得委屈："不是我干的，真不是我干的，放开我，放开我啊……"他边哭边喊，纵使如何解释，李三斌就是不放手，不饶他。许是打得腰酸背痛了，他才停手。

李良平被打得半死不活的，蹲在地上哀哭，眼泪、鼻涕一大把掉下来，他从没有像现在这样哭过，心里难受委屈，心仿佛被万根针扎了进去。伙伴的背叛、李三斌的侮辱、黄友明的使坏，明明白白地攒在他的心房上，那颗心扑通扑通地来回跳个不停。

李三斌看到李良平啜泣个不停，他也没打算就这样放过李良平。他对陆千行是敬佩的，觉得李良平愧对陆千行，作为李溪村的人，不能就这么任由别村看不起，有错就要认，有恩就要谢，这是李溪村的做人原则。李溪村都应该感谢陆千行，尤其是李良平这小子，再怎么着也不能辜负了陆千行，虽然他是山上迁来的，但人好歹也归属李溪村，而且祖上在李溪村留有块地，算是同根同源。既然是李溪村人，那就更要维护好李溪村的名誉。

李三斌拿出系腰带的皮绳将李良平双手捆起来，然后粗着嗓子叫道："跟我走。"

李良平知道他要做什么，拖着地，哭着说："不要……不要，不要啊，真不是我干的。是他们，是黄友明，不是我。"

李三斌哪管这么多，李良平在他眼中就跟瘦猪猡一样，他三两下就将李良平拽走，李良平越是挣扎，他越是生气地猛力打他，直到李良平不敢再挣扎为止。

这路上，吸引了众多人，这些人有其他村的，也有李溪村的，他们好奇地问李三斌，李三斌就一五一十地告诉他们。李三斌还要添油加醋地说李良平，完全不把他当人看，说他是畜生，狗改不了吃屎。

李良平的脸上和身上都是伤，就像囚犯一样受李三斌的拳打脚踢和言语侮辱。他此时已经精神恍惚、疲惫不堪。很快，李三斌的身后就跟满了追随的人，有小孩，有妇女，有青年，他们看热闹似的跟来。众人议论纷纷，有的说李三斌简直不是人啊，把李良平折磨得不成样；有的唉声叹气，说他小子不知悔改，劝他迷途知返还是好孩子，然后口中念着阿弥陀佛；有的小孩追在他们身边，手舞足蹈的，神情又害怕又疑惑又兴奋。

当大伙一起来到学校找陆千行时，陆千行正在校舍房间里读书。

吵闹声和呼喊声迫使陆千行从校舍一瘸一拐地拄着拐杖走出来。他一出来，立刻就惊呆了，人头攒动，村民各自闲言碎语。李三斌凭着酒意，跟跄道："陆老师，我们李家村对不起您。家门不幸，我带李良平来受罚。"

陆千行一眼就瞧见李三斌手中拽着的李良平，他吓得差点跌坐在地上。

"你，你都做了些什么？"陆千行赶忙上前，一把推开李三斌，抱住李良平。

李良平奶奶刚从房门出来，就见自己孙子成这副模样，吓得瘫坐在地上哀号。

"你个杀千刀的剐子，你祸害我孙子，我要跟你拼命！"李良平奶奶发疯似的站起来要跟李三斌拼命，周围人赶忙拦着她，好生宽慰，试图抚平她的愤怒。可老人家脸涨得通红，哪里听得进去。

"我这是帮你教训那个不争气的孙子，你倒埋怨起我来了，我看你祖孙二人，不知恩图报，还把人家陆老师害得无法走路，你还有老脸在这瞎叫。"李三斌理直气壮地说。

这话让李良平奶奶脸色发青，她气不过李三斌的话，哀呼一声，就气晕过去。

有旁人生气地说："李三斌，你少说两句。"

李良平精神萎靡，全身佝偻着，怎么也直不起身子了，嘴里呢喃着："不是我，不是我……不是我……"

陆千行浑身哆嗦。

这事传到村主任那儿，他火急火燎地赶来。一见到李三斌，又看到奄奄一息的李良平，李村长大怒道："李三斌，你在干什么？"

李三斌跟着解释，还把子虚乌有的事也说了出来。

李晓茂从人群中跑出来，哭着说："你骗人！我们没做过这个事。良平哥没做过。我们刚才是去钓鱼，我们没做过。"

"臭小子，你别以为你能帮这小子开罪。我亲眼所见，而且跟他一伙的就是你们这群小跟班，别不承认。"李三斌吼道。

"不，就是你胡说，就是你胡说，我们没有偷鸡，我们没有，我们就是去钓鱼了。"

"你再胡说我揍你。"李三斌抡起拳头威胁道。

"你敢！"李晓茂奶奶挡在李晓茂面前，怒色道。李三斌把李良平打坏了，她已经很是气愤，一个小孩再怎么坏也不能对他这样，李良平浑身是伤的样子让她心头战栗。

李晓茂奶奶在村子里是有些地位的人，她这一嗓子喝叫声震住了李三斌，李三斌倒退了两步。

这时候，陆千行说话了："你这个屠夫，刽子手，不分青红皂白的狼剥子，你自个好好闻闻。"陆千行颤抖地扶住李良平的手掌。

李三斌皱眉道："干什么？"

陆千行不说话，他的眉宇间悬凝着一丝阴冷之气，双眼直瞪，包含着怒火，颤抖且阴沉地说："鱼的腥味，你给我好好闻闻。"他将最后几个字用力地喊出来。

旁人一听，愣了一下，凑上来闻了闻李良平的手，确实有一股浓烈的鱼腥味。李晓茂知道大家误会了他们，如释重负且委屈地大哭起来。

李三斌浑身一震，酒全醒了，牙间打颤，支支吾吾地说不出话来。

他突然一拍脑袋，想起什么似的，他说："这李良平确实不是偷鸡贼，而是他身旁的跟班小弟，可他的小弟们都说是他指使的。他可能是先去钓鱼，然后回来接应小弟偷回来的鸡，好和他们美餐一顿。"他这样说完信心大增，满意地拍了胸脯一下，有理有据，他丝毫不怕。

"我们很久没跟他们玩了。你说的是谁？叫那几个偷鸡小贼出来说清楚。"李远地跳出来说。

旁人说："对啊，谁做的事找谁，就算指使人是李良平，受罚也不能全是他，偷鸡小贼也有份，叫他们出来对峙。"

"我哪里认识。几个小毛孩，偷了我的鸡，跑得飞快，最后还不是让他们溜了，鸡也给飞跑了，我就逮到他们这个'老大'。哼，我还没让他给我赔鸡呢！"

"不可能，我和良平还有晓茂很久不跟他们玩了。"

村主任说："好了，都别说了，先把平子送去李章笛那儿去吧，你看你做的事。事情还没搞清楚，就胡乱动手。下手也没轻没重的，这件事要是你不对，看我怎么收拾你。"他指了指一旁李良平和李良平奶奶合抱瘫坐在地上的场景。村主任到底还是有仁爱之心，他实在看不过眼前这场景。他对李三斌的做法很不赞同，这种事，应该跟村里先商量，怎么还跑到学校胡闹，学校是什么地方他不清楚吗？大庭广众之下，家丑外扬，传出去让人笑话。本来就欠陆千行人情，这下倒好，还整出个笑话来，这样让人家其他村觉得李溪村没一个好人。他气不打一处来，甩头骂李三斌不是东西。

好在他是村主任，大家都听他的，在大家的帮助下，先把李良平送村医那儿去，事后再调查清楚。其他看热闹的人也散去了。不过这件事不到几个小时就传出去了。

为了不让这件事越传越离谱，村主任询问李晓茂和李远地两人，之前跟着他们一起胡闹的那些孩子都有谁。

这些孩子很快都被聚在了一起，负责偷鸡的、负责望哨等候的、负责纠缠的、负责架住李良平的，迫于这件事情的重要性，还迫于大人们的威严，他们把这件事一五一十地交代了。

他们都受到了黄友明的教唆和威胁。

黄友明这几天担惊受怕的，李良平的事情他听村里人说了，他不承想这件事能闹得这么大，他只是想教训教训李良平，没曾想李三斌这么狠，把李良平打坏了。他知道这件事在小镇上影响甚广后，心开始颤抖了，他惧怕大人们找自己问责，连夜躲去了朋友家。但天下没有密不透风的墙，他还是被大人们找着了。在大人们的审问下，他只好交代了自己陷害李良平的计划，还交代这计划是班里的吴尤柒想的。

村主任等人听完整件事，突感不可思议，气氛跟着变得阴沉凝重，谁能想到这样一个恶毒的计谋竟出自几个小孩之手。随行的老师们也震惊了，他们没想到平时学习能力超群的吴尤柒竟也参与其中。这样一个组织像黑社会一样去威胁和逼迫其他小孩，情节恶劣，令人发指，要是任由他们发展下去，再长几岁可还得了。

知道错的一众孩子，羞愧地低下头，等待他们的便是狠狠地责罚，他们的亲人知道这件事也感到羞耻，怪他们野蛮，怪自己教子无方，老师们也反思自己怎么教出这么多个无品无德的学生。

  思其缘由，这些孩子的监护人大多是爷爷奶奶，外出打工挣钱的父母不在少数。他们或多或少疏于管教，自制能力不足，又有稍大的孩子为他们撑腰，便做出这些荒唐事来。人心险恶，真叫个可怕呀。

9

李良平要上六年级时,陆千行下乡镇小学的教育交流也要结束了。陆千行就要走了,回到他原来的那所学校,那是市里的学校,离他们这有好几十公里远。

陆千行要走,李良平哪里舍得,他本来想恳求李校长让陆千行留下,可李校长说:"陆千行自己也有家人和孩子,来咱们这儿受苦了一年,已经非常不容易了,而且还……"李校长话说到一半,难以续说下去,其实他的话说得很明白了。陆千行来到这儿,已经让新勒小学蓬荜生辉了,那条扎起的裤管更让他们对陆千行饱含亏欠之情,怎么好意思再留人家。

当初陆千行断腿后,本可以就此离去,可他放心不下李良平祖孙二人,伤好了以后坚持留下。这种肉体的缺失没有使这位老师的精神破碎,仍以和颜悦色的心态面对生活,面对他的学生和同事。他每天拄着拐杖给他们上课,热情犹在,始终笑容满面,生动有趣地讲好每一篇课文。

陆千行的离开让李良平一时间难以接受，接下来的日子他萎靡颓丧，怅然若失。陆千行知道这件事后，给他寄来了信。信里全是鼓励李良平的话，并要李良平努力学习，中考后争取考进市里来，他等着这一天。这封信给李良平打了一剂强心针，李良平如获新生，这之后的日子与以往又大不相同，他学习更加努力，更加勤奋。

分别的不只陆千行，李晓茂的爸爸妈妈来接他去城里了。

过年时，李晓茂的爸爸妈妈就与李晓茂奶奶商量，他们在城市里，基本稳定下来了，晓茂需要跟在爸爸妈妈身边，所以他们打算八月份带李晓茂进城，他们会把上学的问题搞定。李晓茂一听到爸爸妈妈要带自己走，高兴地在屋子内跑了三圈。但他忽然想起，就要作别这个生活了十年的地方，他又突然感到伤心。他说舍不得奶奶，舍不得爷爷和大家。爸爸笑着对他说，你可以时常回来呀，就像爸爸妈妈过年回家一样。家总是要回的。

身旁的奶奶眼光忽然闪烁了一下，慈祥地看着忽而快乐忽而难过的李晓茂，她笑着对李晓茂说："你啊，以后跟着爸爸妈妈，可不能再调皮捣蛋了，大了要懂事，要听爸爸妈妈的话，要帮爸爸妈妈做点事情。"奶奶的声音有些发颤，她轻轻地抚摸着李晓茂的头。

年后，爸爸妈妈又踏上进城的道路，他们走了，留下祈盼的李晓茂。李晓茂默默地祈祷那一天快快到来。

这期间，李晓茂逢人就说自己要进城了。

有孩子调侃他："说不定是你爸爸妈妈骗你的，哄你玩的。"

一听到这个他就会反驳："你才骗人，我爸爸妈妈可好了。每年都回来看我，还给我带很多好玩好吃的东西，这次我一定能跟他们到城里去，我爸爸妈妈从来都说话算话。"

"我才没骗人，我爸妈之前也说要带我进城去，结果还不是没做到。我都等了两年了。"

"不会的，我爸爸妈妈从没骗过我。"

"你就吹牛吧，大人总是喜欢骗人，他们就是一群骗子。"这孩子气呼呼地说。

"才不会，你胡说。我爸爸妈妈就是不骗人，他们跟其他人不一样。"李晓茂激动地反驳对方的话。

"那等着瞧。"小孩不屑地说道，似乎这种事对他来说已经习以为常了。

另一个孩子笑着说："我看啊，你就别痴心妄想了，大人都是一个样，你爸妈也同他们一样，是骗人撒谎的小狗。"

"你才是小狗，我不许你这么说我的爸爸妈妈。"

"哈哈，我就是说，怎么样？你爸妈是骗人的狗，哈哈！"

周围的孩子跟着起哄，嘲笑李晓茂只会被大人们哄骗。

"八成是不要你了，随便糊弄你两句，哈哈。"忽然有孩子大声嘲笑道。

李晓茂越听越不是滋味，越听越气，脸红一阵青一阵，眼神死死盯着嘲笑他的人。他气愤极了，双手攥拳，可笑声越来越无礼，他终于忍不住挥拳上去，这一拳来得突然，一下子正中骂他爸爸妈妈的那个男孩。

"啊！"男孩捂着眼睛喊疼。紧接着，强忍着疼痛也挥拳向李晓茂打去。

两人扭打在一块，男孩的朋友见这阵势自然要帮助男孩对付李晓茂。其余孩子看好戏似的手舞足蹈，此时非在校内，没有办法让老师来劝架，李晓茂寡不敌众，落败。

也许是李晓茂太不经打，三两下就给打趴在地上哭，他们才罢手不打，又见他哭闹得厉害，那几人赶紧灰溜溜地跑走，生怕李晓茂的哭声引来大人，那他们可得有"好果子"吃了。

李晓茂伤心地从地上爬起来，边哭边抹眼泪，他伤心的根本原因在于爸爸妈妈是否真如他们所说不会把自己带走。

他满身伤痕地跑回家，李晓茂奶奶见了他这副惨样大吃一惊，慌忙关切询问。他扑进奶奶的怀里，越哭越伤心。奶奶心疼呀，摸着他的背，安慰着。他抽咽着，吞吐地说爸爸妈妈真的会带自己进城吗之类的伤心话，还说爸爸妈妈是不是不要自己了。

"傻孩子，说什么傻话呢。爸爸妈妈怎么会不要你了呢。他们说会带你走就一定带你走。别哭啦，你难道还不相信你的爸爸妈妈吗？"

"真的吗？"李晓茂满脸泪痕。

"傻瓜，奶奶什么时候骗过你，你马上要跟爸爸妈妈一起生活了，应该要高兴才是。来，不哭了，洗个澡，换身衣服，舒舒服服地睡个觉，忘掉所有烦恼。去吧！"

所有子孙中，奶奶最疼李晓茂，她对李晓茂真的太温柔了，李晓茂的生活可以没有奶奶，但奶奶的世界里不能没有李晓茂。

孩子大了，终究没办法再留在身边，而且爸爸妈妈的爱也不可或缺，相比奶奶给李晓茂的爱，他更需要爸爸妈妈的陪伴。

她已数不清有多少个夜晚给李晓茂讲故事哄他入睡了；她也记不清李晓茂对自己喊了多少声奶奶；她亦数不清自己的脸上布满了多少条皱纹。她老了，老得有些快了。

这年暑假，他的盼望之心尤为强烈。八月的日子如约而至，李晓茂的苦苦等待终于迎来了结果。

李晓茂要走，李远山和李良平都来送他。面对比自己年龄大的两位好朋友，他由衷地感到不舍，他们可是有过命的情分呀。

李晓茂在众人目送下，牵着爸爸妈妈的手坐上了农车，农车开往长途汽车总站。

李晓茂坐过几次农车，农车缓缓而行，行驶在泥泞的小道上，行驶在宽敞的大道上。他望天，这片他生活了十年之久的家；他瞧着瓜田，李老汉还是那副气定神闲的模样；他望见远处的山峰，那儿有春夏秋冬过往的美好回忆。

　　农车的烟管发出黑烟，呛得他捂住鼻头。它太慢了，到长途汽车站花了四十分钟。李晓茂依偎在妈妈的怀里，那是他长久祈盼的地方。

　　他才知道去往省城的路十分遥远，阻隔道路的山峰一座接着一座，环环绕绕，曲曲折折，一小时，两小时，三小时……

　　这一路他都兴致高昂，从车窗望向外面，每到一个地方，他都兴奋地观察他没见过的东西。他知道了除家乡以外，大镇子的热闹景象，穿着各式各样的漂亮衣服的俊男美女、妇女儿童。

　　后来，他们终于抵达了终点，妈妈告诉他，厦门到了。

　　厦门这个词，他不止一次听过，家乡的许多人都去了这座城市打工。这是国家主席曾经抬手指过的地方，这是一座新兴海滨城市，许多背井离乡的异乡人千里迢迢来到这座城市，目的各异：有为了更好的生活，有为了未来的梦想，有为了孩子的教育。总而言之，这些远赴盛城，共创美好生活的异乡人都是值得尊敬的。

　　长途跋涉和精神的紧绷让李晓茂感到困倦，他才知道，爸爸妈妈离开家去往别处是多么的辛苦。

　　李晓茂问妈妈："我们在哪里？"

　　"在塘边。"

　　"塘边！"

　　他们提上行李，穿过人潮拥挤的长途汽车广场。壮阔的大厦建筑惊呆了李晓茂，他挽着妈妈的手，边走边看他从未见过的事物。

　　他跟着爸爸妈妈坐上公交车，这个绿色长方形的铁皮箱与他坐的长途汽车不一样，更为宽敞、整洁，而且没有任何异味。因是在暑假，长途汽车站外的公交点没有返乡时的拥挤，形形色色的人各自为行，向着不同的地方出发。公交车一辆接一辆。有的人面色平淡，有的人面色浓重，有的人面色兴奋，每个人的脸色都呈现不一样的色彩。

公交车疾驰在城市的交通路上，窗外的景物向后倒退，城市的每样事物都一清二楚地展现在李晓茂的眼中。十年光景，他从未出过自己所居住的小乡村，他只知道田野、天空、树林、河流，却不知道大厦、大桥、巴士、轿车。

公交车停在一处站点上，迎面上来一位小学生，李晓茂当即看直了眼，那小学生的衣着样式和面容与他们村孩子的穿着截然不同，浑身上下都透着干净、漂亮、精致、昂贵。

李晓茂想，以后自己也能像他一样吗？

跟随爸爸妈妈回到住所已将近傍晚。妈妈累了一天，这时候的她显得憔悴了许多，她一早起来就忙里忙外，收拾行李。李晓茂的妈妈是典型的乡村妇女形象，大字虽不识一个，但性情豪爽，任劳任怨。

爸爸妈妈的住所是一间一室一厅一卫的出租房，在李晓茂还未来厦之前，他们二人租房时仅有一室一卫，二人受尽了磨难才终有小成，为了迎接儿子的到来，特地改租一间大的房子来。

李晓茂的爸爸妈妈做粮油和五金店的生意，一个大门面，分做两个门，一边卖米油盐，一边卖管桶钢具，种类繁多，凡是生活中能用到的东西，他们家全都有。这家门店的开启用了他们七年的积蓄。李晓茂觉得这家店像极了村口的那家杂货铺，只是自己家的要大好几倍。明明那么大间，爸爸妈妈却叫它"小超市"。超市是什么意思？爸爸妈妈含糊其词地解释了一通，说是顾客自选，售卖家庭日用品为主的店铺。总之，这是一间应有尽有的商店。生意还算好，这个地带的人流量大，且都是些远离家乡的异乡人。

10

    塘边可算作厦门的城中村，2006年的厦门还处在快速发展时期，人潮向厦门涌来，他们蛰伏在这座新兴城市，为生活劳苦奔波，待站稳脚跟，就携妻带子，向未来的美好生活更进一步。努力地活下去，活得更好，是这一代人的使命。

    塘边的街道特别繁华，一条窄巷一通到底，街上到处是人，两旁有数不清的店铺和沿路搭棚的商贩。街道后巷是民宅，一栋接着一栋，紧紧挨在一块，仅容一人通行，窗子更是两楼相对，楼与楼之间密不通风。不仅如此，搭起绿网的楼数不胜数，越建越高，越建越多，之间只有窄窄的通道，向上看去是见不到天空的。房东们不留余力地隔开房间，收留来这儿打拼的外乡人，给他们一处栖息之地。压抑，是李晓茂最直观的感受，与村里那种徜徉在天地间的感受不同。

    家里的小超市开在繁华地带，这意味着生意兴隆，每天都有络绎不绝的顾客前来买货，爸爸妈妈忙得不亦乐乎。李晓茂从爸爸妈妈的神情和汗水中看到了快乐，他们说，那是赚钱的滋味。

八月中旬，李晓茂爸爸开始为李晓茂上学的事奔波，本来就近可以读塘边小学，可他爸爸不愿，他觉得既然要上学，那就得上好学校，好学校才能让晓茂成才。他自己只读到高二就辍学出来闯荡了，吃了没文凭的亏，历尽千辛万苦，这等苦只有他自己明白，后悔已是无用了。他深知学习的重要，而且这几年在外打拼，冷落了李晓茂，他自知再不能亏待了儿子，望子成龙的心比他赚钱还要迫切。

好学校意味着好教育，好教育意味着读好书，读好书意味着成大才，还意味着人生的顶端应是最高层，他幻想着儿子能读上好大学，将来赚很多钱，为他争脸面，为他争口气。于是，几番周折，他在人情世故的斡旋中，终于联系到一位公办小学的校长，以借读的名义让李晓茂在这所学校读书。借读是要借读费的，一千元。李晓茂要是知道自己连一千元都未曾数过的数，爸爸妈妈轻而易举就交出去了，他得多心疼啊，平时他连奶奶给他买糖吃的钱都不舍得花。可李晓茂爸爸愿意，因为他觉得值。

厦门的夏天热到让人心烦意乱，李晓茂深切感受到没有一丝风的建筑群带给他的那种燥热的感受。初来乍到，再加上他与爸爸妈妈才刚开始生活，心有隔阂，他不敢跟父母提要求，他见路边走过的孩子吃着冰淇淋，他只能咂咂嘴，把视线从冰淇淋上挪移去。他要在爸爸妈妈面前做一个乖孩子，因为他生怕自己乱花钱，爸爸妈妈将他送回老家去。

小超市生意好，店内经常忙不过来，爸爸妈妈便请了女工来帮忙。这是一位大姐姐，年龄不过十九，穿着得体，做事勤快，为人内敛，不爱说话。她叫叶姊华，是从三明那块穷乡僻壤的地方来这儿打工的。

爸爸妈妈待她很好，李晓茂也很喜欢这位大姐姐，但她不爱说话，李晓茂尝试跟她聊天，可始终谈不到一块去，索性作罢。

李晓茂听他爸爸说起姊华姐的故事。姊华姐读完初中就独自从家里跑出来打工了，她的老家在三明的大山之中，是个十足的贫困乡。想继续读书，那是万万不能了。她还有两个妹妹和一个弟弟，弟弟最小，最受她爸爸的疼爱。她离开家已有三年了，她的年龄实际并非十九，而是十七，出来打工那年，她未满十六，不到法定的工作年龄。一开始，她兜兜转转，干过后厨洗碗工、洗车小妹，也干过临时工。这些给她工作的老板多是可怜她才铤而走险，但也有的是觉得她要的工资不多，才勉为其难收下。她也受过很多的苦难，吃过许多亏，甚至因为她的内敛性格遭受过欺侮，但她都挺过来了。

她很孝顺，每次发工资后都会把三分之二的钱寄回去给家人。原以为她的家人会因为她的孝顺对她表示感恩，可李晓茂听爸爸说，她的爸爸妈妈重男轻女，从未怜惜过她这个女儿。这些话是爸爸与妈妈对话中，李晓茂偶然听见的，并非爸爸主动告诉他。因为知道姊华姐的遭遇，李晓茂对她多了一份敬佩和怜惜。

起初，姊华姐不太爱理会李晓茂，可李晓茂总会有意无意地逗她，时间久了，她对李晓茂便不再觉得生疏了，再加上李晓茂爸爸妈妈平时对她的亲切照顾，她的心扉好似打开了一道罅隙，接纳了李晓茂这个弟弟，虽然她说话时还腼腆拘谨着，但她终于学会了表达自己的心意。

时间呀，终将把这段生疏的距离拉近了。

李晓茂来厦的这些天逐渐适应了这里的生活。他的爸爸妈妈太过忙碌，并无心思管束他，加之还处在暑假，便让他四处走走，认识下这个新地方，或者交些朋友，才不显得寂寞、无聊。

塘边的街道足够热闹，尤其晚上。白天，也显得朝气蓬勃。他顺着街道往下走，这条街很长，长到走了一个钟头还走不到尽头，比他家乡闹市的街道还要长，还要热闹，不只如此，街道两旁还延伸出其他的街巷，向里望，也是望不到尽头的。

他走到一条卖蔬菜瓜果的小道上，这段街道的上空用很多的黑色防晒网罩住，这些黑网的覆盖迫使这个区域显得阴暗，不过，却也因此凉快了许多，不像露天的街道那样被太阳无情地炙烤，刺眼的光芒使眼睛都很难直视前方。

拐角处延伸出另外一条小道，往上走是菜市场，这里面摆满四四方方的用石墩做的案台，卖肉的、卖菜的、卖海鲜的叔叔阿姨见人就吆喝，小孩凑上来，也会问句："来，小孩，来看看，是你爸爸妈妈叫你来买的吧？看要买些啥？"他们热情，与你套近乎，问长问短，面善和蔼，意图明显。而在这些集中起来的石案台四周是围摊而建的小店，小店有卖厨房用料、配菜、腌制酸萝卜、豆腐、干海菜之类的，总之这儿应有尽有。有一位大婶注意到李晓茂，喊他进来看看，李晓茂面露怯意，站在他家店门口张望了几下，大婶热情邀请，他踌躇不前，他不是来买东西的，出于羞涩，慌忙跑开了。他心想，刚才那位大婶的店铺货品可真多呀，足够丰富，连包装的海产品都有，这些货物在他家可没有，可是其他东西，大婶店铺也没有，所以自然是自家卖的东西要多得多，他想着想着不觉得引以为豪。以前，他要经常帮奶奶打酱油或买米买油，现在不用了，因为自家就有卖，妈妈也绝不会让他跑出去买这些东西，但买菜和肉还是很有必要的。在这次之后，他常常光顾一位陈姓阿姨的摊位。妈妈带着他来时，特地叮嘱他，下次帮妈妈买东西就到这位阿姨的摊上。妈妈说，除了这位阿姨跟咱们有点交情外，其他摊主都会坑小朋友，忽悠你买这买那，还会乱报价钱。

李晓茂继续往下走，忽然眼前一亮，那不是李叔伯吗？李晓茂抬头见人，正是同村的李天庆叔伯，这人李晓茂是认识的，他是李晓茂爸爸的好朋友，可算作至交。李天庆家就在李晓茂家祖宅旁，不到十米的距离，李晓茂爸爸和李叔伯从小就是玩伴、发小，是形影不离的好兄弟，就像他和李良平、李远地的关系。往年，李天庆跟李晓茂爸爸一样，要过春节了才回家，李晓茂只有在过年那段时间才见得着李天庆叔伯一家。李天庆叔伯比李晓茂的爸爸要大两岁，李晓茂听爸爸讲过，李天庆叔伯是村里最早外出闯荡的那一批年轻人，春节返乡时，李天庆已小有所成，手里握着一沓百元大钞，还开上了小货车，惹得李晓茂爸爸羡慕不已，所以年一过，李晓茂爸爸就跟着出去闯荡了。李晓茂爸爸在外闯荡时，受过李天庆很多帮助和照顾，没有他，李晓茂爸爸做的工作会很艰难，而今会有这样火爆的生意也是托李天庆叔伯的福，没有李天庆叔伯给爸爸介绍货源并且手把手教他，就没有爸爸现在的"成功"。李晓茂听爸爸这样说的时候，他对李天庆叔伯特别钦佩和崇拜，尤为感恩。

他跑上前招呼李天庆叔伯，李天庆一见他就高兴地说："哟，这不是晓茂吗？你跟你爸爸下来啦。"

李晓茂点点头，笑着回应。

"好呀，真是好呀！了却你爸爸的一桩心事。"李天庆左手夹着烟，眉开眼笑的。

"叔伯，你在这儿做什么？"

"我在这儿开店啊。哈，你爸没给你说吗？这家伙，有点不够意思啊。"

李晓茂摇摇头。

"你爸还真是的，"李天庆笑着损了李晓茂爸两句，接着对李晓茂说，"来，我请你吃雪糕。"李天庆转头从店门口的冰箱里拿出一根雪糕，递给李晓茂。

"拿去。"

李晓茂略感羞涩，推手道："我不能要。"

"哎，少废话，叫你拿着就拿着，"李天庆叔伯看出李晓茂的腼腆，"这是我请你吃的。有什么不好意思的，拿着。"李天庆大声笑着，笑声十分爽朗，他性格就是大大咧咧的，粗声粗气，但待人真心，过年时没少给李晓茂买这买那，李晓茂见他时，总是特别高兴也特别期待。

"既然下来了，有空可以来伯伯这儿坐坐，你哥哥姐姐也在。"

李天庆有两个儿子一个女儿，都比李晓茂大不少，如果按年纪算，最小的女儿已经五年级了。

李天庆摸了两下李晓茂的头，大手之下，李晓茂感到亲切，这是他来厦门后所见的同乡人。

"我去逛逛。"

"也对，你刚来，这里是个好地方，你会喜欢这里的，好好玩去吧。"

"谢谢伯伯的雪糕。"李晓茂说。

"客气啥。去吧！"

李晓茂继续往下走。下午三点钟，天气炎热，街上行人稀少，街道两旁的摊子搭起遮阳板，坐在风扇前面摇着扇，吹着风，他们没有主动吆喝过路的行人，这个点还在街上游走的行人不是他们的目标客户。

再往下走，便是一座篮球场，这里有小孩在打篮球，李晓茂觉得很有意思，一脚踏上石阶，坐在看台上看他们打球。

这些孩子并不大，大约八九岁的样子，有个个头高、瘦瘦的小孩打得一手好球，运球敏捷，其他小孩围着他转，抢球乱作一团的模样有些滑稽。忽然，有个小孩趁他不注意，一巴掌拍下球去，转瞬间抱得篮球，将身一甩，两步踏作一步，扭动身子，忽地用力一抛，使足了力道，那球不受控制，飞过篮板。篮球并没落入篮筐内，他用力扔球的姿势很像一只跳跃的蛤蟆，这举动令李晓茂不自觉地咧开嘴，扑哧一声大笑了起来。

他的笑声引来了那群小孩的目光，见有人笑话自己，这些小孩不乐意了，扭头对李晓茂吼道："喂，你笑什么？"

李晓茂吃了一惊，内心忽然慌了，暗想糟糕，对方一副凶怒的样子，像是要吃了他似的。可五秒后，他定了定神，不知哪里来的勇气，他挺起胸膛，正面迎接那些不善的目光。也许是初来乍到，初出茅庐，要强装镇定吧，又或许是与李良平在一起的那些日子锻炼了他的心性，虽内心还有些忐忑不安，可也不能任由别人欺侮呀。他心一横，自己早练就一身耐打的铜墙铁骨功夫，又想就算打不过，逃之夭夭。他对自己的逃跑速度有十足的信心，泥野上奔跑的功夫不下五年，他的身手灵活，像只泥鳅，少有人能抓得住他。他闭住口鼻，连连摇头否认自己的笑。我偏不承认，你们奈我何呀。

但这些小孩似乎想找点事做，对突然到来的李晓茂很是感兴趣。他们在这片区域待得久了，这附近的小孩他们都熟悉得很，唯独这个突然冒出来的小孩他们不得知晓，并且还当众嘲笑他们，甚至毫不畏惧地俯视他们。李晓茂站在看台上，似有一种睥睨众生的感觉。

"你刚才笑什么？你行，你来啊！"

"你要敢不投，看我怎么收拾你。"

"我看他八成是弱不禁风，你看他那身板。"

"他刚才嘲笑咱们，要不，咱们直接揍他，给他点颜色瞧瞧？"

"哼，先看他出出糗再说。直接打他们，那会显得咱们像野蛮人一样，咱可不像乡下人那样动不动就打人。"

刚才还略微心慌的李晓茂一听这话就镇定了下来，大声说道："投就投，哼！"他高傲地抬起头，一眼都不瞧他们，从他们手中夺过篮球，一步两步，三步上篮，球稳稳当当地投进了篮筐里。

这一举动博得了在场小朋友的喝彩，有人高呼："好球，好球！"

"切，站在底下投，谁不会进啊。有能耐的话，在三米线外扔。"

李晓茂二话不说，任意跑到离篮筐三米外的一个位置，深吸了口气，而后缓缓呼出，抬头看着远处的篮筐，稳定心神后，他瞄准篮筐，奋力一掷，球在空中呈现出一条完美的抛物线。

球进了。

在场的孩子们欢呼雀跃。

"运气好罢了。"小孩不敢相信自己的眼睛，只能靠说李晓茂运气好才丢中了球来安慰自己。

"你很不错，跟我们一队吧！"那个高瘦的孩子赞许地对李晓茂说。

李晓茂被夸奖了，内心倏地激荡了一下。要照以前，他这个瘦弱的个头根本不是李良平他们几个的对手，起初与他们打球，他连球都摸不着，更不会有机会投篮。他为了在球场中赢得伙伴的认可，特意勤学苦练，认真学习篮球的技法。也正是经过不懈的努力，才在球场上争得一席之位，才不会受到李良平他们的"藐视"。感谢当初的努力，才解了他这次的危难，英雄有用武之地，还令他人对自己大加赞赏，这就是成功啊。

他的脸上不自觉地显出骄傲的神情，随即愉悦地说道："好呀！没问题。"

不打不相识，李晓茂就这样结识了这群爱打篮球的小伙伴。这是他来塘边认识的第一批新伙伴，领头的那个小孩个头要比他高，比他壮，后来才得知，他早已是五年级的学生了，名叫刘赐，之所以叫这个名字，也是他爸爸为纪念自己和他妈妈的美好姻缘而从"天赐良缘"这个成语中取得的字眼，其意为天上赐下的美好的姻缘。其二是个比他稍稍高一些的男孩，名叫朱习彬，四年级，这人看起来十分威猛，却又滑头得很，喜说好话，又特爱逗强。还有一人，他叫王一义，也是四年级的，个头与他一样，脸部消瘦，整个人真如柴棒一般，好像一折就会断开。王一义这个人很讲义气，有难同当，有福同享。他的身体优势不在于强壮，因而打架他定然上不到前面去，可他要发起飙来，抄起木棍，可谓神勇无比。

几人就这样成为朋友了。有读康乐小学的，有读塘边小学的，离得不远，唯有刚来的李晓茂还不知道自己将要读哪所学校。

"和你爸爸说，来我们学校吧！我们学校可好了，地方大，环境好。就在这条大马路对面。你要是感兴趣，我可以带你翻墙进去看看，可漂亮了，你一定会喜欢的。"朱习彬说。

"塘边小学也可以啊，很多人都读那儿，就沿着这条街道往上走，然后右拐，在后山那块地方。"王一义指着李晓茂身后那些高楼林立的建筑群。

"我哪里知道我爸爸要让我去哪里读呀。"

"你是哪里的人呐。"

"我泉州的。"

"啊，你跟我一个地方。"

"你也是泉州的？"李晓茂惊讶地说。

王一义点点头，两人不约而同地笑了笑。

"走，我们去喝汽水。"

"我……我没钱。"

"我请你。"

他们几人来到小卖铺，王一义从冰箱里抓出四瓶可乐，分给他们三人，王一义算是他们这群人当中出手最阔绰的了。

拿在手里的饮料，李晓茂感到一股透凉之气袭遍全身，他从未见过这种饮料，就像大人喝的酒瓶子一样，只不过这瓶子稍小，一个巴掌就能握住。

他们拿起瓶子咕噜噜地往嘴里灌，不过一会儿，胃里一股冷意蹿了上来，而后他们长呕一声，冷不丁打了个很响的嗝，连声直呼太爽了。李晓茂也学他们，拿起，一口喝下肚，不知怎的，肠胃连同喉咙里，一同感受冰凉的滋味，这个炎热的夏天所附着在身体上的热气恍然间消散了。

李晓茂爱上这种感觉了。

朱习彬大笑一声："哈哈，土包子。爽吧！"

他们跟着大笑起来。

才来不久，他就交上了好朋友，李晓茂为此而欢喜。他们站在高高的篮球场看台上，向这座宏伟壮阔的建筑群望去，天边日落，翔云轻缓飘荡，迅风急啸而来，拂掠容面即感清爽，这一切好似梦境一般，这是他崭新生活的开始。

11

面对陌生的环境,李晓茂第一次难以入眠,躺在床上,静静回想过往,想着想着他怀念起家乡的亲人和朋友。

"不知道李良平他们睡了没有?"他记起他们一起躺在草地上仰望星空。"他们今天会做什么呢?有没有下河游泳?有没有去大树下捕蝉?"

"不知道奶奶怎么样了,有没有想自己。"李晓茂的脑海中,一副清晰的轮廓显印了出来,那是奶奶和蔼的微笑。

家乡的生活多甜美啊!像是睡在摇篮里,每时每刻都充满幸福。每一个人他都熟悉,每一个人都对他好。而这里,只剩下爸爸妈妈和李叔伯这样的亲人。

四周很静,很小,很黑,没有虫鸣鸟叫的声音。窗外偶尔传来声音,那是醉汉的呼喊声,或是很晚回家的人走路时发出的哒哒哒的声音。

爸爸妈妈就睡在隔壁,他自己一个人一间房间,从小到大,他都是和奶奶一起睡觉。妈妈说，他长大了，要上四年级了，不能再和爸爸妈妈一起睡觉了。

李晓茂爸爸的呼噜声很大。他忙活了一天，从早上六点半打开店门一直持续到晚上十二点。勤劳的爸爸妈妈每天都是这样度过的。

李晓茂的眼角流出眼泪，他在思念，他在害怕。

终于熬不过身体上带给他的疲惫，他的眼睑沉重地合上了。

早晨，天才刚刚微亮，爸爸妈妈就已经起床收拾房间了。这么早，李晓茂是起不来的，爸爸妈妈也没有打搅他的意思，轻轻地关上门，下楼去了。

早上九点，李晓茂才从睡梦中醒来，他的眼上堆满了眼眵，他感到浑身腰酸背痛，他还不太习惯。醒来后，他见不到爸爸妈妈，心想爸爸妈妈一定早就开店门去了。他刷牙洗漱一番，穿好衣服下楼去。

他浑身不自在，不仅是因为这是一个陌生的环境，还因为生活习惯的改变。爸爸见李晓茂醒来，给了他三元钱，让他到隔壁早餐店买来豆浆油条。李晓茂才知道，爸爸妈妈忙到现在一口早餐都没吃。

李晓茂第一次到售卖早餐的店铺买早餐。这个点买早餐的人已经很少了，如果是七点左右，那些上班或是上学的人已经早早挤在早餐店门口了。这间早餐店不大，门口却摆满了食物，还备了低矮的餐桌和凳子。眼下，仅有两人在门口餐桌上用餐，其他过往的行人只是望了两眼，就继续朝前走去。

李晓茂不懂怎么买早餐，按照爸爸的嘱咐，他向卖早餐的人说明了他要买的东西。那买早餐的店主是位中年妇女，她背后还背着半大点的孩娃。李晓茂支支吾吾地讲话和见陌生人的胆怯让中年妇女瞧在眼里，笑嘻嘻地说："小弟弟，是你妈妈让你来的吧！你是哪家的孩子，怎么从没见过？"她热情地对李晓茂说，脸上堆满了欢笑。她边说边用夹子夹那蒸笼里热腾腾的包子，手法迅速，三两下就将它们装进袋子，又朝身旁半米距离正在炸油条的男人喊了一声，"拿四根油条来。"

男人默不作声，熟练地操作油锅里的面粉条子，那面粉条子在长棍筷子的翻滚下滚成一条长长的膨胀的棒子。油锅上的架子已经放有一些炸好的油条，那男人拿起一只塑料袋，从中挑出四根油条装好。

这样的熟练动作，他们每天早晨都要来来回回做几十百次。不到一分钟的时间，油条、豆浆、包子都已装好入袋，李晓茂愣愣地把钱交出去，自始至终他都没有回复那位中年妇女的话。

"常来啊，小弟弟。"中年妇女的脸上裹着慈笑，她的额头上布满了汗珠，说话的间隙，她轻轻提了一下背肩的绳子，她的孩子还在她的身后安详地睡着。

李晓茂不好意思说话，含蓄地微微点头，然后提着袋子往回跑。

吃过早餐后，爸爸要李晓茂跟他进货去。

李晓茂好奇地问道："要去哪里进？"

"建材市场，说了你也不懂，去了你就知道了。哈哈！"爸爸拍了拍他的脑袋。

"进什么货呢？"

"当然是店里的货物，有些货已经卖光了，需要再进一些来。"

李晓茂似懂非懂。他跟着爸爸走，妈妈和姊华姐负责看店。

李晓茂说："建材市场很远吗？我们要坐公交车去吗？"

"很远，但我们自己有车，当然开车去，坐公交车怎么把货物拿回来呀。"

李晓茂不敢相信自己的耳朵，爸爸竟然说他有车。要知道村里可没多少人能买上汽车呢。

李晓茂再问一次："咱们真的有车吗？"

爸爸点点头。

"哦耶，咱们有车了。"李晓茂兴奋地欢呼起来。

"是辆货车，可不是路上那种漂亮的小汽车，别高兴太早了。哈哈，这孩子！"

"货车也是汽车呀，咱村里李四海叔叔就有辆货车，可神气了。"

"呵，货车有什么好神气的，他要有能耐，买轿车啊，那种车就贵了。"

"总之，我们有车咯。"

"傻小子。"李晓茂爸爸笑着拍他的头。

李晓茂爸爸的车停在大马路边上，当李晓茂看到这辆货车时，脸上神情无比欢悦，他高兴地围着这辆货车仔细地看了两三遍，在爸爸不耐烦地叫唤下才坐上副驾驶室。这辆车有4座，前面两座，后面两座，很是宽敞，前边一块超大的挡风玻璃，视野极为开阔，坐在上面，真有种神采飞扬的感觉。

这一刻，他非常崇拜自己的爸爸。

当小货车上路后，李晓茂摇下车窗，风从窗户灌进来，那满风环绕的感觉真如徜徉在田野和高山之上。小货车上到一条最大的马路，他们一路向前行驶，路边有很多车与他们并排而行，货车数量居多，其次小轿车，它们虽低矮，可外形好看。李晓茂居高临下，望得是清清楚楚。他又向道路两边看去，行道树之后，是一幢幢高高的房子。

李晓茂问："那是什么房子？外墙全是绛红色，屋顶上顶着滚圆的廊柱，房檐阔大，还都这么高。"

"那是有钱人家住的地方，他们管它叫小区。能住上小区的都是有钱人，以后咱们也能住上。哈哈。等着吧！"

小货车又驶向另外一条主路，道路两旁同样有很多房子，只是与刚才的小区有所不同，外墙也换成了黄褐色。

李晓茂高兴地把手伸了出去，他在感受风的跃动。爸爸突然严厉地说："快把手缩回来，不许这样做。"

李晓茂吓一跳，问："为什么？"

"这路上车多，有的车开得很快，尤其是公交车，你手伸出去，车速过快，后车开过来，你的手会被撞断，到时候可就废了。"

李晓茂大吃一惊，摸了摸手臂，想象手臂从身上脱离的样子，心里十足害怕和恐惧。

他们在城市的沥青路上七拐八拐，终于来到一处名叫江头建材城的地方。

李晓茂爸爸把车停在门口，然后带着李晓茂径直走进一家写着"鑫佳福批发"的五金店，这家店摆满了工具，全是生活用品，例如电灯、排插、水管、风扇等货品。李晓茂若有所思，原来家里货架上那么多的货物都是从这里进的呀！

李晓茂爸爸似乎跟老板很熟悉，他们泡茶寒暄了几句后，改为谈生意——要买什么，买多少，价格多少，李晓茂爸爸的脸上始终笑着，说到一半时，还与对方一起大笑起来。

老板指着李晓茂夸他："这就是你的儿子吧，长得很像你啊，跟你一样俊。"

李晓茂爸爸笑着说："来，晓茂，叫叔叔好。"

接下来，老板带李晓茂爸爸在店里四处走动，将东西一一拿给李晓茂爸爸看，看完后，李晓茂爸爸觉得满意，又叫来店里的小弟清点货物，搬到他的小货车上。

临走时，老板抓起茶几上的糖果塞到李晓茂的口袋里，笑着对他说："不要客气，拿去吃。哈哈，我是第一次见你，就当是见面礼。哈哈！"

这老板的脸上无时无刻不呈现笑容，爽朗的笑声更是触动李晓茂的心弦，加之热情好客的举动使李晓茂对他充满好感。

后来才知道，这老板也是他们老家的人，东崎村的，和李溪村只隔五公里。

"爸爸，什么叫批发呢？为什么他们的店名这么长？"

李晓茂爸爸一听哈哈大笑："批发就是……怎么解释呢？反正来

这儿进货，货非常便宜，但要买得多，人家才肯卖。他们是靠货品数量赚钱，客人买得多他们就能有利润，薄利多销。"

　　李晓茂爸爸的进货之路还未完成，他们又相继看了好几家店，李晓茂爸爸总会问价比对，货比三家，看质量、看价格，还看交情，然后再选择是否进货。他也看新货，哪款卖得比较好，哪款是新款，好用且受人们青睐的货品也是他的选择之一。他说很多产品进行了更改，比原先更简洁好看，质量还比以前好上不少。好看也是主要的，顾客在选东西时，会比较喜欢样子好看的货物。这都是李晓茂爸爸的生意经，他讲这些时滔滔不绝，好像要把所有经验传授给自己儿子似的，有种"师傅传授经验，徒弟继承衣钵"的感觉。李晓茂从爸爸的脸上看到自信和骄傲。

　　一直持续到中午近十二时，爸爸才意犹未尽地完成他的进货之旅。

　　烈阳当空，行道树却岿然不动，可能他们早已习惯了在城市的一隅中存活吧。

　　"走，我们吃好吃的去。"爸爸跟李晓茂说。

　　李晓茂一听，心里着实高兴，每年春节前后，爸爸都会带李晓茂上街吃好吃的，买好玩的。

　　他们走入一家沙县小吃店，坐在餐桌上，父亲让李晓茂点菜，说想吃什么就吃什么。

　　李晓茂第一次来沙县小吃店，哪里明白要吃什么，看着菜单上的那些字，茫然无措地摇摇头。

　　"那我来点。"爸爸笑着对店老板说，"来两碗扁食和拌面，再来一份肉粽。"

　　他回头又对李晓茂说："待会你要觉得好吃，能吃得下，咱们再点些别的。"

　　李晓茂期待地说："嗯，好！"

这家小吃店在这个午餐的时间点里坐满了人，每桌都有正在吃餐的人，他们饥肠辘辘，餐刚上来，就大口吃上。李晓茂见了，便觉得这餐食应该是人间美味，否则那些人也不会吃得满头大汗。这店面并不大，只容四张桌子。在这儿吃餐，倒觉得有些拥挤。吃餐的人行色匆匆，有些人刚上餐，不过一会儿就吃好了，然后匆忙结账离去。

　　餐食上来了，李晓茂被热气腾腾的扁食、拌面和肉粽吸引了，喉咙里唾液来回涌动，还不等爸爸说话，他拿起筷子夹起肉粽，满心欢喜地吃上。

　　这一餐他们大概花去了半个小时，他们不急躁，慢慢品尝，看着李晓茂吃得欢，李晓茂爸爸脸上不禁挂起笑容。李晓茂太喜欢扁食的味道了，一连吃了两碗扁食，他那个小肚子撑得圆鼓鼓的。

　　他们走出沙县小吃，眼前的视野像被阻隔似的，一抬头就是高十几米的大桥，大桥之后又是一幢幢高高的房子，大桥底下便是一条宽阔的大马路，来来往往的汽车，熙熙攘攘的人群。

　　"好壮观啊！"他刚刚背对着大桥，直入沙县小吃店时，没注意到身后的大桥。如此饭饱这般后，再驻足瞭望，便觉得城市的富丽繁华与自己融为一体，他成为了大城市中的一员。

　　夜晚降临，城市的夜被永不归熄的灯火笼罩着。街边灯火通明，塘边的店铺不到凌晨十二点是不会关闭的。他们似乎比田间的农民伯伯更加勤劳，起早贪黑更像是形容他们的。

　　也正是如此，勤劳的大人们没有多余的时间来约束孩童，放任他们走于这广阔的人间天堂。所以，不知疲倦的孩童才能穿街走巷，寻找宝藏似的度过欢乐的童年。

12

开学时间来临。李晓茂终于知道他要读哪一所学校了,那是距离塘边三公里外的学校。上学这段路程需要走路六分钟到公交站,然后坐公交车一路向南,到站后,还要再走上五分钟。算下来,要花费半小时的时间才能抵达学校。

李晓茂想起在家乡上学的日子,那时候他基本都要走路去,大概四十几分钟的路程。城市就是好呀,坐公交车方便,省下不少时间。

前一周,爸爸两地往返接送他,好让他熟悉下家里到学校的路程。后面,爸爸再教他如何坐公交。

报到的那一天,校门口挤满了人,学校周围的道路堵满了车,乍一看,都是轿车,要比爸爸的货车好看得多。

对于陌生的环境和学校,李晓茂有一种莫名的紧张与恐惧,怯弱的李晓茂躲在爸爸身后,无论爸爸怎么劝导,他都不肯向前迈动一步。

李晓茂心慌,他从没见过这么气派的学校,连学校大门都让人生出一股敬畏感。门口的保安叔叔一脸严肃，更增添害怕。有一位中年男人和一位女人合站在学校大门的边上，他们笑脸相迎前来报到的孩子们。

爸爸无奈，牵着李晓茂来到他们跟前，跟眼前的男人说话，那个男人和蔼地笑了笑，弯下腰来轻声对李晓茂说："孩子，不要紧张，你上哪个班呢？不然这样吧，我带你进去好不好？"这个男人原来是学校的校长，女人是副校长。

李晓茂确实十分紧张，他紧张到说不出话来，但眼前这位男人说话有磁性，声音十分好听、温柔，他就望着人家不说话。爸爸帮他搭话，说他被分到四年二班。

"你带他进去吧。"男人跟爸爸说。

"好。"爸爸说。

爸爸拉住李晓茂的手向学校内走去，有爸爸的陪伴，他稍稍胆大了些。学校别有洞天，门口虽小，但走进大厅却宽敞得很，四边摆放盆栽，墙上悬挂相片和奖牌。再向里走，出现一道伸缩铁门，铁门楼梯笔直向上，爸爸拉着他从楼梯上去。李晓茂瞥见一边，这座教学楼中央有一道天井，天井开阔，教室围绕着天井。教学楼有五层楼高，他们爬到三楼，教室围绕着天井，使得教学楼就像一座城堡，呈回环型，直达高顶。

老师站在门口迎接到来的孩子，他们的脸上也是笑着的。李晓茂爸爸领着他到四年二班的老师跟前，跟老师说明了原因，老师笑着对李晓茂爸爸说："你放心，交给我吧！"

这位老师是李晓茂的新班主任，姓赵，名丽琼，是位年轻的女老师，约莫二十八九岁。李晓茂一进门，就看见许多双眼睛齐刷刷地望向他，他被大家的眼光看得心头一凛，胆怯地向退后了一步。

赵老师向大家介绍李晓茂："咱们班今年新来了一位同学，他是刚从别的地方来的，很多事情还不是很习惯，大家要乐于帮助新同学。"

同学们带着惊讶"哇"地一声，赵老师赶忙让学生们肃静。并对李晓茂说："你来介绍下你自己吧。"

李晓茂埋着头不敢看同学们，赵丽琼老师推了他一下，要他鼓起勇气说几句话，可李晓茂仍保持静默，他的手在他新买的衣服边角上来回搓着。赵老师也略显尴尬，对同学们说："啊，他可能第一次做自我介绍，特别紧张，没关系的，同学们，我们认得他的名字，下课后，你们再去认识下他，同学之间要互相帮助哟。"

赵老师说完，将他安排在第四组的倒数第三个座位，那个座位之前也是转校生的位置，李晓茂来恰好接替那位学生的位置。

李晓茂始终低着头，走到位置上坐下。

李晓茂抬头向窗边望去，他想看看爸爸还在不在外面。爸爸在窗玻璃上静静地看着他，有爸爸的目光在，这让他的心情好受些。

接下来的一个半小时里，赵丽琼老师在班级进行学习和日常安排。她嗓门特别大声，神情非常严肃，用极威严的声音指示同学们在今后的学习生活中要勤奋刻苦，如果有个别同学犯错误了，她就会按班级班规上的条款施予这位同学惩罚。

李晓茂听着也看着，他的注意力被教室里的设备和装扮吸引住了。超级大的滚动黑板，黑板向一边拉开后是一块跟半面黑板同大的黑色显示屏，那是他见都没见过的机器。

漫长的时间终于过去了，李晓茂焦急地跑出教室寻找他的爸爸，可怎么也看不到爸爸的身影。没见到爸爸，他的心弦仿佛被人用绳索提起一般，环顾四周全是离散的同学们，他们从李晓茂的身边走过，没有人跟他打招呼，好像无视了李晓茂这个新到来的同学。李晓茂感到慌张，他只能跟着队伍走，茫然无措又心急如焚，眼眸蒙上了一层泪膜。他忍住泪水不夺眶而出，流泪的"鼻涕虫"会招来嘲笑的，他像只误入迷途的小鹿无助地在人群中流窜。有一丝念头在他脑海里萌生：爸爸不会不要自己了吧？

他走到大堂，周边刻画的雕像和功碑他根本无心阅览，脚步匆匆，向那投射着大片光辉的校门口奔去。

还是没找到爸爸，他急得在门柱旁团团转，眼泪都流下来了，可他没敢哭出声来，因为四周站满了等待的家长和学生。

汗从额头上流下，他顾不得去擦，背包压在背上，产生高额的热汗浸湿他的脊背。踌躇间，他看见校长的身影。他对陌生的大人始终怀有一种本能的抗拒。但迫于寻找爸爸心切，万般无助的他终于鼓足勇气走向站在大门旁遮阳棚边的校长。

就在他快到遮阳棚时，忽然瞧见保安室的玻璃窗里有一道朦胧且熟悉的身影——爸爸正拿着茶杯悠闲地喝着茶，顿时有种晕眩的感觉涌上心头，他抬手抹去眼泪，自己是要喜极而泣还是痛哭流涕呢？他自己也想不清楚了。

陌生的城市，陌生的学校，谁都不认识，爸爸就是他的一切。所幸，爸爸还在。

他推开保安室的门，想哭但忍住了："爸爸，我们走吧。"

李晓茂爸爸回头看了他一下，愣住了："怎么还哭上了呢？谁欺负你啦？"

爸爸的关心，让李晓茂忽然心头一暖，泪水再也无法在眼眶内打转了，全落了下来。他扑到爸爸怀里哭泣，声音小到只有爸爸听得到，很轻很轻的哭泣声，得到抚慰后，他挺起胸膛，对爸爸说道："没有，我们回家吧！"

李晓茂爸爸似乎懂了，拍了拍他的后脑勺，跟身旁的值班老师说："哈哈，见笑了，这是我的儿子，我们先回去了。"

那老师点头回应道："时间不早了，回去吧，该吃中午饭了。"

李晓茂坐上爸爸的小货车，一同向家的方向驶去。今天的学生报到任务就此结束了，上学日即将来临。李晓茂无法想象今后的生活会带给他什么，也不晓得明天该怎么面对新老师和新同学，上学的焦虑一直萦绕在他的心头。

不过，一个下午的玩乐时间，他就忘却了早晨发生的事。

他最开心的还是要属给崭新的课本书包装书皮。这书真好看呐！他用手轻轻抚摸，像珍宝一样爱护它们。赵老师说要包书皮，但他怎么会呢，就来找爸爸帮忙。李晓茂爸爸找来报纸，这报纸每天早晨都会夹在店门口，现如今，已垒成了一大摞，幸亏他识了些字，看报纸能游刃有余，他喜欢读大标题，内容多数是看图片，文字太小，内容又长，他不爱读。用它们来包书皮，再好不过了。

他和爸爸动手包书皮。数了数书本数量，总共 11 本，城里的课就是多，自然科学、品德与社会这两门学科，他之前听都没听过。还有计算机课，第一次看到课程表里这个课名的时候，他就非常疑惑，难道这计算机课跟店里收银台上的那台计算器有什么关系吗？这有什么可学的吗？妈妈早就教会他怎么使用计算器了，多简单呀！

翻开美术书，里面的图画可太好看了，还有很多和他同龄的小朋友画的作品。他不禁想，自己的画也能出现在课本里面吗？这可真让人喜欢啊。李晓茂的问题很多，他爸爸有的答不出来，有的不知道怎么解释，只说："你上过这些课就知道了，等你去体验体验，爸爸可没你这么有福气，能读到这些课程，你可要好好学习，不要让爸爸失望。"

课程表是他一字一字抄写下来的，看着里面的课程，他有些难以置信，数了数，一天七节课，从早上学到下午。城里的孩子要上这么多课，真累啊！要在新勤小学，每天只上五节课，有大把玩耍的时间。

李晓茂对城里的学校有些许期待又有些许畏惧，他躺在床上翻来覆去睡不着。黑暗的房间里没有一丝光线，这种房子深藏在又窄又密集的楼群之中，哪能见得着明月与星光。李晓茂又想起了家乡，每到夜晚，躺在床上，神秘的天窗外，群星璀璨，偶然有流星划过，壮丽而神秘。可再无法回到从前的生活了，在这里，他要逐渐适应，他的爸爸妈妈都在他的身边，这就足够了。

半夜，李晓茂在睡梦中呢喃，惊醒了爸爸妈妈。李晓茂在睡梦中呼唤奶奶，泪水从他的眼角滑落，李晓茂爸爸的嘴角勾起一抹笑意，他的妈妈找来手帕，蘸了些水，轻轻给他擦去泪痕。

13

第二天清晨,妈妈早早唤起李晓茂,李晓茂要正式上学了。

宽阔的大马路上,爸爸的小货车疾驰而去,李晓茂睡眼朦胧,瘫坐在后座上,他没睡好,感到额头沉重,几乎要将头埋进怀里去了。

突然一个急刹,李晓茂一下从后座上跌坐下来,睡意一瞬间清除,他起身慌乱地问发生什么事了。

原来李晓茂爸爸的小货车撞上了突然变道的小轿车。

还没等李晓茂爸爸抱怨一下,小轿车的车主就从车下跳下来,他体态肥胖,挺着个大肚子在那儿指手画脚,骂骂咧咧:"好家伙,找死啊,没看到我要左拐吗?"接下来又是一通的粗话。

李晓茂爸爸的脸红了,他强忍着气愤跟对方说:"你自己在实线变道,也不打转向灯,这是你的责任,你要负全责。"

小轿车车主一听,撸起胳膊,不悦地大嚷道:"这里是虚线,我想左拐就左拐,要不是你不让我过去,哪会撞在一起,一看你就是故意的,找茬是吧?"

爸爸气愤地说："你这人怎么这么不讲理！你懂交通法吗？算了，懒得跟你这种人争论，我报警处理。"

对方不依不饶，指着李晓茂爸爸的鼻子，非说是李晓茂爸爸的错。宽阔的大马路，因为两车相撞占用了道路，令整条马路拥堵起来，后面驶来的车纷纷绕道躲避他们。

李晓茂爸爸不跟对方争吵了，他先把路障指示牌放好，然后打电话报警。

那个大胖子车主见李晓茂爸爸不理会他的谩骂而怒火中烧，更加肆无忌惮，张扬跋扈，撩起袖子，挺起胸膛，一步步走向李晓茂爸爸，似乎是要动手的样子。

李晓茂爸爸说："老兄，别再闹了，丢不丢人？交警马上过来了，让他们来判定事故。"

小轿车车主走近时，李晓茂爸爸闻到他身上强烈的酒味，才知他醉酒驾驶，这嚣张跋扈的谩骂显然受了酒意的驱使。

没承想那小轿车车主乘机抡起拳头来打人，李晓茂爸爸无故挨了一拳，怕弄出个好歹来，李晓茂爸爸急忙上车锁门，叮嘱李晓茂不要开门开窗，趴在座椅上。

李晓茂被那小轿车车主胡乱拍打门窗和怒骂吓得瑟瑟发抖。他想：怎么城里的人也这么不讲文明，动不动就喜欢打架，就像老家的那群青年人一样。

交通警察很快赶来了，李晓茂躲在小货车里偷看，警察将大胖子醉汉带走，李晓茂在车里拍手称快，探出脑袋大声说："谢谢警察叔叔。"

警察拿着笔做笔录，李晓茂爸爸将事件经过如实说来，然后又指了指背后的李晓茂，说自己家孩子上学时间已经超过了。这下，李晓茂铁定迟到了。

李晓茂爸爸处理好事故后，才上车启动车子，朝学校方向开去。

路上，李晓茂问爸爸："车坏了怎么办呢？"

"没事的，下午就拿去修。"

"修车子要花很多的钱吧？"

"不用花钱，有保险。而且是对方的错，他还要给我们钱。"

李晓茂兴奋地说："真好，撞车了还能赚钱。"

"这说哪里话，撞车可不是件好事，如果车经常出事故，那这车就容易坏。像刚才么危险，撞车还会让人受伤，这可不是什么好事。"

李晓茂眉头一皱，点头说："嗯，我明白了。"

"你上学迟到了，待会跟你老师说清楚，老师就不会怪你了。知道了吗？"

李晓茂点头说："知道了。"

第一天上学就出了这么一件不愉悦的坏事来，让李晓茂和他爸爸心里感到郁闷。他爸爸的小货车前端的保险杠坏了，不过幸亏有这道杠，否则大灯也会被撞坏，甚至前头玻璃也可能撞碎，那可不得了。他们到学校时已经八点半，校门口再没有学生进去了，负责门口巡卫的老师老早就结束站岗时间进到学校去了。爸爸拉着李晓茂走向保安室，在窗口处，爸爸对坐在里面的保安说话，爸爸说话十分客气，说普通话时还夹杂着一些地道的闽南方言，那保安叔叔笑了笑，打开了保安室的门。

那位保安叔叔似乎老早就与爸爸相熟，他们有说有笑，爸爸示意李晓茂自己进去，他就不进去了。

李晓茂颤颤巍巍地对爸爸说："你陪我进去吧？"

"你自己进去，跟老师说清楚，没事的。"爸爸摸了摸他的额头，笑着对他说。

爸爸既然这样说了，李晓茂也只能硬着头皮向班级走去。

当李晓茂出现在班级门口时，同学们的目光齐刷刷地盯着他，张春兰老师声情并茂的声音也戛然而止，为了不影响上课，张春兰老师让他赶紧进来到自己座位上，迟到的事下课再说。张春兰老师是他们班的数学老师，约莫三十岁，她对李晓茂还不熟悉，叫不上名字。

下课时，班长去找赵丽琼老师，跟她说李晓茂迟到了，他的小本本上还记录着李晓茂的名字。赵老师觉得李晓茂第一天就迟到，一定是睡过头了，得好好教训教训，否则不利于班级的管理。她让班长叫李晓茂来办公室，她要问个清楚。这个班有个规矩——谁要是早读时间迟到了，就得罚站。像李晓茂这样迟到了半个小时之久，肯定要严肃处理。

李晓茂第一次进教师办公室，办公室的亮堂整洁顿时让他惊讶，先前新勒小学教师办公室可没有这样整洁舒适的环境。李晓茂走到赵老师的办公桌前，他低着头，不敢看赵老师的脸，赵老师戴着眼镜，眉宇上扬，他没见过赵老师笑过，便认为赵老师严肃、凶悍。

事实如此，还不等李晓茂解释，赵老师阴沉着声音，脸绷得紧紧的，李晓茂立刻感觉到浑身拘谨，像被箍住一般，动弹不得，连话都不敢出。赵老师问他为什么会迟到，他竟然紧张到说不出话来，眼中泛着泪。

"你不说算了，把第一课抄五遍给我。就当是你迟到的惩罚。"

赵老师等不及李晓茂的解释，下节是她的课，她该去教室了。李晓茂吃了哑巴亏，只能依照老师的要求去抄写课文。

李晓茂一回到座位上，他的同桌就靠了过来，问他："你怎么第一天就迟到了？你真是不识好歹呀，竟然敢在赵老师的早读时间迟到。"

他的同桌名叫吴诗曼，长得漂亮，头发扎起马尾，细细的眉毛，甜甜的微笑，她忽然这么近的距离靠过来，吓得李晓茂缩起了脑袋。对于吴诗曼的突然问话，他显得窘迫，支支吾吾的，不知道怎么回答。

吴诗曼睁着大眼睛一直盯着他,这让他更加紧张,吴诗曼一旦感到好奇,就会打破砂锅问到底,她终于得知了李晓茂上学迟到的原因。

吴诗曼感到惊讶,关切地问他:"那你没事吧,有没有受伤呢?"

吴诗曼突如其来的关怀让李晓茂一怔,他的内心掀起了一层波澜。他缓慢地说道:"我……我没事,谢谢……谢谢你。"

吴诗曼松了口气,接着说:"那赵老师找你做什么呢?她有没有罚你?"

李晓茂说:"罚我……抄课文。"

"为什么?"吴诗曼大为吃惊,按理来说,李晓茂事出有因,不该被罚。

李晓茂挠挠头,不好意思地说道:"我害怕赵老师,我一见她就打哆嗦,说不出话来。"

吴诗曼恍然大悟,说:"是哦,赵老师看起来很凶,好多同学都怕她,你第一次来就感受到赵老师的可怕,你可真是'幸运'啊。不过,我不怕她,她非常喜欢我。"

"噢,是吗?为什么呢?"

"因为我学习好呀,我考试成绩总在班级前两个名来回浮动。"吴诗曼骄傲地说。

李晓茂瞬间满脸崇拜地看着她:"你真了不起。"

这时候,李晓茂看起来不怎么紧张了,也许是吴诗曼活泼开朗的性格感染了他。

吴诗曼说:"所以啊,只要学习成绩好,赵老师就不会凶你,做错事还会原谅你。相反,要是学习成绩不好,赵老师看你就像笨蛋一样,动不动就罚你。"

吴诗曼话锋一转,突然问道:"那么,你学习成绩怎么样?"

李晓茂一听，立即羞红了脸，他的学习成绩一言难尽呐。在新勒小学上学时，他的成绩都是班级中下游水平，且飘忽不定，有一次考试竟然全班倒数，但这种事发生在农村学校，谁又会在乎呢？

　　听吴诗曼这样讲，他开始害怕起来，要是自己没学好，岂不是天天被赵老师批评吗？

　　上课铃声响起，吴诗曼刚才还爽朗的笑容立即变得严肃，她端正地坐着，两只手平放在桌子上，眼睛直视前方，她的桌上早早地摆好语文书。这节课是赵老师的语文课。

　　李晓茂见吴诗曼这样坐，也学着她这样坐，他见所有同学腰杆都挺得笔直，再看到赵老师一脸怒目的样子，心生畏惧。

　　"说几件事。首先来说暑假作业。"她的声音吓得全班同学肩膀一颤，大家知道赵老师要开始发飙了。"这几个同学站起来，王德艺、周沁、许耀辉……"

　　这些被叫起来的同学都低着头，教室里沉寂了相当长的一段时间，这段时间里，赵老师的眉毛始终是拧着的，她不说话，眼睛扫视了同学们一圈，同学们不敢与之对视，偏过头去。但有些同学敢这样做，因为他们没被叫到名字，也相信自己的暑假作业做得很好，赵老师定然不会惩罚自己，这些同学的坐姿比刚才还要笔直，而且头微微上扬，显出得意和幸灾乐祸的样子。

　　赵老师终于说话了："知道我为什么要批评你们吗？看看你们的作业。写出的是什么玩意？不想读趁早回家，不要学了，连这么简单的作业都做不好，还学什么。就你，王德艺，过来。"

　　赵老师发怒的样子真可怕。

　　王德艺浑身打着哆嗦，他颤颤巍巍地走出来，慢慢地向赵老师走去，走到她跟前。接下来的一幕让李晓茂终生难忘——赵老师将作业摔在他的头上，恼火地骂了他几句，这时，王德艺的眼眶里已经盈满了泪水。

李晓茂全身绷紧，微闭着眼，不敢再去看赵老师。可事情显然未结束，赵老师让李晓茂站起来，李晓茂乖乖照做。赵老师像一个在街上撒泼的悍妇，怒火随即发在他的身上，怒批李晓茂的行为，说他给班规留下污点，如果明天再迟到，就让他在教室外面站一整节课。吴诗曼并没为李晓茂发声，李晓茂也不敢解释，这事就被定性为李晓茂故意上学迟到，无视班规。

"啪"的一声，赵老师又重重地拍了一下讲台，大声说道："上课！"

同学们齐刷刷地站起来，赵老师的脸上忽然现出笑容，连声音都变了，她温柔地说："同学们好。"

同学们的神情也恢复了往常，没有再愁眉苦脸，齐声说："老师好。"

李晓茂看着这一切，神情恍惚，事态如此变化之快，令他一时不知如何适应。

上课时间过去了一半，这节的课文学习只进行了一半就结束了，赵老师又转变态度，抱怨道："都怪这几个同学，要是没有你们这些事，就不会耽误大家的时间，剩下部分大家回去自学吧。作业我说下。"她转过身把作业写在黑板上。

下课时间一到，同学们由之前的紧张和害怕变为了现在的兴奋和愉悦，有些在班级打闹，有些坐在座位上聊天，还有的在下棋，旁边围满了观众。

有几个男生跑到李晓茂的跟前，为首的男生说道："你想跟我们玩吗？"

李晓茂接到男生们的热情邀请，顿时喜笑颜开，说："好。"

"我们在班级后面等你。"

可吴诗曼却拉住他的衣角，跟他说："别去。"

"为什么？"

"因为……"

"李晓茂！你能不能快点？这么慢，再慢点，我们就不跟你玩了。"

吴诗曼还来不及跟他说缘由，李晓茂就跑向他们了，吴诗曼只能捂着脸低语道："等下你就知道了。这些坏家伙就爱欺负人。"

为首的男孩叫张连麟，块头大，是这群孩子中的领头人，他在班级里学习中上，有时能到优秀水平。他十分看不起比自己弱小的人，常常蛮横地欺负他人。对于李晓茂的到来，他心生鄙夷，李晓茂的衣着看着有些老土，跟他相比，简直糟糕透了。他对李晓茂的行为举止有些厌恶。总之，李晓茂没有一处是令他满意的，他打第一眼就不太喜欢这个新同学。所以他决定戏耍李晓茂一番。

"李晓茂，你过来，我们来玩个游戏。"

"什么游戏？"

"我们来比赛采叶子，输的人操场跑三圈怎么样？"

"采叶子是什么？"

"学校操场的左边，有一排绿树，我们从班级跑到那儿，再从树上摘下叶子，每人摘十片叶子，然后再跑回教室，谁先到谁赢。如何？"

李晓茂才转到这所学校，同学们就主动与他做游戏，他顿时觉得这些同学不仅友善而且和睦。李晓茂想也没想，信心满满地说好，在农村长大的他，奔跑就是他最大的乐趣。虽然风吹日晒，身体黝黑了不少，但把他的身体素质提高了。论比赛，他绝不会输给别人的，他最大的优势就是奔跑。

"我派我们的最强跑手，获过运动会一等奖的运动员胡冬洋跟你跑，你要是赢了，我请你吃雪糕。你要是输了，你得请我们吃雪糕，还要跑操场三圈。要是不参加，那我们以后再也不跟你玩了。"

李晓茂突然想到自己还不熟悉学校，便说："我能不能先看看学校操场在哪里？我刚来，还什么都不知道。"

"这个可以，我让小五带你去。"小五真名叫周五扬，是张连麟的跟班，他个头矮小，浑身黝黑，眼珠子咕噜噜地转动，好像有很多心思。他十分听从张连麟的安排，叫他做什么他就做什么，绝对服从。

他们的对话被周围同学听到了，有同学在窃窃私语，眉眼中有幸灾乐祸，有忧心忡忡，有嬉闹取笑。他们知道张连麟的把戏，心知有好戏可看，但碍于张连麟的嚣张，只能对李晓茂报以同情。

李晓茂一走，张连麟一伙人拍腿大笑，说起李晓茂的坏话，什么农村人、土包子、黑墨子、长得土里土气之类的贬低话。

李晓茂回来时，上课铃声便响起来了，他们约定好在下个课间进行比赛。

对于同学们的主动邀请，李晓茂从中感受到一股热情，但似乎也有一丝玩味的恶意，只不过他内心更愿意相信是同学们的热情，不敢妄自揣测他人的好意。他不清楚城市孩子的品性如何，总觉得自己初来乍到，如果把对方想象得特别坏，那岂不是以小人之心度君子之腹了。

一上课，吴诗曼就给李晓茂传来纸条，劝他不要参与张连麟组织的比赛，他们这是要戏耍他。李晓茂怎么也不相信张连麟会刻意戏耍他。但吴诗曼对自己也挺好，还特意提醒自己，看着吴诗曼那担忧的眼神，他开始半信半疑起来，他越想越忐忑不安。他已经答应了对方，如果不比，那他也要付出代价，无论怎么样，他都无法拒绝，为此颇感无奈和忧愁。

一下课，张连麟那身大块头就站在他的背后，其余他的小跟班也站立在四周。

"准备好了没呀？哈哈。"张连麟不怀好意的玩笑意味扑面而来，李晓茂再怎么不相信，也听出张连麟的坏心思了。

李晓茂说:"我……我不比了。你们欺负人。"

"什么,你不比?不行,你不比,我们怎么看好戏。"张连麟凭他这身大块头,一下子就将瘦小的李晓茂拎起来。

"喂,你们干吗?"吴诗曼站了起来,大声喊道,"放手,你们不能这么对待同学,再这样,我就去告老师了。"

"哼,你告去啊。我怕你啊。你要是敢这样做,我把你书包扔出去。"

"你……"吴诗曼脸色突变,她相信张连麟做得出来。吴诗曼的俏脸憋得通红,跺了下脚,眼睛也红了,趴在桌子上哭了起来。

这时,李晓茂才意识到事情的严重性。

"出来。"张连麟将李晓茂拉了出来。张连麟一众人将他的书包也拎了出来,翻包倒书,又摸李晓茂衣服的口袋,终于从他裤兜里寻到了五元钱。这是李晓茂爸爸给李晓茂的压岁钱。

"哈哈,走,有钱买吃的了。"张连麟既开心又满足。天气这么热,他早就想放学后去买几根雪糕吃。他总用这种行为敲诈同学,很多同学敢怒不敢言。只是后来,有家长发现了这件事,找到学校,他才被修理了一顿,稍稍收敛了些。张连麟之所以有这些行为,不能完全怪他,一方面,他的爷爷奶奶太宠溺他了,另一方面,他爸爸妈妈缺乏教育方式和经验,管不住他。虽然家里很有钱,但爸爸妈妈会限制他的零花钱。为此,暑假期间他还偷他爸爸的钱出去和其他小伙伴潇洒。他实在太坏了,欺负同学是常事。李晓茂这种人,他打心眼厌恶、瞧不上,想欺负他。

张连麟身旁的伙伴一见自己也能从中得利,一个劲地夸赞张连麟厉害,张连麟心里得意洋洋。

"把钱还给我,这是我爸爸给我的。"李晓茂心中愤懑,冲上去要抢回自己的钱。哪知张连麟一巴掌扇过去,他顿时跟跄倒地,眼里不自觉地噙满了眼泪。

张连麟嬉骂道:"你还挺有钱的,这钱就当你请客啦,谁叫你认输了,我也没冤枉你哦。"

他笑,身旁同学也跟着笑。

李晓茂从未受到如此之大的侮辱,但又因大家团团围住看着他,碍于面子,他不敢号啕大哭,只能埋着头呜咽啜泣。

"哭哭啼啼的,还以为多大本事呢。丢脸。"

张连麟见他哭泣未止,心里起慌,吞吐地对大家说道:"你们都看见了,是他认输的哦,他想耍赖,我只是要回他输给我的东西,要是我输了,我肯定也给他。你们要给我作证。"

周围同学点头附和。

"看在你请我们吃雪糕的份上,就不用在操场上跑三圈了。"说完,张连麟甩头就走。他看见有同学跑去找老师告状,担心挨赵老师的批评。虽然他不怕赵老师,赵老师喜欢学习成绩好的学生,他这样的成绩,赵老师会对他宽容一些,只是絮絮叨叨说教几番,但一想这刚到手的钱要被迫归还,他哪里肯放弃这甜头。

大家一哄而散,只留下李晓茂在地上哭泣,没人上前帮助他,他们不会为了替新来的同学出头而得罪张连麟。

李晓茂自觉面子全无,又胸中苦闷难耐,自己爬起来,坐回座位继续俯头啜泣。

上午第四节课,李晓茂无心认真上课,趴头闷哭,没发出声音。这节是美术课,美术老师不关心学生的状况,她只做好自己老师的本分——教完这堂课,因为她不是班主任,通常学生遇到问题,或是打架,或是同学之间闹矛盾来找她,她都会说找你们班主任,以此躲避麻烦,所以李晓茂的异样她全然不在乎。

李晓茂此时觉得周边的一切事物都与自己毫无关系,好像自己不存在似的,无助、无奈全然囚牢在内心,那种感觉像是失去了所有。再想起曾经的好友——李良平、李远地和新勒小学的同班同学,他多想再回到他们身边去。

　　李晓茂并没有把这事告诉爸爸，因为张连麟放学后跑到他身旁对他说："你敢告诉家长或者老师，小心我对你不客气。我要是被老师骂了，我就天天揍你，一天揍你十次，揍到你转学。哼！"

　　他害怕极了，担心会遭到张连麟的报复。张连麟的话太过威猛霸气，一字一句相当有威慑力，令李晓茂心中蒙上了一层灰黑色的阴影。

14

最近几天，不知怎的，张连麟没去找李晓茂的茬。后来才知道，这件事根本逃脱不了赵丽琼老师的"法眼"，她狠狠地修理了张连麟，还把他的家长请到了学校。张连麟当晚回去，挨了他爸妈的一顿打，他爸爸揍人那叫一个狠，揍得他第二天腿都站不直，屁股都不敢坐下，站在座位上就是一上午。他原以为赵老师绝不会管这件事，毕竟小打小闹罢了，按以往，赵老师教训他一顿就了事了，可不承想，竟然告状到他爸爸那。他着实想不通赵老师为何会对这件事上心，要不是赵老师的干预，他绝不会挨这顿打。他捂着胸口，心中直呼：失策了呀！失策了呀！

整个上午，他的眼睛没离开过李晓茂，他对李晓茂咬牙切齿，面向李晓茂时就攥紧拳头做出要揍他的动作，吓得李晓茂缩头缩脑，害怕到浑身出汗。一连几天，李晓茂都在恐惧中度过，他睡也睡不好，一整天都无精打采。可实际上，张连麟只是吓唬吓唬李晓茂，他担心再被老师知道他欺负李晓茂又向他爸爸告状，那他又要挨批挨揍了。

但张连麟死性不改，越是收敛，越是积压心中仇恨。经历这件事后，他作出深刻的反思：自己把这事闹太大了，只是小打小闹，赵老师肯定不会放心上。这样想的时候，他满脑子想的都是怎么欺负李晓茂。

　　去新学校的第一周就这样结束了，迎来周末，才是李晓茂最欣慰的。

　　语、数、英老师布置的作业特别多，李晓茂总要做到九点多左右，甚至更晚些，而九点这个时间点，爸爸妈妈就催促他要上床睡觉去。除作业布置多以外，他的习惯也不是很好，喜欢拖拉，或是开小差，或是发呆，或是作业难度太大，他急得抓耳挠腮也做不出来，爸爸妈妈是不会管这些的，他们整晚都在店里忙。作为农村长大的孩子，他实在无法适应这种作业量。但他又惧怕赵老师的惩罚，因而不敢不完成作业。焦虑就这样产生了。

　　周末的到来，无疑是他最快乐的时候。

　　李晓茂周五晚上和周六一整天都在外面玩耍，甚至到周日，他都不着急写周末作业，一直等到周日的晚上来恶补，往后也如此。

　　今天，李晓茂和塘边认识的小伙伴相约去湖里公园玩。五人成群，刘赐、王一义、朱习彬、李晓茂还有一个林双泷，以刘赐为首。这下午时分，天气异常炎热，但也阻挡不了他们走街串巷游玩。去湖里公园的路有一公里左右，几个人不带水，穿着短裤、短袖还有拖鞋，随身带着点钱，渴了就路上买点冰棍，他们此行打算钓鱼抓虾。

　　刘赐等人常去湖里公园，李晓茂还没去过，这是他第一次去。直走大道，向北而行，一路上会穿过各种要道。

　　湖里公园边上有个水上乐园，要收门票，他们是不考虑去的，所以只有到湖里公园来玩耍。下午两点左右是游人最少的时候，湖里公园之大，大到各种游乐设施应有尽有，像池洞、竹林、滑坡、水心湖、碰碰车等，都是主题游玩项目。

就在他们要进入湖里公园时，忽然瞧见另一伙人也进来了，这些小孩看起来比他们都大、都高、都壮。刘赐一眼就看出他们的身份——初中生。他们原以为对方跟他们一样，只是来湖里公园游玩的。但当他们走在公园道上时，那伙人还一直跟着他们，明明有许多路可以走，偏要与他们走在一条道上，而且眼神不怀好意，总朝他们的身上扫视，然后有意无意地看向四周，似乎在观察什么。

略有经验的刘赐和朱习彬小声道："大家小心了，他们这是盯上咱们了。"

李晓茂不是第一次遇到这种情况了，但在城里遇到这种情况算第一次。以前总有李良平罩着他，他啥都不怕，可这次，他看对方人高马大，又有四个，心着实有些慌。

"站住。"

那几个初中生终于出手了。他们截停了刘赐等人，然后将他们围拢在花坛内。

"别想跑，谁跑就逮谁，逮到就打，看谁敢跑。"有个初中生叫嚣道。

另一个初中生说："把钱拿出来。要是藏着掖着，被我找着了，就把他扔湖里去。"他指着不远处的湖泊，恶狠狠地说道。

"呵呵，咱上回把一个不听话的小孩扔进去了，谁让他把钱藏在咯吱窝里。"旁边一个初中生附和着他的话。

李晓茂听到这些，吓得脸都青了，他怎么也想不到这些初中生这么恐怖，竟然将人丢湖里去，那湖不知深浅，万一淹死了咋办，李晓茂的心里已经开始打起波浪鼓了。王一义在被其中一个初中生搜身，却没搜出个什么来。他向来不带钱，抠抠唆唆的，怎会有钱在身上。

李晓茂就懊悔不已了，他后悔自己带了六个硬币出门，这可是他一周的零花钱啊。有个壮硕的初中生走上前来，他站在李晓茂面前，戏谑地看着李晓茂，翻出一个手掌，沉着脸对他说："我劝你老实一点，自己主动交上来，别让我动手。"

迫于对方的威胁，李晓茂丧着脸，从口袋摸出那六个硬币来，然后非常不情愿地交给对方。

"这就好了嘛。你小子蛮识相的，我就不把你扔湖里去了。"这初中生发出满意的赞许声，但他忽然凑到李晓茂面前，瞪着眼说，"身上没多的吧，要让我知道你还有却不上交，那……嘿嘿……"他双拳相攥，发出拗骨头时产生的咯吱声响。

"不……不敢，真的……没有了。"李晓茂吓得缩起了脑袋，颤抖地说道。

他们在刘赐等人周围又绕了几圈，然后摸摸他们的裤兜子。

刘赐的四个硬币被他们摸走了，林双泷的十个硬币也被他们摸走了。

初中生一走，他们如惊弓之鸟，赶紧远离此地。换了个地方后，几人都露出颓丧之色。

刘赐气得直跺脚："这些王八蛋，抢走我所有的钱。"他接连咒骂几句粗话，把这些初中生的祖宗十八代骂了个遍。

"嘿嘿，还是我聪明，早看出他们不怀好意，老早就将钱藏了起来。"

大家一听，瞪大了眼睛，唯独朱习彬没有被抢走钱，这可太厉害了。赶忙问他怎么做到的。

朱习彬洋洋得意，说："哈哈，我藏在我的内裤里。"

"咦！"大家不禁鄙夷了他一下。

他丝毫不以为意，说："咦什么，我的钱没被抢走，这说明什么？这说明我胆子大又聪明。"

"他们不会叫你拿出来吗？"

"干吗要听他们的？就因为他们讲了几句狠话？怕什么啊，你就权当自己没有钱。"

"怎么可能？他们会搜身的呀。"

"放在内裤，他们也摸？"朱习彬说。

"呃，他们应该没这么变态吧！"

"可你拿的都是硬币，走路会响的，他们怎会发现不了。"

"我就站着不动，嘿，就让他们搜，他们要摸我那儿，我就装作害羞，遮起来。"

"真有你的。我看他们准不敢去碰，就算让你拿出来了，发现是在那儿，他们也不敢拿走，他们嫌脏。哈哈哈！"刘赐指着他那个隆起的小帐篷，哈哈大笑起来。

众人跟着大笑起来。

"这次你运气比我们好，你得请客，请我们吃冰棍。"

"你们不嫌脏啊？"

"我们又不用拿手里，不过卖冰棍的阿姨要是知道了，可能不敢收你钱了吧！"

众人又大笑起来。

"走，去钓鱼，钩子没被拿走就行。"

大家不再想刚才那些不开心的事。他们身后是一处斜坡，斜坡上长有郁郁葱葱的竹子，向上爬到最高就能游览到半个湖里公园。这片竹林生机盎然，夏季有鸣蝉趴在竹竿上，运气好，能找着几只。如果是在竹叶上，因为太高而够不着，没关系，用力摇晃，蝉要掉下来，就绝不会立马扇动翅膀，趁它落地抓它，准能抓上。

李晓茂在家乡抓蝉都是拿来吃的，但在城里，可没有小孩敢吃这玩意，都是拿来挑逗几下，在它腰身绑上细线，拿它做"风筝"。较为残忍的便是拔了翅膀和脚，往水里或是地上丢去，蝉就会在原地打转，如一只小陀螺似的，也不知道这是什么兴趣。这种行为常常能在小孩身上见着，说这小孩可恶也可恶，说这小孩天真也天真。

这些竹子身上刻满了痕迹，诸如"某某到此一游""某某我喜欢你"之类的语句，每一根都有。好像天底下的游人都爱做的一件事，他们似乎觉得这样做很有成就感。

时间充裕，他们决定先来竹林玩名为"抓人"的游戏，在这种地方最能体现游戏的难度。坡度够斜，难度够大，有竹子这种掩护体，地方还尤为宽阔。

不出所料，没过半刻，林双泷就宣布自己放弃，原来轮到他时，一连三回合，他一个人也抓不着，还滑下斜坡好几回，腿被割伤了几处，虽是轻微的小伤，但疼痛感还是令他难以忍耐。抓是抓不着的，他们就像兔子一样在林中穿梭，借助竹子来调转奔跑方向。

玩不尽兴，罢了，他们往上继续走。这片小山丘有一处游玩项目——车轨滑行道，人从高处乘滑板车顺着轨道滑下，可以滑行到最低处，好玩又刺激。但这滑一次的游戏费用就要十元钱，他们是定然不肯的。而且下午这个点，天气还很炎热，没多少人愿意爬到山顶去。偶见一两次滑驶掠过的滑板车，不见人，先闻声，惊叫连连就足以见得这游玩项目的刺激性。

"没什么可玩的，就算玩也很危险，我妈给我说过，之前有人滑着滑着，到拐弯处，人都滑飞出去，落到地上摔断了肋骨。"

小伙伴们惊呼："哇，那可疼死人了。"

"肯定啊。"

"走吧走吧，去别处吧！"

他们踩在山坡草皮上，一路说些闲话解闷。往前再走一会儿，终于看见坡下那一大片湖。湖面上有游船，上面坐着游客，双脚踩动踏板，船便缓慢游荡在湖面上。

李晓茂第一次看到这么漂亮的小船，天鹅的外形，只容两个人，船上多数都是年轻的男女，刘赐说能开船到湖中心去玩的都是情侣。一说到这种腻歪的话题，大家都相视一笑，心照不宣，唯独李晓茂没有响应，他哪里明白这些，着实单纯的很呀！

"我们去湖中心的亭子。"

这亭子是有栈道可以过去的，湖的沿岸也是有赏湖廊道的，一直连向湖心亭子。

"嘿嘿，看我的金色鱼钩。"朱习彬拿出一只小小的"鱼钩"，这其实并非真正的鱼钩，而是用铜制成的弯钩子，拿铁锤凿的，凿出一个尖尖的角，再弯曲扭折就行了，硬度不如真正的银色鱼钩。至于细线，就是普通的尼龙线，稍有拉伸度，但远不及鱼线的细和轻柔，凑合用，绑上就行。

亭旁长满了灌木，这里潮湿，土壤肥沃，翻挖几下，就能挖出几条大蚯蚓。没有鱼钩的李晓茂只能趴在岸上，在湖的岩壁上摸索，看能不能捞到大虾。

约莫过了半个钟头，他们钓上了一条不大不小的鱼，还摸了两只虾出来。这湖里的鱼虾机灵得很。便说那虾吧，湖水清澈，碧绿的青苔附在水里的墙岩上，有几只大虾就在那儿啄绿苔来食，尾巴摇摆，细细咀嚼。好肥大的虾，以李晓茂的身手，这几只虾肯定手到擒来，可他刚将手伸进水中，那虾就好像从水的波动下感觉到异样，还不待李晓茂的手接近，它们就刺溜一下跑了。亏得李晓茂有耐心，手在水里浸泡许久，不急抽出，待下一只目标收入眼中，他再缓慢挪移，慢慢靠近，折腾十来分钟才得手。再说那鱼，可能是习惯投喂的方式，游客来玩时，总会丢些面包或者饵料，它们吃得也心安理得，便是对那游在水里的蚯蚓提不起兴趣。而朱习彬又没什么耐心，三番五次提起来看看，这样哪能钓到鱼。他还怪罪在其他人身上，说他们声音太大，惊扰了鱼儿。刘赐不理他，换了位置，静等二十来分钟，终于钓到了鱼，只是这鱼不大，拿来吃都不够，他只好放回湖里去。

像他们这样来钓鱼的大有人在，不过都是偷摸着来。这片湖是对城市公众开放的，只供休闲娱乐之用，明令禁止钓鱼。他们本想着这个点应该不会有人来巡查偷钓者，可偏有工作勤勉认真的巡卫人就在栈道上，离湖心亭不远的位置。一个戴着红手袖徽章的人指着他们，大叫道："喂，那群小孩，你们在干吗？"

这声怒言惊吓了他们，他们抬头循声望去："不好，巡卫人来了，大家快跑。"

他们深知被抓住了是要罚款的，他们哪里有钱，要让爸爸妈妈知道了，更不得了了，当即吓得抓起了线，拔腿就跑。

巡卫人从南跑来，他们就从北跑走，他们跑得很快，巡卫人哪里能抓到他们。李晓茂紧跟着他们，寸步不离，这里人生地不熟，他若跟丢了刘赐等人，就要迷路了，到时候连家都回不去。好在他们都朝一个方向跑，并不分散。跑着跑着，他们又回到了最初的湖里公园入口处。

几个人跑到上接不接下气，汗流浃背，终于不跑了。

刚才急得跑，把虾和鱼都给丢了，好不容易得来的，全都没了。现下，他们又累又渴。

"我说什么来着，那巡卫人又来了。"

"他怎么这么勤快，这么忠诚，这公园又不是他家的，瞎操什么心。"

"哎呀，算了，咱们回去吧，你们看天色也不早了。"

"哼，好不甘心。"

"那又能怎么样呢？"

"是不能怎么样，要不，我们去大圆盘玩吧？"

"没意思。"

"那去做更有意思的事吧！"

"什么是有意义的事？"

"哈哈，当然是赚钱啦。"

"我们还小，人家不收咱们的。"

"这世上总有许多窍门可以挖掘，也有许多办法可以赚钱。"

"哈哈，我觉得不错，咱们今天被抢劫了，得赚回来。"

"你们该不会要抢人家的钱吧？"

"哪里的话。咱们可不做那些坏家伙做的事。"

"上哪去？"

"去了你就知道了。"

他们走在回家的路上，见到路边丛中瓶瓶罐罐落了一地，几个人边走边捡，捡得多了，就拾来一个大的塑料袋分开装。

"这些塑料瓶可是能卖不少钱的。"

"这样一袋能赚多少钱？"

他们捡了整整一个大袋子，足有二十来个。

"像这种矿泉水塑料瓶三个五角钱，这种易拉罐一个两角钱，大的要四角钱，合着十来元吧。"

李晓茂露出惊讶的神色。

"这也太好赚了吧！"

"那可不，积少成多。"

"可咱这么多人，分一分，每人才得两三元。"

"嘿嘿，等晚上九点以后，咱们再来捡点高档货。"

"什么高档货？"

"晚上再约。先回家吃饭去。"

"我们去 SM 城市广场玩。"

"好，那就约在七点吧。来我家旁边的那块空地集合。"朱长彬说。

"那就这么说定了。"

他们将这一整袋钱卖给了废品回收站，换得十二元，出力最多和年龄最大的理当多分五角，李晓茂才刚加入他们，所以只拿两元。

黄昏已至，翔鸟归林，街道开始热闹起来，做生意的人最勤快，地摊摊主撑起支板，吆喝出热情豪迈的嗓音。万灯普照，汇聚成一股霓虹彩灯的洪流。

15

  七点一到,大家准时相聚。李晓茂为了不错过这次约定,赶着吃饭,他的妈妈不晓得他为什么只稍一会儿工夫就吃完了饭,嘴里不停地嘟囔着"赚钱咯,赚钱咯!"店里生意忙,爸爸妈妈也顾不得他了,他吃完饭火急火燎地从小店后门跑走。

  趁着灯火通明,人来人往,他们向SM城市广场出发。SM城市广场在这座城市的中心,向城中走就对了,这条路也是李晓茂上学的必经之路,在宽阔的大马路上,他曾好几次见到那座气派宏伟的建筑。因而,他对它痴往,再加上爸爸对它的描述,更使李晓茂盼望进到里面去,感受下大城市里大超市的辉煌景象。

  大马路上,车流奔疾。辅路上却鲜有车辆,辅路的人行道没有路灯,这样昏暗的道路人却能凭着感觉前行。道路中间,宽阔的大马路灯火通明,侧道的人行路黑灯瞎火,两色夜景,加之晚风凉凉,倒挺有一番趣味。

  "哟,这时候还有人摆摊看手相啊,这乌漆嘛黑的晚上能瞧见个啥呀！"王一义说。

他们看见前方草地前坐在小板凳上的黄袍和尚模样的人正与人说道，他座前的中年男人认真地听他说禅理和佛言。

"哼，坑蒙拐骗罢了。胡诌些鬼话，谁信啊！"

"我妈说他们真有能耐，前天我妈就看过一次，那人对她说的话竟然跟她最近发生的事八九不离十。"

"反正我不信。"王一义别过头去，任林双泷说的再有理有据，他也不信。他是坚定的唯物主义者。

"大人说：'宁可信其有，不可信其无。'"

"大人们都信，难不成做了什么亏心事？"

"反正我是不会相信的。"

"我也不信。我爸说他们就是神棍，说的那些话都是察言观色，三言两语套你话，再从算子册上胡诌几句，说些你爱听的话让你高兴，你就肯掏钱给他们了。"

"也别说人家，人家凭这个本事混饭吃。"

"上面有座观音庙。"他们说时，已经走到观音庙的山口。"上面有座山，山上有座庙，挺好玩的。"

"你们去过？"

"当然，我们哪里都去过。"

"上去过几次，没什么意思，我妈老是拉我来，让我再上去我也不上去，很无聊。"

"就是去拜拜，求求佛，许个愿什么的，没什么意思啊。"

这个观点大家出奇的一致，觉得去观音庙不如去海边玩来得有意思。

"前段时间，就因为这些看相的说的什么话来着，我爸妈特别相信我是那个什么奇才，天天逼我学财经之类的什么东西，我也不知道是啥，叫不出名字来。"刘赐说。

"到了，你们看。"

不知不觉，他们已经抵达了 SM 城市广场，庞然大物矗立在他们面前，他们显得如此渺小。

在塘边的街道上来来往往的都是游街的人，可谓繁华。而这里，却要比之更胜一筹。单是停车场，就抵得上好几个学校的操场，数不尽的车辆涌进停车场，依次排列整齐。在这里可以看到昂贵的车和富态的人，也能看到残次的货车和乞丐，包罗万象，从不拒之门外。

门口挤满了人，什么人都有。

进到里边，随处可见大小商铺，一些看不懂的英文牌子挂在门头。对李晓茂来说，这一切都很新鲜，他环顾四周，花花绿绿迷人眼，似有天旋地转的奇妙感觉。

刘赐等人已来过七八回了，轻车熟路，他们直往目的地走。三楼，那是孩子娱乐的天堂，各种游乐设施、游戏小店、游戏厅，应有尽有。但他们没有能力消费，他们的主要目的是观赏，观赏其他小朋友玩的过程，大饱眼福，这就足够了。能玩得起这儿的游戏设备要么是家长带着孩子来玩的，要么就是富有家庭，那用真钱兑换来的游戏币哗哗地投进机器内，连眼睛都不眨一下。他们可馋得很，心痒痒，如果实在忍不住的情况下，他们就会掏点小钱买游戏币来玩，但也不过几次，要知道这里的游戏厅消费起来高得吓人，稍有不慎，就会花去三四十元甚至上百元。上百元在那些有钱人的眼里就如牛毛一样，但要知道他们辛苦捡瓶子一次也才换得几元钱，还要花去大半个时间，在这里三四十元只要二十分钟就能花掉。

接下来就是看四驱车比赛。四驱车比赛要精彩得多，常常有实力很强的玩家来这里比赛，用的赛车大多是特别昂贵的车型改装的，贵的上千元，最少也要七八百元，而且这些玩家的操作实力也很强。他们只能站在场外观看，他们手中最贵的不过那种十元的小赛车罢了。可即便这样，他们也很爱惜自己的四驱车。

他们一看就是两个钟头，兴致高涨。

能在游戏厅消费的不只小孩，也很多是大人。有一个二十岁出头的年轻人，他在游戏厅里消费一下就是两三百元，丝毫不会吝啬，不仅如此，还会赏几个币给些小孩。那些小孩就会乐得粘住他，他走到哪个游戏厅区域，玩哪个机器，那些小孩就会跟在身旁，时不时谄媚讨好，兴奋呐喊为他助威。受到如此多"粉丝"的追捧，这个年轻人满脸得意，他只稍扔出几个币，这群小孩就会疯狂来抢。

王一义他们起初也会禁不住诱惑，跟上去瞧一瞧，但人实在太多了，根本没机会。而且这中间还发生不愉快的事，那就是王一义和朱习彬因为一个币打起来了。好在后面刘赐解围劝说，他们才恍然大悟，深陷别人的摆布到底是不明智的。当他们再看那个年轻人轻蔑傲慢的嘴脸顿时觉得作呕。

刘赐自语道："别以为有几个臭钱，就能随意糟践别人。"刘赐的心智处于半成熟半幼稚，他深知这种把戏的荒诞。

他们将之前卖瓶子所得的钱全部玩掉了。这钱太不经花费了，投下去，没三分钟，游戏角色死了，游戏结束了。

实在禁不住诱惑了，王一义掏出自己的零花钱，足足五个硬币，五角钱能换一个游戏币，但他只愿意换四个。他要玩游戏了，朱习彬可就不快乐了，在他耳边唠叨，说我之前还请你喝水吃冰棍了，你怎么也得给我一个，林双泷也翻起了旧账，刘赐是他们的领头，他也不好意思不给。最后一人分了一个，李晓茂自然分不得，只能眼巴巴地看着。他的钱下午都被抢走，妈妈也不可能再多给他了，他也尝过了玩游戏机的甜头，只是甜头未尽兴。

才不到一会儿，他们全结束了游戏，刘赐还好，技术娴熟，能玩好几关。

时间不早了，他们全都笑起来，唯独李晓茂一脸疑惑。

"咱们去赚钱吧！把今天花掉的全部赚回来。"刘赐说。

"对，要赚回来，到时候还来这里玩。我一定能赢你，刘赐，你等着。"

"谁怕谁，你都输我几回了。"

"我迟早能赢过你。"

"那我就等着咯。"

"走吧，现在时间刚刚好。"

他们一看刘赐的手表，上面正显示九点半。出了大门，外面依旧热闹，人们夜不归家已经成为常态，城市没有黑夜，用来形容这儿再贴切不过了。

夜生活才刚刚开始，大人们沉醉于街边美食，大排档的摊位早就占满了位置，街边烧烤摊架起黄灯，在烟雾缭绕、霓虹彩照的氛围下，人们醉酒当歌，谈天说地，痴迷陶醉，乐哉悠哉。

刘赐等人说的赚钱诀窍实际就是偷拿酒瓶子，这种酒瓶子能在废品回收站卖得八角一个，捡它十个八个非常容易，因为喝的人多，而且有专门的聚会场所，例如大排档、烧烤摊、公园等地方，随处可见人们喝酒吃肉，一地散落的酒瓶子无人拾取。时间越晚，喝酒吃肉的人就越多。他们喝得醉醺醺的时候是不会在乎这几个酒瓶子的，胆大地上去讨要，他们还会乐意给。但也有难度，难就难在摊主了，有些摊主为了防止小孩来偷拿瓶子，眼睛就会专门盯梢，他们已经好几次吃了亏。要知道，如果让他们来卖掉酒瓶子，那回收价就得是一元一个了，这样的价格谁不心动呢？

机会总会有的，摊主不能一心二用，忙里忙外不说，哪还有闲心去看管客人桌上桌下放着的空酒瓶子。所以刘赐经验得出，要找那些生意火爆的大排档摊位，因为这样，即使他们来了，人山人海，大人们的身影能将他们的身躯挡住。遮蔽了身影，那他们做起这事来就顺手多了。

他们先是绕着城市广场转悠，然后分成两队，分往乌石浦和江头两地，李晓茂跟着朱习彬和王一义去江头，刘赐和林双泷一道。他们沿街而行，见到路边烧烤摊坐满了人，而那些空酒瓶横七竖八地躺在地上，让朱习彬两眼放光。他的胆子可真大，就这么若无其事地走上前，弯腰、拾取，镇定自若地往前走，耍得一招顺手牵羊，酒瓶子就这么给他带走了，他全然不顾别人的目光，醉酒的人只模糊地看见他的背影。才不过一分钟，朱习彬就顺得两个空酒瓶子。

他嘿嘿一笑，得意地对王一义和李晓茂说："嘿嘿，得手一元六角。"

王一义显得特别激动："到我了，我来。"他假意从摊位前走过，眼中已经锁定了刚才就确定好的目标，他的心怦怦跳，虽然这事他没少做，但每次做这事，他仍然心潮澎湃，忧虑和激动并重，压在他的心头上。明眼人都能看出他走起路来十分不自然，可他是一个小孩，又有哪个大人会去在意呢？

王一义成功拿下酒瓶子，后来他们又接二连三的成功了好几次，这更助长了他们的斗志。而李晓茂，他因为胆小，不敢去偷，又是在众目睽睽之下，他难免心生恐惧。从前，他和李良平他们也干过这种勾当，可都是李良平来做，他负责望哨，而且还是四下无人才敢这么做，又或许是城里人的面相不如乡里人来得温和，人生地不熟，他自然生出害怕的情绪。王一义和朱习彬的这种行为比李良平更大胆，他们拿酒瓶子时，他的心眼都要提上来了。这不得不使他对二人更加敬佩。

二人成果丰硕，取得十三个瓶子，乐得朱习彬大呼："大丰收，大丰收啊。"这才短短不过半个时辰，战果累累。

他们见李晓茂迟迟不敢去做，便来劝他："试试，试一次就知道了。不然你永远都不知道自己的能耐。"

"我真不敢。我还没走上去，腿就开始打颤了。"

"别怕，我第一次也这样，后来还不是让我得逞了。还有一次，我拿瓶子时被老板发现了，当时我撒腿就跑，一下子冲进巷子里去，那老板追都追不上我。"

"对啊，咱怕啥，城市里不让打小孩，打小孩可是犯法的，而且警察随叫随到。"

"那岂不是要把咱们抓走？"

"不怕，咱们年纪还小，而且拿的瓶子才值八角钱，警察叔叔顶多说两句就放了我们。有啥好怕的。"

李晓茂在他们二人的劝说下，有些心动了。且不说他今天损失惨重，再就是他对晚上玩的游戏机起了浓厚的兴趣，他还想再玩，他的心痒痒的。终于，几经思想斗争下，他动摇了。

李晓茂鼓起勇气，说道："既然你们都这么说了，那我试试吧！"

"这就对了嘛。你看我们都有十几个瓶子了，你一个都没有，那以后我们可不带你玩咯。"

"我马上就会有的，你们等着，我这就给你们拿来。"

他二话不说，径直朝露天摊位走去，他紧紧盯住桌边下那些空酒瓶子。他并没有直接走上去抓走酒瓶子，他有些许犹豫和顾虑。

他走到正在喝酒的叔叔们面前，奶声奶气地说："哥哥姐姐你们好，请问，你们能将喝完的空酒瓶子给我吗？给我两个就可以了，谢谢你们。"然后他深深地鞠了个躬。

这群大人愣了一下，看了看李晓茂，在他身旁的一位大人带着些许醉意说："咦，哇，这小孩真有礼貌！"他的语气有东北汉子的豪爽。

"可以啊。你全拿走都没关系。"有个女人兴奋地说。

"谢谢姐姐，姐姐你真漂亮。"李晓茂微笑地说道。

被李晓茂这么一夸，她立刻捧起害羞的笑脸，李晓茂声音动听，嘴又甜，这个女人当即心花怒放，愉快地说："来，姐姐给你装起来。你是要拿去卖对吧？哈哈，来，全部给你。这么多，你提得动吗？"她从桌上拿来一个塑料袋子，把桌上的空酒瓶子全都装起来拿给李晓茂。

"谢谢姐姐，姐姐你真好。"李晓茂再次说道。他双手提得满满当当，为表谢意，他再次对这些大人鞠躬致谢。

王一义和朱习彬在远处全都看得一清二楚，李晓茂的几句话和两个鞠躬就让他收获两袋空酒瓶子，惊得他们目瞪口呆。

李晓茂正要走，忽然一句浑厚的声音叫住了他。那是老板，这老板膀大腰圆，声音粗浑："小朋友，你站住。手里提的给我放下。"

老板的突然来到，吓了李晓茂双肩一颤，畏畏缩缩地杵在那儿。

"糟了，他被抓住了。"王一义和朱习彬大惊失色。

老板刚要上前抢下他的袋子。却给刚才那桌的年轻人拦住了，那个刚才与李晓茂说话的年轻人生气地说道："老板，你干吗？你要抢小孩的东西？"

老板脸一红，赔笑道："不是，客人，这不合规矩呀！"他说的规矩指的是李晓茂将空瓶子带走，这些空瓶子本应该留在酒桌上。

"什么规矩？这酒是我们买的，我们钱也付了，就不关你的事。"这年轻人沉着脸，他本就有些醉意，见老板欺负一个小男孩，嘴里还嘟囔着说这酒瓶子被人拿走不合规矩，他顿时有些不悦了。

"对啊，老板，你也太不厚道了。这酒瓶子是我们送给他的，关你啥事。"那个漂亮姐姐站起身来，不客气地说道。

"抱歉，抱歉，我的错，我的错，小本生意，指望回收酒瓶子，卖点钱。"

"这么多，都不够你卖的吗？你还在乎那几个瓶子？老板你也未免太小气了吧。"又一个年轻人发话，但他语气稍微好些。

因这个动静，其他桌的客人也相继看来，场面热闹起来了。

老板为了不影响自己的生意，决定不再与他们争吵，重复地说着抱歉的话，一边赔笑，一边说："你们吃好，拿就拿走吧。你们吃，你们吃。还要些吗？呵呵，呵呵！"他的腰弯成九十度，脸上的汗水不住地往下滴。这些烧烤买卖的摊主整日与烟尘和炭火为伴，白灰色围兜全都发黄。再有他们全都光着膀子操弄，那皮肤早就从油光发亮到乌黑肮脏。

老板重新回到了他的烧烤架前，继续在炭火上炙烤着香灼的食物，他的脸上带着苦笑。

李晓茂向那桌的哥哥姐姐道了声甜甜的谢谢，然后转身没入黑巷子中。

李晓茂一回来，就立马受到了王一义和朱习彬的夸赞："你太牛了，真的，我对你都要跪拜了，你这跟谁学的，还有你到底跟他们说了些什么？让他们主动给你这些酒瓶子，还帮你说话，你太厉害了，快，教教我。"

受到吹捧和赞扬，李晓茂的心都飞扬了。他挠挠头说："就对人家客气点，叫声哥哥姐姐，他们一开心就把酒瓶子都给我了。"他故作轻松，说出刚才的做法，一路这么走过来，他的心都要提到嗓眼里了，恍然一过，直到他回到巷子中，他才如释重负，刚才所发生的一切都有如梦幻般玄妙。且二人又说到刚才老板的脸色变化，看到老板吃瘪，他们笑得更加得意了。从没有人能让老板这么憋屈，唯独李晓茂。

"哈哈，原来只要说话客气，再给他们鞠个躬，他们就能赏咱们东西？这也太简单了。而且还不怕老板找咱们茬，这就好像在老板眼皮子底下拿钱，他无能为力。这可太棒了。"他们越说越激动，纷纷想再次以身试险。

"对了，这招数可不能告诉刘赐他们，这可是咱们的绝招啊，以后，咱们凭这点就能挣得比他们多，嘿嘿，让他们羡慕咱们。"王一义说。

"你说得对，绝不能跟他们说。晓茂，你可不能告诉他们呀，这可是咱仨的绝招啊。你看，你这次可是出尽了风头，我们可得好好跟你学习。"朱习彬附和道。

李晓茂害羞地笑了笑："嗯嗯好。不跟他们说。"他本来觉得这并不是什么好招数，只是自己下意识的做法。可二人吹捧，又视为秘密，还以他为首为学习榜样，这让他颇为不好意思。

大丰收，他们共收获四十八个酒瓶子。提都快提不动了，三人决定先回约定的集合地点等待刘赐、林双泷二人。

待刘赐和林双泷回归，三人都堆满了笑容，朱习彬提起地上的麻袋，顿时哐哐哐响作一团。他们料想刘赐和林双泷惊掉下巴的样子，便连神情都傲慢了几分。

"嗯哼，你们捡到多少啦。"他咳了咳嗓子说，声音拔高了几层。

"哎，今天一言难尽啊。"

"没关系，没关系，哈哈，再接再厉哈。"王一义趁势说。

"我差点就被抓住了。"林双泷心有余悸地说出他的不幸。

"你们有多少。"

"呐，自己看。"朱习彬双手张开麻袋。

"这么多，天呐。你们怎么这么多个瓶子。"

林双泷和刘赐果真如他们所料，惊得说不出话来。

"这不可能啊，你们不会把废品站老板给打劫了吧？还是说你们胆大包天，去洗劫废品回收站了？"

"怎么可能，说什么傻话。"

"那……"

"嘿嘿，我们运气好，刚好看见人家饭馆后厨的空地上堆着不要的空酒瓶子，就给拿来了。"朱习彬说得相当轻松，好像是天上掉下来的馅饼被他捡着了。

"哇，走狗屎运了吧你们，这都行啊。好气啊。"

"真有你们的，这种运气也能撞见，怕不是人家本来就暂时放那儿，你们给偷了去吧！"

朱习彬摇头晃脑，乐开了花："嘿嘿，反正都是偷拿，都一样，都一样，哈哈哈！撑死胆大的，饿死胆小的。"

"这哪成，偷和捡还是有区别的，咱可不能混在一起。"林双泷想作解释，便说。

"对啊，酒桌下的酒瓶子，那是人家不要的。当然可以'捡'。你们那是人家后厨空地放着的，人家没说不要，你们偷了去，这哪成。"

"反正已经拿来了，不管，大不了下次不去拿呗。"

王一义突然说："卖钱去，卖钱去，再晚了，废品站就关门了，我们这些可拿不回家啊，拿回家可要挨骂的。"

朱习彬抬起手，看了下手表，说："哦对，都快十一点了。"

众人恍然大悟，不再去管是偷还是捡。

拿到钱后，李晓茂的功劳最大，朱习彬却执意还是按人头分配，他见钱眼开，哪里肯舍得，李晓茂倒不介意，有总比没有好，何况认得这样好的朋友带他赚钱，求之不得呢。

手里有钱，李晓茂开心极了，他恨不得立马就钻到游戏厅里去玩两把。可时间也不早了，再晚回去可就挨揍了。他记得记事来，他的爸爸妈妈还未曾打过他。

十一点二十分，他回到家，店已经是空闲状态的了，偶然会来一两位客人。妈妈一见李晓茂回来，脸上就露出不快的神情，问他为什么这么晚回来，李晓茂交代了和朋友去哪里玩的事，但没有说玩什么以及捡酒瓶子的事。妈妈觉得这是周末，小孩子爱玩是天性，她给李晓茂讲了些安全教育示例，严厉警告他晚回家的后果，并教他不要跟陌生人走、不要吃陌生人的东西等。李晓茂全程见妈妈板着脸对他训话，他第一次见妈妈生气，说到最后他鼻涕眼泪都出来了，妈妈才唉声叹气地休止。

　　世道不太平，人贩子会盯着这些贪玩的小孩，妈妈常常听邻里道长里短，谈些小孩被人勾了去，不是卖器官致死就是打残上街乞讨，或是卖到外地给穷人家做孩子。其二就是孩子贪玩，落水让河里的水鬼勾走了魂，或是从楼上摔下来砸成了肉饼，说时是言语，想时就是画面了，哪个妈妈不担惊受怕。所以，李晓茂再这么晚回来，她就要胡思乱想了。李晓茂爸爸却不以为意，他觉得孩子这么大了，谁会愿意拐走他，只要稍加引导和恐吓，他也就老老实实了，不去招惹什么，也不去危险的地方，说不准害怕了，自己早早就回来了，何必要自己吓自己，瞎操心罢了。

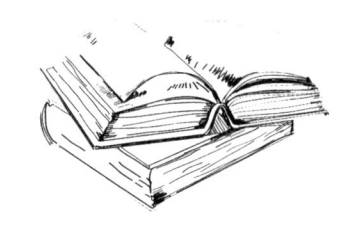

16

　　李晓茂能自己搭乘131路公交去学校了。这131路公交就在离家不到一百米的公交站上车，公交车左拐右绕，历经二十来分钟的路程，抵达学校附近的公交站点，李晓茂下车再走上三百米才能抵达学校。

　　李晓茂其实不大愿意上学，大早上六点半起床，睡眼朦胧，昏昏沉沉，极其难受。刷牙洗脸，再走很长一段路程，夏天时，走上几步路就汗流浃背，尤其是背着书包，那背后的汗水更是令他难受，书包也不轻，他总感觉像背着一座山，每天来回奔波。一到班级，老师严厉，同学们呆若木鸡，一遍遍吟诵课文，生活一成不变，乏味无聊。从村校来到市校，一切都要重来，他各种不适应，书本虽内容丰富多彩却也生涩难懂。他跟不上老师讲课的快节奏，听课总是出神，老想到其他的事情去，任课老师几次点名要他来回答问题，他不是吞吞吐吐答不出，就是因为发呆出神被老师罚站。

　　这张连麟上辈子跟他有仇似的，总是会无端来找他麻烦，动不动就会挖苦、嘲讽他，让他在班级同学面前丢尽颜面，或是手欠脚痒来欺负他。大家都知道张连麟的德性，少有人去招惹他。班里有许多朋友小组，谁跟谁好，谁又跟谁不好，这是每天都会变化的，闹矛盾，起争执，也是常有的事。他在班级唯一能说得上话且真心待他的同学就只有吴诗曼了。

　　赵老师并不在意学生的心理，她注重的是学生的学习成绩，只要不影响班级的平均分和课堂纪律，其他事她可以睁只眼闭只眼。李晓茂刚转学那会儿，她以为李晓茂是个学习成绩优秀的学生，所以那次张连麟欺负他时，她才会出手管管，但后来李晓茂的表现让她大失所望，不仅学习能力差，各项学科表现也不尽如人意，尤其是他那副来自农村的样貌令她着实嫌弃。

　　每年，每个班都会有新生报到，按随机分配的原则，每个班主任都期待分来的是一个优秀的孩子，这样自己班的平均分不至于在年段靠后。李晓茂在第一次单元考试中只得了二十五分，全班垫底。尽管班级有三个不及格，但李晓茂的分数比他们还要低，这让赵老师一下子无法接受，加上与其他班主任之间侃聊班级成绩情况，她更接受不了自己班有李晓茂这样一个"人物"，其他班主任的谈笑风生，在她看来好像在暗自取笑她。往常未曾垫底的平均分，这次出乎意料花落她班，她仿佛受了奇耻大辱，浑身不自在。

　　她当着全班的面狠狠地批评李晓茂，说他是"扶不起的阿斗"，糟糕透了；说他毁了班级的前程，让班级在年段垫底，丢尽了颜面，平均分因为他而降低的，全怪他。赵老师一遍遍地咆哮，用十分尖锐的言语痛击李晓茂的心灵。李晓茂的心里极不舒服，脸红成了晚霞。他觉得自己仿佛掉进了万丈深渊，满脸恐惧，眼中涌现悲伤与无助的泪水。同学们的嘲笑更让他畏惧今后的生活。从这天起，李晓茂更加讨厌这个学校和班级，也讨厌这个赵老师。以致，在以后的学校生活中，李晓茂的笑容很难再绽放出来。

李晓茂的学习令老师堪忧，也令爸爸妈妈担忧。成绩出来那天，赵老师就叫来了李晓茂的爸爸。在办公室里，赵老师语重心长、和蔼可亲地与李晓茂爸爸交谈着，不像以往的那样霸道、威严。李晓茂爸爸倾听认真，回复的声音轻柔，他的脸色一会儿喜一会儿忧，但始终保持端庄，态度婉和，就像小学生面对老师说教时表现出的认真和顺从。训告结束后，爸爸还不断地对赵老师鞠躬握手，表示因为自己的疏忽，没有管教好孩子之类的话语，满脸都是歉意，满脸都是卑微。

　　那天，李晓茂由爸爸领回家。回家路上，爸爸苦口婆心，要李晓茂认真学习，又说自己如何辛苦，大老远接他来城市生活，十分不易，要李晓茂懂事些，懂得爸爸妈妈的辛苦付出。李晓茂只是低着头，不敢与爸爸对视，他的眼里始终噙着泪水。

　　李晓茂不想让爸爸失望，他很想努力，可他觉得自己在课堂上完全听不懂老师讲课，那些知识远比他之前学习的知识要难得多。还有在班级里遇到的一些困难始终无法解除，他就像只受伤的羔羊，只能原地打转，无从逃离。他也不敢跟爸爸说这些事，因为只要他一说话，爸爸就认为他在顶嘴，然后怒气冲冲地指责他，根本不给他解释的机会。他所受的苦难没有人替他解除。

　　但李晓茂不怪爸爸，爸爸已经很辛苦了，他理解爸爸的难处。爸爸好不容易才将他带在身边，他不能因此让爸爸为难。他这样想着，心里似乎好受了些。

　　接下来的日子，他强迫自己上课一定要认真听讲，遇到不懂的，他就记下来。他主动找同桌吴诗曼请教，吴诗曼很乐意帮助他，总是耐心地指导他做题。可他实在愚笨得很，上课听过一遍后，还是觉得不太理解。他不敢请教老师，只能厚着脸皮麻烦吴诗曼。他的学业从来得不到爸爸妈妈的辅导，都是自己学。爸爸太忙，没法教他，妈妈小学都没毕业，更不要说教他了。

　　他的毛病也很多，比如写作业非常磨蹭，学校布置的作业很多，大多数习题他又不会做，所以李晓茂总能折腾到很晚，但他又怕第二天没交作业被赵老师责罚，因此，总是边哭边写作业，直到半夜一点累到睡着。

相比于语、数、英这些令人烦闷和厌倦的课程，他更喜欢科学、美术、体育。科学老师教他们做科学小实验；美术老师一来就让他们自由画画，从不管他们画得如何；体育课做完热身操，要不就是自由活动，要不就是打篮球，没有人不喜欢这些课程。

体育课的运动很多都是李晓茂擅长的，别看李晓茂个子小，他跑得很快，而且力气很大。他篮球打得好，三次投篮两次都能命中，这也让他得到了些同学的夸赞。

就这样，他挺过了大半个学期，逐渐融入这个群体当中，成绩虽然还处在不够优秀的行列，但起码能及格了，这都是适应和努力的结果。可以想象李晓茂经历了怎样的磨难，挺过了多大的压力。

张连麟因为李晓茂球打得好，让他一同加入班级组建的篮球队，这之后虽没再揍过李晓茂，但还是喜欢开李晓茂的玩笑，偶尔捉弄他一下。

李晓茂似乎不再沉默着接受同学们的嘲笑了。赵老师做事依旧雷厉风行，不苟言笑，在学生面前永远板着面孔，只是在家长面前不会这样。

小团体就是这样，没有人会因为一个弱小的人而挺身而出，除非他本身就很强大，否则一旦逞能挺身而出，就会连累自己招致罪祸，努力改变自己，这需要持之以恒的毅力。

但事情不会永远一帆风顺的，就像这次。

李晓茂的篮球打得不错，可他太出风头了，不仅断了张连麟的球，还抢了张连麟的面儿。张连麟这人过于强势、嚣张和傲慢，他总认为自己无比厉害，有阿谀奉承的跟班小弟，有优越的家庭条件，他怎么会允许比他弱小的人在自己面前耀武扬威。在他看来，这可是赤裸裸的嘲讽。

霸王不允许跳梁小丑在自己面前使出他看不顺眼的动作。所以当李晓茂拿球从他身旁运球而过时，张连麟的心仿佛揪动了一下，他伸出腿去，仅仅一个动作，就将李晓茂拦截摔倒在地，膝盖在水泥地上摩擦出血。

张连麟故作惊讶，显得慌张，拙劣的演技以及旁人为他作的辩解，这场"意外"就这么产生并且合理了。李晓茂被搀扶着去医务室。

打球嘛，不可避免有点小事故，这事就被当作"小事情"不了了之了。李晓茂也这么认为。

后来很长的一段时间里，李晓茂都打不了球了，他只能眼巴巴地坐在操场的台阶上看他们打球。

不知道是因为成绩不好还是因为作业没完成，赵老师始终没有给过李晓茂好脸色。就算他考试及格了，可要与班级成绩好的同学相比，他仍是拉低班级分数线的一员。又或许是身份吧，农村来的孩子成绩不够优异，半途插班进来，还要上这么好的学校，妥妥的花钱进来的差生。在赵老师眼里，李晓茂的身上只有陋习和缺点。

李晓茂一度想放弃在这里上学，李晓茂爸爸却不理解，他对李晓茂说过许多次这样的话："你要好好读书，做个有用的人；这是个好学校，爸爸花钱求来的，你可要珍惜这样的好机会；你考成这样，怎么对得起我？你好好努力，爸爸做事才会轻松；你要是不好好学习，以后就只能像那些农民工在工地里搬砖；家里并不富裕，你妈妈和我从早忙到晚，也没赚到什么钱，为了供你读书，你看我们两个多努力……"

只要想到这些，他就不再开口了，只能用沉默和凝望来表达自己的心思。

后来发生的一件事，让李晓茂刻骨铭心，以致他对赵老师产生了怨恨。

那天作业实在太多了，而李晓茂又被罚抄的课文，只因为他字没写好。他花了一晚上的时间才抄写完成，然后他开始写作业，写到很晚，十二点左右，他实在太乏困了，强忍许久，终抵不住睡意，趴在桌上睡着了。他爸爸妈妈回到出租屋，见他睡着了，便把他抱到床上睡觉。

第二天，他迷迷糊糊地不记得还有一项作业没完成。李晓茂交作业时才惊讶地发现作业没完成。但因为抄写作业有完成，老师才限定他在早上把作业补完，否则中午留校继续罚抄。

昨天太晚睡觉，早晨太早起床。他实在太累了，他想撑着困意坚持下去，奈何抵不过精神困乏，他趴在桌上睡着了。这一睡，可不得了。赵老师的怒火腾升到燃点，她以粗犷的嗓音和猛力拍案将李晓茂从睡梦中拉回。

李晓茂精神一振，头皮发麻，浑身躬紧。众人齐刷刷地看向他，目光里先是疑惑再是幸灾乐祸。

赵老师发飙了，竟然有人在她的课上睡着。尽管赵老师的课很是烦闷无聊，但从来无人敢睡觉。李晓茂算是触怒了赵老师的内心，她容不得学生上课睡觉，这是对她教学的侮辱和否定，她可是评到了高级教师的职称，学生怎能以这样的方式亵渎。

于是，她喊醒李晓茂，愤然走下讲台，一把抓起李晓茂的衣领."来来来，跟我走，既然不想听我的课，你就出去，不要听了。"

李晓茂一下子蒙了，眼泪又不争气地滚落下来："不要，赵老师，我不敢了。"

"可能我上课很无聊，耽误你的宝贵时间了，既然如此，你不要来上我的课了，你学习这样差，还不好好听课，干脆从头学起吧，去二年级上课，免得祸害我们班。去吧！"赵老师说着就拽起他的衣领，尽管李晓茂奋力挣扎，但他哪里挣脱得了大人的力气。他急哭了。同学们吓住了，他们从没见过赵老师这般厉害地惩处学生。按以往，也只是骂两句罢了。

李晓茂被她拽了出去，班级的学生不敢出一丁点声音，他们全都惊恐地看着赵老师拽住李晓茂的衣领离开教室。

这简直是李晓茂的噩梦，他做梦都想不到自己将受辱于此。

赵老师推开二年一班的教室，当着这些比李晓茂小的弟弟妹妹面前，指着李晓茂的鼻子教训他。说李晓茂比你们大两级，不好好读书，又调皮捣蛋，还爱在课上睡觉，简直无可救药，你们千万不要学他，否则以后你们就会像他一样。她添油加醋地把李晓茂的差生形象描述出来，并且贬低得一文不值，就像废柴一样，她句句以羞辱的话语愤说李晓茂的品性。李晓茂立在那里埋头啜泣，不敢直视这些低年级学生，那一张张惊讶的稚嫩的脸蛋无不是对他人格的轻视。他清楚地听着赵老师说的每一句话，那么刺耳，那么恶毒。他仿佛被掏空了身体，魂魄及精神都夺了去，愣愣的样子，眼神空洞，脸色惨白。

李晓茂任由赵老师拉到后面教室，赵老师已经把桌椅挪好，就让李晓茂坐下。这一刻，李晓茂像犯人一样接受所有人的审视。

时间仿佛停留在这一刻，寂静无声更增添恐惧。在李晓茂的精神世界里，黑暗将他笼罩，他坐在那里，颤抖着身体。墙上的时钟滴答滴答地响个不停，他开始出现幻觉，他这样问自己：到底我错在哪里？为什么我会被这样对待？他的心底防线渐渐溶解，是啊！他犯了什么错呢？白色的瞳膜加之泪水，朦朦胧胧，亦不真切，亦成虚无。

卑枯之心终此成型。

当铃声响起，李晓茂哭着抢门出去，他要逃离教室，逃离学校，逃离本不该属于他的地方。

从那以后，李晓茂产生厌学心理，他用很长一段时间来修复自己被摧残的心灵。每次回想起来，他就用摇头晃脑的方式，试图以此驱散那些痛苦的记忆。或者，他就大叫、跺脚和拍脑袋的方式，以此赶走那些万念俱灰的想法。幸好他年纪还小，在时间冲淡下，在喜悦刺激下，在阳光照耀下，那段痛苦的回忆渐渐埋葬在内心深处。当他再看见赵老师时，他不会再次唤醒它，他本能选择服从与妥协，尽心尽力地去完成赵老师布置的任务，如玩偶傀儡一般。

17

只有玩耍时，他才会露出喜悦的笑容，那如花儿一般的纯洁的笑容。刘赐总会带他们去探险，山上、海边、或是楼顶或是荒芜的空地。

捡瓶子他们照样一周进行一次，想玩电动，钱不兴花，三两下就见底了，想买好玩的赛车，那些钱哪里够。刘赐带来新的赚钱法子，他可是塘边孩子圈中最厉害的人，不管有什么渠道和方法，能赚到钱的他都要试试，小钱他不赚，一毛两毛没啥意思，要就大票。他听废品回收站的老板说，一斤电线可以换十五元。一斤是多少？剥去塑料皮，就那么把电线缠绕十个圈，拿在手里小小的一摞，换得十五元。这可是门既轻松又简单的赚钱法子，这些电线多在楼顶，人家拿来做晾衣绳或是接闭路天线用的。一条长长的电线就能换这么多钱，他怎么会不心动呢！

他是这样想的，做这种事，人手要够的，一定得带上他们，多一个人行事，就少一些风险。再者，朋友间要舍得，有什么好东西一定要分享分享，这样才有趣，独乐乐不如众乐乐。

周日，他们相约在朱习彬家旁的空地上，林双泷和家人外出，来不了。他们要前往塘边社区的高楼，在那儿，出现电线的概率比较大。在一幢居民楼徘徊了好一会儿，他们终于下定决心上楼偷电线。这栋楼有八层，是老式的居民楼，楼顶一般会有许多废弃的电线。

八层楼不带电梯，大人都会累到爬不动，可他们不一样，小小年纪，最多的便是精力。只一会儿工夫，四人就来到第八层。偶时，他们会撞见下楼的居民，居民以为他们是来同学家玩的孩子，瞧一眼就不再理会了。可冲到最后一层，欲要打开通往天台的门，却被无情的铁门挡住了去路。

"啊，这……怎么办？是锁着的。"

"真倒霉。"

没办法，他们只能换一栋楼了。

"走，去对面那栋楼。"

王一义喘了口气说："哎，干脆拿把大铁钳把它撬了。"

"上哪儿给你找大铁钳去？"

"当我没说。"

四人只好转身跑下楼去。他们下楼动作迅速，借助扶手，不到五级台阶，就往下跳，蹦蹦跶跶的声音在楼层里响个不停。尽管有居民对他们骂粗话，他们仍旧兴奋地跑、跳、跃，丝毫不理会人家的恶语。

当他们出现在对面那层楼天台门口时，被眼前的景象惊呆了。楼顶竟然种满了绿植，还有蔬菜瓜果，太壮观了，城市里的天台上出现农村菜地的景致，真是怀念啊！李晓茂的眼眸在烈日下缓缓温和，他闻见了藤蔓上那些绿叶的气息。

"走，咱们要速战速决，这种地方，最多电线了，这说明这菜地的主人是老人家，有时间来做这些事，平时还会捡些废品来收集，我们找找，说不定能找到不少可以卖钱的东西。"

他们就像商人一样嗅着满是酸蚀的金钱的味道。

"要快点，我可不想被逮个正着。"

他们分头找，十分钟后，他们找到了一捆完好的电线。

"天呐，这是没用过的电线啊，还捆得好好的。运气好到爆棚。"

"这不好吧。"王一义担忧地说。

"管他呢，既然放这儿不放家里，说明不要了，不要了的东西，咱们就可以拿，明白吗？"

"对，放地上的东西都是别人丢的，既然不要了，还不许我们捡吗？"朱习彬也收集到一些已经给瓜藤做攀附生长的电线。

"这么多，咱们怎么藏？下楼时肯定被发现，要是被发现，我们哪里跑得了。"

"缠腰上，用衣服盖起来，别人发现不了。"刘赐淡淡地说。

朱习彬说："这个主意好。"

刘赐望向李晓茂说："晓茂先捆你身上些，其他人再平摊点。"

"要是被发现就跑，到时候在空地上集合。"

他们商量妥当。李晓茂身上缠多些，其他人身上缠得少些。

这时，朱习彬说："我发现咱们刚才对面那栋楼，也就是刚才锁门的那栋，从这里看过去，天台上有许多电线。"

"也过不去啊。"

"有办法过去。"

他们一听，全望向朱习彬。

"两个楼层间筑有一张铁网。可以爬过去。"

他们吓了一跳，要知道这栋楼有八层之高。

刘赐当即说道："我不行，我有恐高症，我可爬不过去。"

"没关系，有我们。"朱习彬信心满满地说道。

"行，你们要是能拿到那栋楼的电线，那就都归你们。"

李晓茂说："我也过去。"

"行，算你一个。"

李晓茂收获较少，他不想成为队里的累赘，当即表示自己愿意一同前往。

朱习彬动作敏捷，他踏着铁网小心翼翼地前行。风猛烈地吹着，铁网十分坚固，楼顶十分高耸，阳光那样晒人，朱习彬的后背都被汗水浸湿了，这次行动可谓惊心动魄。

朱习彬成功攀爬过去，王一义其次，轮到李晓茂。他从未上过高楼，那种垂直而下的视角令他心惊胆战。但他不能退缩，他镇定心神，鼓足了勇气，开始慢慢地顺着铁网攀爬。当他爬到两栋楼中央时，他的气息变得急促，身下就是危险的楼底，几十米的高度，犹如深不可测的沟壑，令人恐惧。

他的手和腿有些发软，可大脑告诉他不能懈怠，不能放松警惕。他慢慢向前挪移，牢牢抓住铁栏。直到走下台阶，他仍浑身发颤，大喘粗气。

"愣在那里干什么，快来帮忙。"朱习彬和王一义已经在忙活了。李晓茂赶来帮忙，他们需要在最短时间内完成这次任务，否则一旦有人上来，那就糟了，门是锁着的，想跑也跑不了。

短短一会儿工夫，他们已经缠好了电线。现在他们又要体验一把在高空之中攀爬的过程。朱习彬丝毫不怕，反而越发兴奋。李晓茂还是跟先前一样慢慢地爬过去。

"好！我们走。"

"喂，小孩，你们在干什么！"

四人大惊："糟了，有人上来了。"

"你们跑上来干什么？"那人显然是天台菜地的主人，他略显怒意，高声吼道。

"我们就是上来玩一下，没干什么。"刘赐不慌不忙地说道，"我们这就走。"

"你们腰上是什么？打开我看看。"这人看起来有四五十岁，身材健朗。一眼就看出这些小孩的异样行为，当即大声喝道。

那人就要上前抓住刘赐。

刘赐不知道哪里来的勇气，突然伸手用力推去，那人毫无防备，身体向后摔去。

"快跑。"刘赐冲入铁门，径直向楼道跃去。剩下三人紧随其后，他们浑身都起了鸡皮疙瘩，身体里分泌肾上腺素，兴奋、紧张、害怕、激动全部交融在心里。

他们一个个飞快地向楼下奔去，好似一只只飞鼠在蹦跃，旋转，一下接一下。谁都不在乎刚刚被推倒的老人怎么样了，偶见上楼的人，一见几个小孩飞奔而来，赶紧让道躲避，嘴里叨骂："小屁孩，玩这么疯。"

他们绕过巷子，在一处拐角处停下。他们累到弯背喘气或是坐倒在地。

"太吓人了。"王一义说。

"这才刺激。嘿嘿！"刘赐满不在乎地说。

"大丰收。"

"有钱花了。哈哈！"

"我们先卖掉这些，卖完再去找找。多干几次，说不定，今天就能赚一百多。"

他们的身上缠绕很多电线，臃肿得像一个皮球。刘赐直起腰杆，带头先走："跟上，卖钱去。"

"好嘞。"朱习彬兴奋地说。

王一义说："听说塘边也开了家游戏厅，等换完钱，再做几次，我们去那儿玩怎么样？这样不用再跑到SM城市广场去了。"

"那敢情好啊，好久没玩了，我都手痒了。"

"谁怕谁，哈哈哈！"

"你们都是我的手下败将。"刘赐笑着说。

"你打过好多回了，我要是多练几次，肯定也能打过你。"

"等着你哟。"

他们换完钱，又去其他楼层搜寻，不过这一次的收获较第一次的要少。可能有些小孩也知道了电线里的铜能换钱，便做起跟他们一样的活当。

"这玩意干一次就少一些，伤脑筋。那些居民恐怕不会再把电线放外面了。"

"这么大片地方，我不信会没有。大不了咱们去别的地方，反正有这么多地方。"

"说得对。找一找总会有的。"

他们换来钱，在王一义的带领下，去新开的游戏厅。这家游戏厅就开在离李晓茂家不远的后巷中。

游戏厅里，喧闹的环境，咚咚的敲击声，机子面前坐着人，旁边站着人，站着的都是群孩子。厅内鲜有大人的身影，偶然有一两个青年人来此。孩子们玩得不亦乐乎，他们的脸上都是快乐和兴奋，刺激劲在张大的眼睛中呈现。（注：未成年人应在家长陪同下进入营业性游戏厅，小说为文学作品，请勿模仿）

买币，付钱，拿币，寻空机，玩起，一气呵成。五角一个币，一元二十个可以玩一小时，如果稍微厉害点，能打过关卡，可以玩更长时间。所以，这是个考验技术和熟练程度的娱乐项目。

当然也有和别人对战的，一台机子两个操作位。

"来啊，单挑啊，三局两胜。"朱习彬发出挑战。

这时候通常会吸引人围观，一是体验竞技游戏比赛的快感；二是学习别人打游戏的技巧；三是具有观赏性质的比赛能鼓舞人心。

进游戏厅是不被大人允许的，要是被发现，可要挨罚。这游戏厅就开在离李晓茂家不远的后巷，要是让他爸爸知道了，李晓茂准要挨揍。

　　曾有一次，那还是在上学的时候，晚间七点左右，他实在耐不住玩游戏的瘾，谎骗爸爸去找王一义拿东西，一会儿就回来。王一义家在街道下方，他就往街道下方走去，然后突然拐道钻入巷子中，巷子四通八达，李晓茂在狭窄的楼道中穿行，最后绕回了后巷，他的目标正是那家游戏厅。花了一元钱，买了两个币，他心想就玩一会儿，马上走，绝不会让爸爸发觉的。

　　可爸爸早就知道他的这点心思，等他进去五分钟后，突然出现在他身后，一巴掌拍在他的脑门上，李晓茂惊恐地望向身后。爸爸这招守株待兔太厉害了，原来，爸爸早就发现最近李晓茂很不对劲，不仅对学习不上心，还经常晚归，学会说谎不讲，钱柜里还经常少钱。

　　不用说也知道，那晚，李晓茂在屋子里被打得哇哇叫，而后在搓衣板上跪了一个钟头，才准许他去写作业。

　　玩游戏的乐趣就像是快乐的皮球在他心房上蹦下跳，他是不会因此而打消去游戏厅的念头。上有政策，下有对策，李晓茂在经历三次挨打后，变得越来越敏感了。他只待半小时，找准时机，只看不玩，十分钟望个哨，这样提心吊胆的日子过了大约两周，他最终还是被爸爸抓住了。这种勾人魂的游戏真叫人上瘾，在这游戏厅里经常不时地上演家长抓小孩回家的画面。

　　就在他想彻底放弃不再来游戏厅时，刘赐告诉他，在菜市场后面那条街里也开了一家游戏厅。那位置不仅离家远，还十分隐蔽，从小巷子走进去都要七拐八拐。

　　李晓茂一行人简直乐开了花。他们就像找到了宝贝一样，乐此不疲。

　　从此以后，只要是周末，李晓茂身上有钱，他都要去个两三回。

要是谁请客,那就更好了,他必定会去。要在平时,他便收了心思,因为爸爸已经规定上学日的晚上绝对不能出去。

游戏厅的街头霸王游戏玩腻了,他们又迷上了新的好玩的东西。此时,黑网吧像雨后春笋般突然出现在巷子中的居民楼里,非常隐蔽,又非常狭小。

刘赐给他们带来新的体验。进到黑网吧里,真如名称一样,屋内全无阳光,有的只是屏幕的亮光,一个人一台机子,好多人在里面,好多台机子在里面,声音嘈杂,键盘声响个不停。

屏幕里赫然显示一个聊天界面,刘赐说那叫QQ,每人可以注册一个,它是用来跟别人在线交流的软件,有了它可以跟任何一个人聊天,就算不认识的人也可以聊。

"告诉你款很好玩的游戏。你看别人的电脑里玩的是什么?"

"是什么?"

"《反恐精英》射击游戏。来,我们来玩《反恐精英》《泡泡堂》也行。"

李晓茂在这一天中享受到游戏厅以外不一样的乐趣。只有在这种地方,他才感觉到乐趣,相比农村那种游戏乐趣定然有所不同。

李晓茂沉浸在这种娱乐中无法自拔,唯有没钱才能让他停止。

18

  李晓茂不喜欢学校，他在学校里非常孤单，周围的同学用异样的眼光看他，男生跟他保持距离，嫌他又矮又丑，学习差劲。女生喜欢跟女生玩，互相抱团，耍各种的小心机，时有矛盾发生。班级看起来挺和谐，实则暗流涌动，不齐心，也不和睦，这与赵老师脱不了干系。学生们一方面畏惧赵老师，一方面争强好胜，对别人不抱有同情心。喜欢看赵老师发飙。在别人遇到灾祸时感到高兴，只要不发生在自己身上，就没什么所谓。赵老师喜欢好学生，好学生自然有优待，这便产生了班级等级，好学生对差劲学生的歧视与日俱增。

  李晓茂想要摆脱这种困境，除了努力读书，别无他法。可他对学习天生无感，他最大的乐趣就是玩。自小就在田野中奔跑的孩子，哪里习得了笼中鸟的安逸，除非折断他的羽翼，扼杀他的天性，惩处他的野性。

  赵丽琼老师很享受学生们的敬畏，她所不喜欢的学生和喜欢的学生都在她的言行中受到了影响。作为传道授业解惑之师，她从未上得了为人师的行列。她连最突显矛盾争执事件过程中所体现的公平公正都没有证明给学生。所以，她所得到的不过是一种虚情假意的师生情感。

行为和语言上的虚假面庞，李晓茂深有体会，且憎恶无比，但他无力反抗，谁让这人是他的老师呢！

从何见得？

当李晓茂走进办公室时，赵老师正愉快地跟吴诗曼说话，见他来时，立马转变成一张苦瓜脸，眼神及嘴角都显现出嫌弃的样子来。

当张连麟欺负学习不好的同学时，被赵老师撞见，本以为赵老师会来苛责张连麟，可她却一眼都不瞧地向教室走去，任由张连麟胡作非为，置若罔闻。

在家长面前，她优雅、彬彬有礼，然后开始向家长讲述学生在校犯错的事例。陈述事实本应是她的责任，可她会在事例中毁坏学生的形象，专从学生缺点和品行出发，多编造一些子虚乌有的内容在学生的身上。而作为家长，自然是无条件地信任老师，不会去相信一个被谎言击败的支支吾吾说不出话来的孩子。

所以，李晓茂卑微地学习着，卑微地活在压迫的环境里。他还是那个对俗世懵懵懂懂的稚嫩少年，他还是那个畏畏缩缩不敢还击糟粕的懦弱少年。

他终究无法改变现状，只能去慢慢适应。

和爸爸妈妈相处久了，李晓茂发现了大人的烦恼——钱。小孩也会为钱烦恼，没有钱就没法玩电脑游戏了，可没钱也能玩其他的呀，依然很快乐。但大人没钱就会焦虑、苦恼、痛苦，甚至为了钱而争吵。

妈妈因为钱的事跟爸爸争吵，爸爸因为钱的事跟妈妈争吵。李晓茂切身体会到钱在生活中无比重要的地位。爸爸妈妈在李晓茂面前正常交流时会说普通话，但只要是争吵的时候就会讲闽南话，他们所讲的每一句话，都好像利剑一样戳中彼此内心，让对方悲愤交加。

妈妈气坏了，半夜的时候就自己跑回老家，接下来的两三天，李晓茂都没见到妈妈，店也因此关停了。

后来爸爸的气消了，妈妈打电话来，爸爸回老家接回妈妈。

每回争吵，李晓茂只能抱着枕头，默默地蜷缩在自己的床头。直到他们争吵完后，李晓茂才小心翼翼地跑出房间去。他觉得只有跟小伙伴们玩，才有快乐可言，但他又害怕爸爸的责罚，只能在他们停止争吵，各自忙事后，才敢离去。

后来不知怎的，商铺真的关了，好似要永永远远地关了，李晓茂呆愣在卷帘门前，不知道发生了什么事。

他们要搬家了，离开这儿。

错愕的李晓茂还没从回忆中醒来。他想以后再也见不到那群伙伴了，又是一次离别。他非常清楚离别的感受，那种酸楚的心痛感会在大脑及心房一步步扩散，直到全身都开始颤抖。

大热天，他们搬进一间没有空调的小屋子里。这间小屋子与众不同，竟是用铁皮隔出来的。而且这间小屋子在一栋高高的铁皮楼房上，它非常高，高到接近太阳，热到只要进到屋子里待上一分钟就能大汗淋漓。

没有居民楼式的水泥建筑，在李晓茂眼里，到处都是铁，楼梯围着一根大铁柱螺旋攀升，直冲高顶，也没有红砖绿瓦装潢，全是铁皮搭建，然后小房子高高地挂在天上，像童话里一棵巨大的树子上延伸出许多粗壮的枝干，而枝干上建筑着房子。人就像鸟一样，天黑后，钻进里边休息。

李晓茂从爸爸妈妈的争吵中寻得只言片语，搬家原因来自爸爸的妹妹，也就是李晓茂的小姑姑，小姑姑的婚姻可谓糟糕透了，嫁给了个嗜酒的家暴男。作为哥哥的爸爸出手干预，却遭到了对方的报复，扬言要对他和他的家人下毒手。爸爸无奈，不想因与这个人纠缠而伤及家人性命。

商铺是爸爸用七年的积蓄开起来的，他万分舍不得。可妹夫的恐吓和报复又无法阻止。再三权衡，爸爸终是拖家带口，搬离了生活三年之久的塘边。

那高高悬挂的铁皮屋子是爸爸托朋友介绍的，是他们的临时居所。夏天炎热，高温暴晒，只有那台老式风扇呼呼地摇晃着。

李晓茂休学了。

铁皮屋并非只有他们一家，李晓茂观察过这里，发现这个铁皮屋竟分出十余间房间，这样狭小的空间里，人就像蚂蚁一样生活在里面。

炎炎夏日，铁皮屋就像一个蒸笼，连风扇也没法挽救。在这里，李晓茂没有朋友，他只能在房间里活动。

李晓茂失去了他的朋友们——刘赐等人，匆匆而去，还来不及道别。

这样苦闷的日子持续了将近一个月，他们终于离开了那儿。

李晓茂搬进爸爸朋友的家。这是爸爸最好的朋友，听了爸爸的遭遇，毫不犹豫地伸出了援手。

搬进爸爸朋友屋子来住的只有李晓茂一个，因为房间有限，他跟爸爸朋友的儿子住一起。而李晓茂爸爸和妈妈住在朋友家的楼顶，楼顶的房子堪破，用简易的棚子搭盖，铁皮围起来，吃住全在这间狭小的铁皮屋子里。天台上还栽种着许多植物——草、菜、瓜等，因而到晚上，避免不了蚊虫的叮咬，爸爸妈妈竟要在这样的环境中睡觉。好在夜晚时，天台风大，凉爽，不至于燥热难安，点上几片蚊香，倒也能暂时解决蚊虫的干扰。

李晓茂第一次在别人家过夜，十分不自在，最终是疲累让他缓缓睡去。

住在别人家，李晓茂备感拘谨，况且他少言寡语，没能说出几句话。朋友爸爸夸李晓茂乖巧，还拿李晓茂与他儿子相比。他儿子叫陈弘翔，与李晓茂年龄相仿，跟李晓茂一样今年读五年级。

他们同住一个房间，李晓茂的突然到来，让陈弘翔感到意外。他似乎并不太欢迎李晓茂住他房间，李晓茂的加入让这间小屋子显得拥挤。陈弘翔已经极力地表现出自己的慷慨，毕竟他是这个房间的主人。

李晓茂爸爸的朋友要比李晓茂爸爸来得富有，很早就住进了小区居民房，拥有厦门的房子。陈弘翔拥有单独的一间卧室，他家的客厅非常大，门栏、玄关、走廊以及卫生间都远比李晓茂先前住进的出租屋要来得豪华气派。

陈弘翔的房间不仅有张大床，还有书桌、写字台、衣柜、空调，就连他的玩具都由收纳盒装着，且玩具数量远比李晓茂多得多。

也许就是这样的差距，让李晓茂感到拘束、自卑吧。

第一次看见那辆红色的遥控跑车，李晓茂就被它吸引了，这辆红色跑车展示在客厅的展柜里。

也许是因为陈弘翔妈妈看见李晓茂那双炽热而渴望的眼神，大方地让陈弘翔拿来给他玩。尽管陈弘翔不大愿意，但还是照做了。李晓茂百般推脱，可陈弘翔妈妈还是笑盈盈地要他试试。陈弘翔妈妈很喜欢李晓茂这个乖巧懂事的孩子。

陈弘翔找来大号电池，李晓茂惊讶地发现这辆遥控跑车需要6个大号电池才能跑起来，这玩一次跑车得耗多少电，花多少钱。

陈弘翔自己先操作起来，玩了一会儿，交到李晓茂手上，并告诉他如何操作跑车，叮嘱他别将按钮按得过猛，以免撞墙。

李晓茂第一次体验到操纵跑车的感觉，心里说不出的欢喜。

李晓茂总是默默的，不爱说话。就连吃饭时，都细嚼慢咽，生怕发出声音或做错什么，使人家感到厌恶。他的心弦自来到这座城市后掀起无数次轻拂而颤的短音。

时隔两个月，李晓茂终于回到了学校。他原本不大想回到那所学校，因为没有同学愿意搭理他，他只能默默地坐在他的位置上，没有同学来问他去了哪里、发生了什么事，他就好像班级里一棵漂浮在河里的杂草，渺小而不起眼，任由河流拖着身体漂荡，了无生机，不曾受到万物的关注。

　　在班级里，他的存在似乎可有可无，而且他的座位也调到了最后去了，曾与他有过交流的吴诗曼只是朝他的位置看了他一眼之后，就彻底消失了担忧的面容了，李晓茂望见的永远是她的背影。

　　李晓茂感到孤独。他一方面认真地学，并没有因此而放弃，他几次举手发言，想证实自己的能力，但未被叫起发言。他努力写作业，不想令老师生气，可作业质量还是遭到老师的点名批评。

　　因为寄宿在人家家里，离学校特别远，爸爸还担心他出事，每日都负责接送。于是，他天天坐在爸爸的副驾驶座上。

　　爸爸的车没有那些轿车好看，每次开到校门口，他都生怕被人嘲笑。他低着头，不情愿地往学校里走。他第一次跟爸爸说他想在路口下车，自己走过去。爸爸似乎看穿了他的心思，笑呵呵告诉他这样也好，他不用费力地绕很大的圈子回去，他说每回接李晓茂时总要绕路，而且开到学校门口去还会遇上堵车，着实太麻烦了，正好这段路离学校不远。爸爸又教导李晓茂不能随便乱跑，一定要马上进到学校里去，别给他担惊受怕的。爸爸说话委婉，言语中充满关切。李晓茂独自走去学校，这段路不远，又无同学来往，两年里，他从未在这条路上遇到同班同学，大家多半住在学校附近，或是让父母开车接送。

　　回到爸爸朋友家，这家主人只有妈妈回来了，正给他们准备晚饭。他放下书包，上楼找他的妈妈。爸爸接完他，又开车走了，只有妈妈在这间又小又窄且是临时搭建的木屋里做饭，他想跟妈妈他们一起吃饭，因为他觉得有爸爸妈妈在，才是最自然的。

　　很晚的时候，爸爸的朋友会邀请他们一家来家里吃夜宵，他们坐在阳台上，桌上摆满了卤料和啤酒。叔叔举杯与爸爸共饮，妈妈笑着和他们谈话，李晓茂则望着窗外出神。从阳台上看下去，有热闹的街景，有充满人间烟火气息的街边摊，有绽着笑容游玩的人们，真像是一幅热闹繁华的夏夜街景图啊！

有一次，陈弘翔带他去堂哥家玩，他才知道，人家的玩远比他的玩高级许多。他的玩从来都是四处乱跑，或是几人聚在一块，弹弹珠、抓人、捉迷藏什么的；陈弘翔的玩，打扑克、下象棋、玩电动、跑赛车、玩电脑。可要真比较，李晓茂的玩似乎要比他们快乐得多。陈弘翔觉得李晓茂是个土包子，因为李晓茂每到一处地方总要伸长脖子好奇地打量，无知地询问，惹得他莫名烦躁。

李晓茂的到来，给陈弘翔带来烦恼，他不习惯别人分享他的东西，也不习惯和他一起睡觉，更不习惯父母老爱当着他的面夸赞李晓茂。所以，陈弘翔暗自和他较劲，很少跟他说话，也很少带他去玩，更不会愿意他在自己屋子里写作业。

李晓茂失去了无忧无虑的快乐，他只能在父母身旁，住在小房子里，哪儿也去不了。他想去找朱习彬他们玩儿，可他不知自己身在何处，要往哪里去，如果要出去，他爸爸定然不会允许的。

19

转眼间来到秋天，秋风瑟瑟，落叶纷飞，道路上刮起了小旋风，阳光变得温和，天空变得昏沉。风扑面而来，人们穿上秋衣和长裤，迈着矫健的步伐，敞开自己的臂膀欢迎秋的到来。

李晓茂寄人篱下的生活持续了三个月之久，李晓茂爸爸的妹夫终于入狱，李晓茂爸爸的心总算落下了，他带着李晓茂妈妈和李晓茂回到了塘边，又在李天庆叔伯的帮助下将店重新开了起来。

李晓茂回到那个他心心念念的地方，心里有说不出的愉悦。他第一时间就是去找刘赐他们，重回小队的他再不会感到孤独，露出了久违的笑容，发自内心的欢喜之情。

"你去哪里了？"王一义问他。

"我也不知道。"李晓茂并没有过多说这三个月来的辛酸经历，他不愿意回忆痛苦的事情。

"你晒得有点黑了。"

"呵呵，你们也不赖。"

— 155 —

"走，今天晚上带你玩去。"朱习彬说他们去了那个地方好几次，又大方地说他请客，但只请李晓茂，说这叫接风洗尘。

时间还早，他们打算去爬后山。就在塘边的后山，最高的那座。

还记得三个月之前，他们就来过后山，抓山上的金龟子来玩，后山的坡陡峭，要弯曲身体向上攀。山上还有个废弃的豪宅，建到一半不建了，他们就到宅子的顶楼上玩。看了一遍，走走停停，往更高处爬去。有一户人家在这里养鸡，不时地有家鸡在山坡或是草丛里觅食。后山还有一座防空洞，他们本想进去看看，但防空洞幽深阴冷，看过鬼片的他们哪里再敢前行。这时候再去看时，那防空洞洞口已经用铁栅栏封了起来。

再爬高些，他们来到山顶。当他们向远方瞭望时，半个厦门城的风光尽收眼底，一览无余，红色的砖，白色的墙，绿树也在其中。再远些，巨轮停港，天海高阔，鸥鸟翔集，天边霞光万丈，真谓壮观。

李晓茂再次站在山顶上俯瞰厦门城景。霞光照在他的脸颊上，他的内心噗噗地跳，回想过往经历，他在想这美丽的海滨城市，它的一寸土地容不容得下他这么一个小人儿？

夜幕降临，又到了灯红酒绿的时候，男男女女走在城市里的每个角落，连孩童也一样。朱习彬等人带李晓茂来的地方正是后山脚下新开的一家滑轮场。一到夜里，这里就挤满了人，他们好像在开派对一样，兴奋地展示自己愉快的一面，每个人脸上洋溢着令人着迷的笑容。

李晓茂在他们的簇拥下挤进换鞋室，脱掉鞋子，套上脚袋子，再穿上滑轮鞋。这滑轮鞋明明那么大只，却刚好合他的脚。他颤颤巍巍地站起来，没几下就跟跄摔倒，好在有栏杆辅助，他双手抓住栏杆，挣扎地站起来，然后跟着他们一步一步地踩进滑轮场。李晓茂的运动细胞还是不错的，经历大摔跤、小摔跤，一共十二次，令他成功掌握滑轮运动的技巧。

李晓茂并不因为摔了好几次就知难而退，他的心无时无刻不在蹦跃着，看着其他人飞快地迎着风从他身旁掠过，他开心而焦急地想要学会它。

还是喜欢快乐，就这么快乐下去吧！和伙伴在一起，是天底下最快乐的事情，他曾祈祷不再离开塘边，因为到一处陌生的地方就让他极为难受，难以适应，正如他离开了最初的那个家园。

虽然城市里不能像农村那样烤红薯，但能在街边买到大圆桶里烧出的红薯。虽然没有抓蚯蚓的野地，但可以在海岸边吹拂猛烈的海风，感受天高地阔的满足。虽然没法在林中大树上掏鸟窝，但在雨后，他们走在公路边，迎着小雨，在灌木丛中寻找奋力攀爬的蜗牛，在杂草中发掘勤劳的蚂蚁。他有时觉得，那些高楼里的孩子不能像他一样快乐，那大大的舒适的屋子像牢笼被枷锁一圈又一圈地缠绕在一起。当然，这全是同伙伴在一块的感觉，这是最重要的元素。

冬天的时候，李晓茂也随他们到处乱跑。厦门不会下雪，冬的迹象，都来自寒冷的风、人们的大衣。

再冷的天，身为小孩，是体会不到刺骨的冷，只要做个游戏，跑动几下，暖意就来了。

哪里有伙伴，哪里就有快乐。即使在车水马龙的街道上，或是荒废无用的空地上。

一块等待建设的地被围了起来，这块地真大，大到有两个学校的面积。这里杂草丛生，到处是绿，也有黄土，不过一两个月，经过雨露洗礼，也成了绿地，好像一个小型的草原。有一处水坑慢慢汇成了湖泊，在湖泊的旁边随意摆放着许多的竹排板，那是建房子用的竹排板。李晓茂和干一义他们用这些竹排板做成小船，做成的简易小船只能承载一人的重量，虽不像湖里公园湖泊上的天鹅船那样漂亮，但碧波荡漾的感觉也足以令他们开心一整天。

李晓茂还用竹排板做成屋子，用来躲避雨天。雨天啊！淅淅沥沥的雨滴从天而降，人坐在小屋子里或是躺在其中，只稍缓缓闭上眼睛，就能静静地感受雨水的喧腾，风时不时地从细缝中灌进来，凉爽的感觉不言而喻。即使冬天，草木枯萎，那座小木屋就像草原中的一只方舟，人在里面，心在广阔的草原上徜徉着，那份安逸的享受也是此时独有，不可再来，不可还原。

  天还是凉的时候，又遇到周一升旗，要以庄重的装扮伫立在校园广场上。妈妈把李晓茂的秋季校服都拿去洗了，他没来得及换上，只能穿夏季短袖校服去学校，可天冷，妈妈怕他冻着，就给他短袖里边加了件秋衣。没承想，这样的另类打扮，引来了赵老师的注意，把他从队伍中叫到了前列，说他奇装异服的打扮不伦不类，言辞更是威严，还吓唬李晓茂，要他站到主席台上让大家瞅瞅他这身奇异的打扮。

  李晓茂当场吓哭，但他没有哭出声来，这样非常没有面子，无声的眼泪不争气地掉落下来，心跳此起彼伏，眼泪噙满眼眶，他低着头不敢看赵老师。这只是一件微不足道的小事，没有造成严重的影响，赵老师这般严厉的话语令他心如刀绞，成了李晓茂内心挥之不去的一道阴影。强烈的自尊心以及屈辱的记忆将这段事牢牢地印刻在他脑海里，时不时在他未来的成长道路再现出来。

  李晓茂在学校受同学欺负的事从没有告诉过他的伙伴们，因为即使是说了，也没什么用，连老师都不管，他们又能如何。

  李晓茂的心里十分矛盾，一方面觉得张连麟实在可恶，另一方面又觉得是自己太过不合群，不会和他们交朋友。

  有一次中秋，班级组织博饼，在班级划分小队时，赵老师先让同学们自由分组，这种方式的分组，导致平日就要好的同学分在一起，还有些学习好的同学受大家的欢迎，也组成了队，这时候就剩下和李晓茂一样学习不怎么样的同学。这些同学尴尬地坐在位置上，窘迫地接受赵老师的筛选。李晓茂就像皮球一样被抛来抛去，没人欢迎他来自己的队伍。他的心正受着煎熬，一种被抛弃和遗留的痛感袭遍全身。

可以说，这种方式的组合完全不合理。可赵老师乐于这样分配，连平时的阅读小组和竞赛都是如此。

李晓茂最终硬塞给一支比较优秀的队伍，赵老师对这些同学说："你们是最棒的孩子，要用爱心关心同学哟。"

她又对李晓茂板起面孔："你看看，没人要和你组队，只有他们愿意，你还不好好谢谢他们。"

她用这种方式来突显自己的明智和用心，以及对好生和差生的积极教育影响。

李晓茂实际上并不愿意归属到哪一支队伍，他已经破罐子破摔，不想参与这次的中秋博饼活动。原因有好几个。其一是自己破碎的自尊心想要逃避肮脏的世俗人情；其二是家庭环境赋予他的畏缩心理——遇事忍让；其三是老师向同学们每人征集五十元钱，这对李晓茂来说是一笔巨款，他平日节俭惯了，又不敢跟爸爸妈妈伸手要钱，如果要让他花出这么多钱，他是万分不愿意的。可赵老师在班级里声明每个同学都要参与，这不得不使他难堪了。

赵老师还要求小组开展活动讨论，详谈如何分工合作——谁负责采购博饼用的奖品，谁负责带大碗和骰子，谁负责组织和协调。

这支小队里，大家都不愿意带大碗和骰子，于是这任务就交给了李晓茂。

一切都商量妥当，就等中秋博饼活动来临。当日，家长们入校协助，这支小队也买好了奖品，这些奖品都是家长先预付，再向学生们收钱。

李晓茂坐在那儿，忧心忡忡，满脸焦虑，他的手里紧紧捏着两张纸币。在他的抽屉里还有一只大碗，碗中放着六枚骰子。

当大家开始拼桌聚集在一起时，坐在后座的李晓茂独自一人坐在那儿。他手里紧紧握着的是一张十元和一张二十元纸钞，他愣愣地坐在那里，不愿参与已经热闹起来的博饼活动。

见无人叫他，他便趴在桌上捂着头，心里酸楚，唯有自语宽慰。

小队并不会因为李晓茂不参与就停止活动。队伍中也有学生带来了碗，那个碗又大又漂亮，碗身还附有大红色花纹，用精美的纸盒子装着，想必是一只珍贵的漂亮瓷碗。李晓茂带的碗是那种大白碗，这还是从店里拿来的，是卖给客人吃饭时盛汤用的汤碗。

李晓茂心里不是滋味。不仅钱没带够，还生怕受到同学们的嘲笑，只能自己一人缩在角落里。

可他显得太突兀了，任哪个大人只要抬起头都能望见他那孤零零的背影。

热心的家长走到他面前，弯腰低头与他说话，突如其来的关心直击李晓茂的心房，他的眼里有泪，心里有悲，他埋着头，用手肘挤压落泪的眼睛，努力憋着委屈，压制自己的低落情绪。

这位家长将他扶起来，一边温声细语安慰他，一边挽住他的胳膊往队伍里拉。李晓茂把手摊开，手里赫然出现皱巴巴的纸钞，这家长立刻就明白了。握住他的双手，将钱包好，然后把他的手往他口袋里装，她的意思是不用李晓茂出钱。然后轻轻在他耳边说你先去玩，这件事包在阿姨身上。她怕李晓茂失掉尊严，又对他说："等后面你再把钱给阿姨也不迟，这些钱够了，一个组五十元太多了，我们买的东西不需要这么多钱，到时候还会剩下很多钱，阿姨会把多余的钱退给你们，你的钱正正好好，所以你不用担心钱不够。"

这位家长的一席话，让李晓茂的心彻底安放了下来。李晓茂感到一丝温暖涌入心间，这是从未有过的感觉，让李晓茂宽心、舒心以及暖心。在阿姨的帮助下，他融入了这个小队中，参与火热进行中的博饼活动。

李晓茂仅和这位温柔的家长有过言语交谈，却未正面相对，他始终低头喃语，因而记不住她的样子，记忆中，她穿着一身如苔藓一样青绿的锦缎棉袍，优雅得过分美丽。活动结束后，他都不知道这位家长是哪位同学的家长。在他心中，这位家长给他的关怀就像一杯热茶一样温暖，超越了老师和同学。那位阿姨站在门边满眼柔情地看着李晓茂，李晓茂沉浸在博饼的喜悦中，这是属于他的快乐时光。

活动结束了，他的那些钱还静静地躺在他的裤兜里，那位阿姨也没有再来收他的钱。等放学后他才反应过来，自己的钱还没有上交给那位阿姨。李晓茂再去寻她时，正巧撞上那抹青绿色棉袍，她正拉着吴诗曼准备离开。见到李晓茂，这位阿姨就知道了他的来意，俯下身子，笑着摸他的额头，轻声对他说："晓茂啊，你别客气哈，你就当是阿姨请客，阿姨一见到你，就觉得你是很乖巧懂事的孩子，所以阿姨自作主张地帮你把钱交了，不多，才二十来块，你身上的钱要记得交给你妈妈，不可以自己花掉明白吗？诗曼常常提起你，所以阿姨知道你，要加油哟！希望你今后的日子越来越美好。"

李晓茂愣在原地，他望着阿姨的笑脸，阿姨的笑脸像一个太阳，火红且绽着金光。阿姨的那抹微笑，成了李晓茂心中挥之不去的幸福印象。他又望向吴诗曼，吴诗曼正向他微笑着挥手再见。

原来，她是吴诗曼的妈妈。

20

  这座城市的人们每天都在不停劳碌着，他们远比农民伯伯要辛苦，承受着精神上和身体上的痛苦，连孩童都是如此。越来越多的人来到这座城市，他们为这座城市建立了摩天大楼、综合医院、精致学校以及数不清的昂贵楼房，可他们自己却栖息在阴暗的大桥底下或是廉价的出租屋里，他们手中的钱越来越少，他们的身子也越来越消瘦。

  李晓茂爸爸说他想在厦门买房，因为只有这样，才能得到户口，才是这座城市的真正主人。他的想法也是所有来厦打工、经商的人共同的愿望，并为之努力。

  鞭策人们努力工作，就是在精神上施加目标，使其向往而生。勤奋致富，这是国家的口号，也是书中的至理名言。

  可当人们摧残了身体，拼命地挣钱，努力地工作，也赶不上悄然腾升的物价和房价。用一生的奋斗换取住进如坑洞陷阱一样狭小的房子，背井离乡，舍去安逸，用劳碌一生来换取未来的幸福，这就是他们所追求的生活，到底是值得还是不值得？总之，一言难尽。

这座城市的变化太快了，进而把一部分人都进化成伪善的"高等人"。

李晓茂见识过人间丑态，他有时跟爸爸外出送货，曾去过别墅区，见过那些富丽堂皇的豪宅。都说同是苦命人，不应区别对待或是恶意刁难，可李晓茂就见过爸爸曾受门卫保安的刁难。李晓茂爸爸点头哈腰，笑脸相迎，又是递烟，又是送水，无不在表示着低人一等的卑微，保安昂着头，挤眉弄眼地看他，给足好处才肯开门。李晓茂还见过挺着大肚子，揣着公文包，穿着阔绰的男人身边挽着美丽的女人，这类女人打扮得花枝招展，眼神里透露着对所有人的轻蔑，但不包括她身旁这位富态的男人。

李晓茂心想，爸爸对谁都笑脸相迎，从没见别人对他点头哈腰，但谁知道呢，或许会有那么一天吧！

李晓茂爸爸给人家修理坏了的房门，也修理肮脏的水槽和马桶。爸爸累得满头大汗，李晓茂只从旁帮助，递螺丝、扳手，他一路跟随，一路体会。

李晓茂行走在城市中，切身感受厦门这三年来的变化。房子高了，马路变宽了，人的衣着也更漂亮了。

这一年，他六年级了。身材矮小的他也迎来发育期，似乎长高了点，但跟同龄人比，他还是稍稍落后了些。

在塘边小伙伴中，王一义要比李晓茂来得瘦小，朱习彬比他高大。如果不是这三年来，妈妈不留余力地购置牛奶和营养品给李晓茂，李晓茂会更加瘦小。

尽管他们长大了不少，可内心还是稚气得很。依然异想天开，无拘无束，谈天说地，畅游厦门城，他们曾徒步走到海边，也曾爬过厦门最高的山峰。所以，他们的身上都留着健康的黝黑的颜色。

他们拥有最好的情谊，但不知为何，这友谊竟随着时间的流逝而逐渐淡化了。

前段时间，不晓得怎的，李晓茂觉得林双泷在针对他。他们做游戏时林双泷会故意给李晓茂使绊子。比如，多次起哄、嘲笑，让他难堪，还开玩笑似的骂他傻瓜，嘲讽他是个二愣子。一旦出现分歧，便会把矛头指向他，还怂恿王一义他们一起指责他。李晓茂委屈极了，他怎么想也想不明白，为什么林双泷会这样对他。难道他们不是好朋友吗？他的心里既悲伤又疑惑。

李晓茂尝试过反击。当林双泷不小心摔了个跟斗时，他就捂着肚子仰天大笑，笑他傻瓜。林双泷瞪大了眼珠，难以置信，李晓茂竟然嘲笑他，而且还带粗话地笑骂。以他对李晓茂的了解，他欺负李晓茂时，李晓茂还会傻傻地笑起来，不敢反驳他，会跟他说对不起，而且常买零食讨好他。怎会突然就反抗他了呢？

李晓茂嘲笑林双泷，使林双泷面子挂不住，林双泷心里想，李晓茂竟然嘲笑我，他有什么资格嘲笑我？凭什么？原来林双泷觉得李晓茂这人傻乎乎的，有些看不起他，尽管李晓茂待他很好，常给他买零食和水，但林双泷认为李晓茂不配做自己的朋友，他觉得李晓茂懦弱胆小，欺负他时，他也笑呵呵地回应，简直就跟软柿子一样。他的虚荣心及傲气与日膨胀，越看李晓茂越不顺眼。所以，他暗下试探，欺他、骂他，李晓茂果然不敢顶撞他。他内心的征服欲望节节攀高。

李晓茂的反抗在他看来是一种莫大的侮辱，自己要比他强上许多，怎容得了他的笑骂。也许是恼羞成怒，林双泷的脸色唰地一下沉了下来，这脸色阴沉却是只对着李晓茂。当他对向刘赐他们时，又变成了灿烂欢快的笑脸了。

李晓茂心里咯噔一下，顿时觉得难过。想起从前对林双泷那般的要好，换来的却是林双泷那双阴狠的眼神。

他们的矛盾终于在一场游戏中爆发了，李双泷一把将李晓茂推倒，李晓茂也生气了，眼泪啪嗒一下落下来，他突然起身，给了林双泷一个趁其不备的推打，然后头也不回地飞奔回家。他要逃离这里，逃离时，那双眼睛含满了泪水。这是他第一次和朋友吵架。

回到家，爸爸妈妈看他哭得泪眼汪汪，问他什么事，李晓茂也不回答他们，就蹲在店内仓库里哭泣。

谁知林双泷也怒气冲冲地跑了过来，眼睛到处寻找李晓茂的身影，嘴里还叫嚷着"李晓茂是个混蛋""要揍他"之类的话。李晓茂气急了，跑出来，冲他说："是你先推我的，是你的错。"

两个小孩就在店门口吵架，迎来了路人的围观，林双泷不依不饶地叫骂着，李晓茂冲过去一把将他推倒，林双泷从地上跳了起来，要冲去打他。李晓茂爸爸挡在面前阻止了他们。林双泷气哭了，气急败坏的他跑走了。

李晓茂哭得更加伤心了，大庭广众下，大家看了他的笑话，于是径直冲进店内仓库，关了门闷声哭泣。

渐渐地，李晓茂恢复了平静，他努力地安慰自己，没什么大不了的，既然林双泷不愿意和他做朋友，那不做朋友就是了，以后再见了他也不理，老死不相往来。

半个小时后，他听见店门口又吵闹了起来。

原来，林双泷回家后，把这件事告诉了他的父亲，说李晓茂欺负他。林双泷父亲怒气冲冲地找着他来找李晓茂，说要给他撑腰。于是乎，就像林双泷先前那样，林双泷的父亲站在店门口嚣张地叫嚷着，逛街的人群一见这热闹，很快聚拢了过来。

李晓茂爸爸打圆场，说这只是两个小孩打闹而已，不至于这样兴师动众。事实上，林双泷的爸爸已经喝得醉醺醺的了，手里还拿着一瓶酒，脸红扑扑的、头发乱蓬蓬的，像只醉酒的红脸鬼，他能来此叫阵，全凭了他这身酒气。四周的人纷纷指责林双泷爸爸，可他却旁若无人地大声叫唤，他身旁的林双泷眼睛红肿，瞪大着眼睛直视李晓茂爸爸。

李晓茂爸爸有些恼怒，明明只是小孩之间的打闹，这家长却傻不愣登地跑来叫嚣，满嘴胡话，让行人看了笑话。他再看林双泷愤怒地看着他，便想到《论语》里的那句话——"养不教，父之过"，这真是印证了这句话的意思，有什么样的家长就有什么样的小孩。这种小孩如果不是他爹喝醉酒了，就该赏自己的娃两巴掌。李晓茂爸爸开门做生意，不想把事闹大。

李晓茂气急了，冲出来嚷道："明明是你先打我的，还故意把我推倒，还骂我，都是你的错，你看，我这膝盖都磕到了。是你先这样对我的，我对你那么好，你却这样对我……"他话还没说完，就已经气到流出了眼泪来。

李晓茂爸爸一听就知道个大概了，他不怪儿子，但他要先解决林双泷的那个醉鬼父亲，他只能给林双泷爸爸说好话，他深知如果他也被愤怒冲昏了头脑，恶言相冲地胡乱处理此事，那么这个醉酒的人也许会做出不理智的事情来，为了孩子和大家不受伤，他要尽力打圆场、说好话。

周围人议论纷纷，都说有其父必有其子，醉酒了还来闹事，小孩也这样，明明先做错事，却跑来找茬。

似乎因为这个场面，没理的是他们，林双泷爸爸也听出了是自家儿子的错，可他怎会承认呢，那他这个做父亲的面子往哪里搁，更何况他已经喝到头脑发蒙。双方剑拔弩张，随时都有可能动起手来。

像林双泷爸爸这样的人，真是烂透了，大晚上不过九点就喝得烂醉。

酒品与人品都不行的人，哪能教得出好孩子。林双泷自傲且不服输的性格应该都来源他父亲吧。

这场闹剧最终因李晓茂爸爸的调解才各自散去。为了给林双泷爸爸台阶下，李晓茂爸爸拿了条烟，好言好语地劝告着，警察也来得及时，没造成什么恶劣影响，这事得以和解了。

在好长时间里，李晓茂都不想出门，他不想再见到那个人，他视林双泷为仇人。正好是上学时间，晚上李晓茂爸爸又不让他出来玩。周末时，他为了躲开林双泷，就跟另一群孩子玩在一起，他多是与他们打打弹珠，玩玩纸牌，没趣了就回家看电视去。王一义有时也去找他，跟他一起随别人做游戏。

就这样过了两周，他一次也没见到林双泷。周日的中午，天气不冷不热，他吃完饭后觉得无聊，便跑去找王一义，正巧王一义在家。王一义家里是开服装店的，此时正吃晚饭。见李晓茂来了，他非常高兴。

"我正好要找你去。"

"去哪里玩？"

"海边！"王一义嘴里嚼着菜，说话含糊不清。

"怎么突然要去海边？"

"刘赐他们说的。"

"可以啊。那什么时候去？"

"下午。"

李晓茂有些犹豫。电视里播放动画片，王一义边看边吃，眼睛始终没有离开电视机。

过了一会儿，王一义突然说："他们打算去海边玩，坐公交车，两点去，到那儿正好三点，玩一会儿就回来。顺便捡捡贝壳。"

李晓茂心里别扭，他心想要是再见林双泷岂不尴尬，他再也不想见林双泷了。待王一义吃饱饭后，他跟李晓茂说："走吧，我们先去朱习彬家。"

李晓茂陷入苦恼之中，他像是下定决心了，撇着嘴说："你们要去海边，我……我想了想，我还是不去吧。我不想见到那个人。"

王一义立时笑了起来："哈哈，你说的是林双泷吧。"

李晓茂点点头。

王一义说："他搬家了，你不知道吗？我还以为你知道的。"

"搬家了？"李晓茂惊讶地说。

"朱习彬没告诉你吗？"

李晓茂摇摇头。

"他搬走了，就上周三的时候。是刘赐跟我说的，他们住得比较近。我还以为你知道的。"

"哦。"李晓茂只是简单地回应了一下。

"你应该高兴才对。"王一义知晓李晓茂心里的膈应。

"我有什么好高兴的啊。他走关我啥事，我跟他一点关系都没有。"

他们边说边走出门，王一义妈妈喊了一句："晚上早点回来，别跑太远。"

"知道了。"他又扭头对李晓茂说："走吧，一起去吧！人多才好玩。"

李晓茂心里早乐开了花，但他不能表现出来，不然会让人觉得没有气度，他快步跟上王一义的步伐。

林双泷搬去了哪里，李晓茂没有过多询问。他的心里早就将这人的身影忘得一干二净，从此以后他与这人再无瓜葛。

在这里，几乎每隔一段时间，就有小伙伴离去，他们或许认识了好久，又或许只认识了一两周时间，然后突然某天小伙伴就消失在他们的生活中，就这样毫无预见地消失在自己的记忆中。而他们也不会去寻找这些消失的小伙伴，只要一周不见，他们就能将小伙伴忘记，因为又会有新的小伙伴加入进来，然后相知相熟，快乐短暂而美好，他们并不会为此难过。

21

每年过年李晓茂都会跟随爸爸妈妈返乡。一到那时候，城市就变得空荡荡的，大马路上没有了往日的热闹，街上也是如此。离过年还有十天时，街边店铺差不多都关了，许多人拎着行李踏上返乡的路程。

只有这时候，人们脸上的那份笑容才是真心的，那是对故乡的眷念，那是背井离乡终得返的喜悦。

长途跋涉，困倦疲乏，回家，就是为了跟自己的父母好好聚上一聚，吃上一顿饭，天底下没有比全家团圆更重要的事了，这是中国人一年中最重要的节日，千年来约定俗成的礼节，亘古不变。

除了团圆，这也是打工人给自己放假，在外漂泊，远离他乡，辛苦一年了，能有几日坐在自家宽敞的院子里，舒舒服服地躺在那里，什么也不用担心，没有烦恼，没有杂事。这才是真正的家，不用面对城里头那冰冷的漂亮的瓷砖墙。

这一年，李晓茂他们一家打算开着这辆五菱小货车回家。这时候如果选择坐大巴回乡，那就要面对人挤人的场面了。

这一路上，从宽阔的大马路到崎岖的山路，窗外的景色随车移动，一景接着一景，车来车往，人间烟火，暖人醺醉呀。李晓茂静静地坐在车后，听小货车的喇叭里传来悦耳的歌声，那是他爸爸最喜欢的歌曲。

远山映入眼帘，穹顶碧蓝如洗，有寒风灌入，却不觉冷意，李晓茂只觉得自在舒畅，他喜欢冷风和暖阳，因为这代表着他要回到心心念念的故乡去了。

还没下车便看见奶奶拄着拐杖在门前等候，爷爷也在。李晓茂的个头快跟他奶奶一样高了，奶奶拥他入怀，止不住地抚爱眼前许久未见的孙子，奶奶的眼中似乎有晶莹剔透的液体在闪烁着。

李晓茂觉得奶奶变得更老了，那脸上的皱纹越发得多，那满头的银发盘扎了起来，好似一团白雪。

爸爸心疼自己的母亲，说：“你怎么站外面来，快进去吧！”

奶奶笑着说：“我等我孙子呢！”

奶奶的笑充满温暖，她佝偻着背，在李晓茂的搀扶下向屋子里走去。

当晚，全家坐在一起吃团圆饭。大伯、二伯都在，围拢的人都是奶奶至亲的家人，一家人欢欢喜喜的，餐桌上不时传来笑声。

这一夜，当有晚夜，而且无眠。爸爸去找他的朋友打牌喝酒了，妈妈也跟同村的人谈家常去了。大家在这个夜晚都没闲着，李晓茂在祖屋和大家围着火炉聊天。

不过一会儿，李良平和李远地跑来了，他们来找李晓茂，他们都知道李晓茂回乡了，吃了晚饭就来寻他。

许久未见的伙伴，一见面亲切极了。

他们坐在火炉前，谈笑着要李晓茂说说去城市后的见闻，又逗他，去了城市肯定忘了他们了。李晓茂说他们的变化真大，才不过两年而已,个子已比李晓茂高了许多。尤其是李良平,他上了初中,人似乎变得成熟了,不仅在样貌上,连声音都变了。

除夕夜,星月当空,夜空星光点点,灿烂辉煌,不时有焰火在空中炸裂,留下光彩夺目的火花。时间过得飞快,转眼间十一点多了。李晓茂二婶将烤肉架端了上来,二叔给火炉里填上新火,火苗扑哧一下更旺了,围火炉的人渐渐多了,他们都穿着厚厚的棉绒衣,脸上笑呵呵的。李晓茂的奶奶身体有些不舒服,李晓茂的爷爷将她送进房间内休息。

大家互相聊天,大人聊大人的,小孩聊小孩的,好热闹。

很快,肉在烤架上发出嗞嗞嗞的声音,酱油的铺层,孜然的飘洒,让肉味散发出迷人的熏香。大人们早端起酒瓶子,咕噜噜地灌进肚里,暖意就从微红的脸颊上显露出来。推杯换盏,欢声笑语,无不美意。

酒过三巡,夜半三更,屋外忽然响起了鞭炮声,又突然响起剧烈的焰火炸裂声,这次远比之前断断续续的焰火还要频繁得紧,声之大,震耳欲聋。

原来十二点到了。门外,李晓茂二叔、大伯几人早早守候在晒谷坪上,正等时辰到时,点燃鞭炮串和焰火。除了他的奶奶和爷爷卧榻对窗而望,其他人都跑了出来,去欣赏新午的第一束花火,并在漫天璀璨的焰火下祈祷新年愿望。

火红的光照在李晓茂的脸上,他的眼眸里全是星空中的焰火,他望得入迷,望得出神,天空好似离他很近,他心里闪过许多个新年愿望,他希望全能实现,因为这是新午呀。未来的每一天,他都希望快快乐乐的。过去的一年他的快乐越来越少了,许多烦恼接踵而来,他的头里装满了烦恼。这一刻,他希望这些烦恼全部在新的一年里化为乌有。

随着时间的推移,天空的焰火逐渐减少,偶尔有几束焰火发出

"咻"的声响，随之在空中炸裂，划破浓浓的黑夜。

夜深了，四更天里，蛙鸣声清楚地传来。年老的大人受不住困意，早早离开了围炉，去被窝里寻找春天了。

李晓茂也有些困了，他吃了烤肉，还在其他人的怂恿下喝了点小酒。他原本不会喝酒，但大家热情高涨，李良平又端来酒杯劝说良久，说什么寒风料峭、今夜无眠之类的话，他全然不懂这词表达的含义，只是大家的兴致正浓厚，他也不好拒绝。李良平和李远地虽才十一二岁，可早就会喝酒了，而且酒量堪比大人。李晓茂三杯下肚，酒劲熏人醉。

李良平在这时拉起了二胡，悠扬婉转的曲声环绕在众人身旁。

"好！"李远地欢呼道。

……

夜深了，火炉的炭火熄灭了，好些人已然散去，这晚的聚会就此结束。李晓茂红着脸躺在妈妈给他准备的床铺上睡着，妈妈早给他的房间收拾干净。

小时候，李晓茂都跟奶奶睡在一块，现在他长大了，不能再跟奶奶睡了。他的梦中有奶奶的身影，他还梦见奶奶的怀抱，梦见田野奔跑的小孩们。这展现在眼前的场景全都是他以前在村里生活的记忆片段，它们都清晰地出现在他的梦中，直到他同爸爸、妈妈一起奔赴那座伟岸的城市里去。就此，梦消散了，魂牵梦绕的童年生活离他而去了。

他睡了个好觉，寒冷的冬天有被毯的覆盖，可真太舒服了。太阳冉冉初升，远山浓雾逐渐散去，露出群山本来的面目。山下村庄，群山围绕，湿润的空气凝结在地表上，小草附霜，田野青葱，溪河流淌，村还是那样的和谐、宁静。

突然，鞭炮声再度响起，大年初一的晌午将要开始热闹起来了。

快九点钟的时候，小孩子们才被各自的爸爸妈妈从床被上唤起。

他们要去拜年了，要说吉祥话，要给家中的长辈们先行问候，接着要向左邻右舍以及亲朋好友问候。李溪村可是大家族，这一天极为重要。妇女们最先早起，她们要负责洁净家里，准备餐食，伺候老人。男人们则摆茶迎客，放"开门炮"，然后祭拜先人。

李晓茂跑去找李良平，李良平搬回了原来住的地方，他家的祖屋在村里的帮助下盖好了，这下他家远比之前的家宽敞了许多。

李良平似有大人的模样，客厅摆好茶几，李远地在他一旁坐着，旁边还有两人，李晓茂完全不认识，李良平让他一起坐下嗑瓜子聊天。从聊天才得知，这两人是李良平的同学，从隔壁村来的，一大早就来找他，同他商量事情，像是约定好之后的日子要去做什么，比如明天去哪里玩、后天去哪里玩，之后的行程也安排妥当了。

李良平同他们交流甚欢，还特地介绍了下李晓茂，说他离开已有两年多了，今年难得回来。他们还问李晓茂要不要跟他们一起玩去，后天腾出时间，去太古庙游上一圈。李晓茂自然说好，离开家乡太久，就越发觉得与伙伴们的疏远。

回家吃过早饭后，李晓茂被爸爸拉着去拜访亲戚家。维系亲情，只能靠老一辈的人来了，自从去城里生活后，李晓茂跟其他家族的兄弟姐妹极少往来，逐渐不相熟悉，以至于互相见了面，就尴尬地坐在父母身旁，将注意力都集中在叔伯家中的电视机上。

李晓茂个性又十分腼腆，问候时声若蚊蝇，怯声弱语，哪敢跟他的这些兄弟姐妹谈话。父母也不管他们，自顾自聊起家常，问对方近年状况如何，笑谈愉快。

每拜访完一家，临走时的压轴戏就来了，双方掏出红包，互相委婉推让，图个新年喜庆，便以迅雷不及掩耳之势将红包插进对方小孩的衣兜里。两方你推我让，最后恭敬不如从命，大人抱手道谢时，还不忘让自家孩子道谢对方。能拿红包，小孩自然开心啦，满声都是欢喜，声音更是轻甜："谢谢伯伯、谢谢婶婶……"

这一天下来，村中走遍，傍晚才回家中。

回家后，起灶烧水，吸尘拍灰，备好碗筷，饺子早就包好，下锅煮沸，然后捞起，全家围坐在一起。

吃饺子咯！

并非饺子这一道菜，肉菜齐全，米饭面条，应有尽有。

最幸福的日子也只有这个时候了吧！

两天后，晴朗的子乌山上，李晓茂与李良平一行人站在子乌山山顶，瞭望触目可及的蓝天白云和青山绿水。少年的心平静如水，冷风吹拂，他什么都不去想，什么都不想去做。李良平靠在一块岩石上抽着烟，他的同学也跟着抽，他们有说有笑，没有任何忧虑。李晓茂有时挺羡慕李良平，像他那样洒脱自在的人，世间能有几个呢？但这不过是他幼稚的想法罢了。他只是从侧面看到李良平的洒脱，却没经历他的生活。

他们长大了，感情不像从前那样亲密，他们之间保持着一种怪异的距离，那是李晓茂不曾有过的感觉。

李良平递来香烟，问他要不要试试。李晓茂笑着拒绝他，想起二年级时，李远地就偷了他爸的香烟，然后分给他们仨抽，才抽一口，李晓茂就呛得鼻子和眼睛一阵眩晕，李良平他们却很自然，李晓茂经过那次的尝试，认为自己以后大抵是不会再抽了。可李良平他们不然，有第一次就有第二次，理应当然地学会了抽烟，而且抽得那般潇洒，连眼神都像大人那样充满忧郁，但这不过是他装出来的，李晓茂还能分辨清楚。

他们并非上来拜佛，只是上来吹吹风，跑跑子乌山的环形山路。摩托车是李良平的同学借来的，他们时常这样，三五成群，穿梭在乡镇的大街小巷之中。

上初中的李良平跟以前一样，性子中有一股顽劣。青春的心悸开始萌芽，他也跟所有人一样，被异性吸引。跟在他旁边的那个女孩就是他的女朋友。漂亮美丽，亭亭玉立，发梢旁一双灵动的大耳朵，她叫胡可儿。

李晓茂只是看了胡可儿几眼，心便有如滴水入湖，荡出一片涟漪，胡可儿的美真令人陶醉啊！李晓茂不敢再去看胡可儿，他需要镇定自己的心神。除了胡可儿，同行的女孩还有三个，他们都是极好看的女孩。

"下山吧！"李良平呼唤他的伙伴。

于是，一条长龙似的车队朝山下开去。李晓茂坐在李远地的车后架上，巡风吹来，裹含霜露，沁人心脾。行车中，观远山，山峰云雾缭绕；观路旁，绿树紧拥环抱；观斜坡，鲜花团团簇簇。全景尽收眼底。

还不及此，景美，人更美啊！车的后座上坐着女孩，她们长发飘飘，侧露秀颜，可及天仙，李晓茂竟一时呆愣住了。

他们再也不是乡间四处奔跑游走的少年了！

22

大年初四时，李晓茂在去买醋的路上遇见从街道回来的大哥李青福。李青福比李晓茂大九岁，高中一毕业，他就出来工作，在大伯的帮助下，于街道那儿开了间杂货铺，也兼做一些送货的活。今天，他早早就关了店门，回来换身行头准备与他的好友耍游去。

李晓茂总是亲切地叫他大哥，李青福也很关照这个最小的弟弟。

大哥问他："你去哪里？"

"我妈叫我买点醋回来。"

"嗯，早点回来。"

就这么问了两句，他便从大哥的眼神和神情中看出其中的情分，似乎他和大哥的感情正逐渐淡化，也许只是他的感觉，从他回来后，大哥和二哥对他的好似乎不再像以往那样有分量了。

李晓茂走在街上，凡认识李晓茂的同乡人，都会跟他打招呼，都说小娃子很久不见，长大了不少，人也看起来俊朗了许多。

曾经，李晓茂跟李良平和李远地三人，在村里可是出了名的顽童，谁人不知，谁人不晓。现在，他们再看李晓茂，是去了城里回来的李晓茂，感觉像变了个人似的。其实，谁都不了解李晓茂，有李良平和李远地在，李晓茂才显得出一丝强大的气息，而如今，倒成一副裹着书生气息的柔骨模样。村人眼中的顽皮孩童都是对李良平、李远地、李晓茂三人的印象，李良平为首，李远地次之，而李晓茂只是附加在这个队伍里而得到的印象感觉。

李晓茂一路走下大道，来到李溪下村，他从下村的商店买了一瓶醋、一瓶酱油和一打花生米。他忽然看见，已有人家盖起了小楼房，那样的小楼房在村里显得独树一帜，与旁边那些破落的小房子挨在一块形成了鲜明的对比。而他们门口停的小轿车也入了李晓茂的眼，这与城市里那些跑在大马路上的漂亮汽车是一样的，不仅如此，他还想起校门口停着的那些漂亮汽车。李晓茂吃了一惊，他心想原来村子里也能有城市建筑和物质的气息存在。

再看小楼房门前，那些西装革履的男士们，他们交谈时扬起的自信笑容简直与城市里那些有钱的人家近乎相同，但似乎还有些辨析度，好似掺杂了些俗味在里边，装模作样和浑然天成到底是有差距。他见过穷人和富人的笑脸，那极不一样的笑脸。

小楼房门庭若市，许多同村人前来捧场，也有其他村子的人来，他们都来一睹这幢小楼房的高雅和壮丽。

李晓茂听到三个妇女围坐在路边石坎上的谈话："李方德不知道在哪里发了大财，啧啧。"

"听我丈夫说，好像是去浙江跑商了。"

"哇，看来还得出去，指不定将来也像他一样赚了大钱回来盖房子。"

"谁不想要一栋这样的房子。"

"听说这栋房子盖起来要三十万呢！"

"三十万是多少钱？我还没见到过这么多钱。"

"反正……就是……很多钱。你看现在一桶油才十八块，三十万你算算，能买多少桶油。"

"妈呀！这李方德怎么赚的啊？怕不是抢钱了吧！"

"瞎说。"

"我赶紧让我老公和儿子也进城去，将来我们家要换一栋比他们家还大的房子。"

"想得美哟。嘿嘿，不过总比留在村子里强。"

李晓茂不想再听他们的对话了，他慢悠悠地往上村走，这幢漂亮的小楼房在他眼里只是拥有城市味道的农村特色罢了。

回来的路上他还遇见一个熟悉的人，那个种瓜的李老汉。不知什么缘故，才不过两年时间，他看起来更加衰老了，也许是他老爱发脾气造成的吧。李晓茂再见他时，他脸上的眉毛没有以前那么浓密。此刻，他正戴着草帽，扛着锄头去往瓜地的路上。

他早就认不出李晓茂了，只因李晓茂的容貌要比那时改变了许多。但他不时地往李晓茂身上瞧着，眼神充满疑惑，嘴上那根香烟叼着，好像在回忆什么。李晓茂哪敢看他，想起之前做的坏事，他内心发慌，心虚的他，快步离开李老汉的视野。

今天，爸爸妈妈准备带李晓茂去外婆家拜年，时间还早，不过正午，爸爸就载着妈妈和李晓茂出发了。路程不远，环绕一座山就到了。

还不等李晓茂下车来，外婆热情的笑脸就已呈现在屋门口，看到李晓茂，她激动得紧紧握住李晓茂的手，口里念着："回来啦！回来啦！回来就好。我的好外孙呀。"

外婆的岁数七十好几，至于具体岁数，李晓茂不得而知，倒不是他不关心，而是家乡的事，父母很少提及。外婆的牙是缺着的，所以她说话含糊不清，再加上绕口的闽南方言，李晓茂只听个大概。

外婆家里，李晓茂舅舅在，表弟也在，包括妈妈家的其他亲戚。

他们围坐在茶炉边，沏着茶，聊着天，今天他们也接待客人来访，但最重要的是李晓茂妈妈的到来。天底下没有哪个妈妈不欢迎自己的女儿的，更何况外婆仅有李晓茂妈妈这一个女儿。李晓茂的外公在那个重男轻女的年代是个例外，很少有父亲会养女孩，大多数乡民为了生儿子，会无情地把女儿丢掉。

李晓茂一年才回一次，和这些亲戚见面的次数也仅仅几次，除了舅舅。在城里时，舅舅就来过几次，还给他带过礼物，买过玩具，吃过美食。这次再见到，就显得格外熟络。

他们大人围坐沏茶聊天时，李晓茂就同表弟黑包子玩。表弟之所以叫黑包子，是他长得黑，就像烤糊的包子一样。可李晓茂不会叫他外号，都是包子的伙伴和熟悉他的人叫的。他只会叫他本名张原志，可能还没熟悉到能唤他外号的程度吧。

张原志比他小两岁，还在读三年级。他带李晓茂去河边玩耍。这个时候还是冬天，河边风大，河水冰冷刺骨。可南方的冬天，绿竹四季常青，山树亦是如此，河水只是冰冷，却不冰冻，河面清澈见底，山林鸟兽依在，除了山花不开，冬景还是别有一番趣味的。

况且，他们能去的也就附近，爸爸妈妈叮嘱过不能走远，这是交代给表弟听的。可事实上，表弟才不会听他们的话。他带李晓茂来到河边的大桥下，在这里，有几个孩子正烤着熊熊烈火。

大桥下是布满石子的河滩，边上挨着草丛和竹林。桥底有一个桥洞，这个桥洞很特别，里面都已摆满了东西，例如一些家具，有沙发、凳子、桌子、柜子之类的物件，可它们并非崭新完好，多处修补的地方清楚可见，却不妨碍使用。

张原志说这是他们的秘密基地。为了这个秘密基地，他们还跟邻村的孩童争夺过。张原志的这群伙伴有比他小的，也有比他大的。他们围坐在一起烤火，那用石子堆起来的炉子上还架着条鱼。这是他们刚从河里钓起来的，但只有这么一条。冬天，鱼都在河底深洞里冬眠，偶见一两只，能钓起来更是幸运了。他们还烤地瓜，石子堆旁就有散落的生地瓜。

刚巧有个孩子抱着柴火来了。

"这是谁？不是告诉过你不能带人来咱这儿吗。"

"不打紧，这是我表哥，不是我们村的。"

"不是我们村的更不行，要让别人知道了咋办？"

"你放心，人家可是刚从城里回来过年的，年一过就回城里去了，哪会惦记着咱的秘密基地。"

这群小伙伴一听李晓茂是从城里来的，饶有兴致地看向他，从头打量到脚。

"听说城里有很多飞机。这是真的吗？飞机有多大？多长？多宽？"有一个孩子问出一连串的问题。

问这问题的是一个小学三年级的孩子，他叫张四军。他对飞机有着天然的兴趣，却从没见过真正的飞机，都是从电视和书里看到过，所以他很迫切想知道城里的飞机是什么样的！真如书里画的那样？

李晓茂给问住了，城里的飞机他只有那么一回看过，那就是进城时，在行驶的公路上，他在车里看见起飞的飞机从头顶掠过，他当时就震惊了。要说见过飞机，他真见过，但只是见过飞机的屁股，他一抬头，飞机就飞远了，越飞越高，越飞越小。飞机有多大、多长、多宽，他至今都不知道。

李晓茂没有回答他，吞吐得说不出话来。

"甭理他，总问这个，烦不烦。"

"对啊，你问的这是什么问题啊！哎哟，不如说，城里有没有很多高楼大厦，城里跟咱们这里有什么不同？"

他们挨个问，都不等李晓茂回答。

"喂，鱼要烤糊了。"有孩子呼叫道。其他孩子一听，拍了下大腿，赶紧将眼神都移到火炉上。

"快看看地瓜熟了没。"

"应该差不多。"

他们用木棍翻找出地瓜，翻出五个，又放进三个去，那五个地瓜有三个的皮都成焦黑的了。他们怕烫，就用木棍先戳地瓜的表皮，看是否烤熟了。

等了一小会儿，风将烤黑的地瓜吹凉了，他们趁着地瓜还有些余热，剥去它焦黑的皮，露出熟透的"瓜肉"来。

"给你一个，你坐这吧！"张原志让李晓茂坐他旁边。

尽管李晓茂比他大，是他表哥，但张原志却没那份对待年长人的拘谨，依着玩世不恭的态度，不拘礼数，不谙世事，甚至敢于挑战大人的威严，因此他是村里出了名的顽童。

李晓茂有听过他表弟的事迹，不会读书，班级倒数一二名，大头脑袋，爱惹祸，飞扬跋扈，在校总能做出令老师头疼的举动，他爸爸颇为烦恼。

他们吃完烤地瓜，抹得一脸黑，然后一人分点鱼肉，最后到河边洗净黑脸，接着又尝试到桥洞前钓鱼，挨着冻，蹲在草丛里半个小时，河里一点动静都没有，最后气急败坏地扔了鱼竿。

他们不钓鱼了，他们要去土地庙前的空地上打篮球。于是，七个人成群结队，浩浩荡荡地前往土地庙前的空地。走的都是丛林小道，翻的都是危墙破垣。

越走越远，李晓茂不禁有些担心，他没有忘记爸爸妈妈的话。可张原志宽慰他："放心，你爸妈没那么快走的，起码一下午，而且你没回来，他们怎么可能走的呢？放心啦，大不了，我让我爸开摩托载你回去。"

张原志这么一番话，李晓茂想想也是，心便安定下来。

打球累了，他们停下来休息，身上冒着热汗，也不觉冷了。

张原志出手很阔绰，出钱买了十盒炮仗，这种炮仗划燃后，等个五秒再扔出，最后听这么个响，可好玩了。他们炸水花，炸鱼缸，甚至炸牛粪，什么能炸就炸什么。

时间不早了，李晓茂和张原志顺着小道回家，却得知他的爸爸妈妈已经等不及他，先去了姨丈家。幸好，舅舅还在，他要带李晓茂一起去姨丈家。姨丈今晚请客吃酒，舅舅洗了澡，换了身衣服，恰时，李晓茂和张原志二人正好归来。

舅舅骑上摩托载着李晓茂出发。李晓茂告别了外婆一家，冒着冷风，和舅舅趁着还是黄昏时候，骑车开往姨丈家。

这晚，爸爸喝了点酒，不敢喝大，因为还要开车。实际上，他今晚还打算和同乡朋友打圈麻将。爸爸今夜尽兴，李晓茂看在眼里，乐在心里。爸爸只有过年时才敢这样娱乐消遣，平日的他早出晚归，归来时倒头就睡，爸爸这么拼命地工作，这么努力地赚钱，也许是家让他如此倾尽心血吧！

这个寒夜里，火锅烟雾缭绕，一口浓汤暖人心脾，一支香烟振人心神，一句暖话畅润心底，这样的人间烟火气氛唯独过年有。也只有这个时候，人才卸下了肩上的所有担子，敢把心话说与旁人听，或许是想得到亲人的安抚，来抚慰自己受伤的心灵吧！

23

  奶奶好孤独,李晓茂想起小的时候,每当他回来之时,总能看见奶奶坐在石坎上瞭望远处。等他走到奶奶面前,奶奶都会揉揉眼睛,怔怔地看着李晓茂好几下,然后才露出微笑,说茂儿你回来啦!

  以前,奶奶腿脚好,人也健朗,眼也不花时,李晓茂总喜欢让奶奶抱。那会儿他还小,而且还爱哭,被欺负了就哭鼻子,奶奶很疼他,谁也不能欺负他这个宝贝孙子,就算同孙辈的哥哥们也不行。

  现在,李晓茂长大了,他有太多的事要去做,他也不再像小时候的那个鼻涕娃一样围在奶奶的身边转了。就连过年,他陪在奶奶身边的次数也减少了许多。

  奶奶啊,她就这样坐着,身后是苍白破旧的祖宅老屋,头顶是金芒万丈的天边晚霞。

  自从奶奶腿伤后,爷爷担起了大任,对奶奶无微不至地照顾。那会儿,奶奶因为自己腿脚不便,做不好事,常常闹脾气,而爷爷总是耐着性子帮助她做这做那,承担她的不快。爸爸曾说,爷爷年轻时可了不得，哪像现在这样和蔼呢！人啊，是越老越和善的。

　　奶奶啊，她就这样看着爷爷，奶奶的身边有个会逗她笑的老头，她的心都是暖的。

24

年，结束了！李哓茂一家又要踏上追求幸福未来的人间路途了。

25

　　李晓茂顺利毕业了，在他短暂的三年校园生活中，他没有像他那些同学一样流露出舍不得的情愫来。对他来说，这并非留念的地方。三年过往皆成记忆，但这些记忆多半是痛苦的，而且总能在某一个时间段突然冲进思绪里，为此，他学会了挥去那些令他不安或者难堪的记忆，摇头……甩头……大叫一声……大笑一声……他觉得自己像个神经病……哈哈……

　　进入中学后的他与其他同学相比，又矮又瘦，像个营养不良的茄子。

　　这个班主任好独特，竟然是个男老师？印象中，他的班主任都是女老师。而且这个班主任不是语文老师，竟然是个英语老师，李晓茂内心充满了惊讶，英语老师也能当班主任吗？他的印象中都是语文老师当班主任。

　　六年级下学期时，李晓茂的成绩依然不是太好，英语最差劲。后来爸爸听了赵丽琼老师的建议——花钱补习。她对爸爸说："现在没有哪个孩子不补的,你家孩子太差劲了。你要舍得给他补习,不然到中学去,肯定慢别人一大截,到时候中考就落后了,读不到好高中,就考不到好大学。"爸爸咬咬牙,私下找到负责李晓茂班级的英语老师,让她给补课。自从补课后,李晓茂对英语有了浓厚的兴趣,这源于这位英语老师对他的好以及他自己的努力。

这位男英语老师要同学们称呼他为陈sir,陈sir说喊sir是对他这份职业的尊重。

李晓茂发现这个陈sir的授课有过人之处,幽默式的英语讲课,这是他从未有过的上课体验。相比小学英语老师那套墨守成规、死气沉沉的讲课方式,他更喜欢这个陈sir的课。

上课结束后,陈sir会给全班讲一个笑话,讲完后莞尔一笑,让同学们自我体会下笑话的意味。在满堂欢声笑语中,陈sir转身离去。

分班考试,李晓茂成绩不是很理想,排在班级的末位,以末号为数。这个时候的他很能体会到号数所表达的意义,他实在不优秀啊,但他知道他尽力了。

在他无知的少年时期,他从未亲身认识到自己的人格,这时候的他仍是处于心理尚未成熟阶段,但他不曾做出大举动,他就像旁观者一样,默默地经历着,不奋起,不反抗。

班级有个奇特的孩子,浑身散发异味,这股异味很臭,就像人体内无法新陈代谢而由皮肤表层散发出来的腥臭味,有点像栗壳样的味道。又由于他体态宽胖,于肘残弯,大脸扁平,相貌丑陋,所以他这个人整体看起来像个丑陋的柿子球,也活像路边乞讨的乞丐。于是,他被众人排外,坐在最后一个位置。

这个孩子叫崔成博。因他的独特,他成为被欺负的对象。

班里有些孩子发育得早,早已是一米七的高个子,恰好这些孩子还是学习成绩较为优秀的一列。像是自然组织似的,这些孩子成了班级的团体柱子,他们畅谈他们的理想,述说他们的学习成果,充满自信，又乐在其中。个头高，自然被排在最后一列，以免挡住其他孩子上课。其中有个偏好战的人叫胡铭迪，人高马大，麻子脸，脸型偏宽，长一对厉眼。他的学习成绩在班级里排前五，还是运动健将。

崔成博就坐在他旁边的单人座上。胡铭迪一有不痛快的时候，就拿他出气，总是能拳脚相向。崔成博倒不像李晓茂那样懦弱，任人宰割，相反，他会反抗，用言语辱骂对方。但这会让对方更加生气，甚至动用桌椅击打对方，因为这关乎尊严，打架时，大伙都会看向他们。可崔成博也不好惹，都说兔子逼急了会咬人，如欺他太甚，他就吐口水，或与对方扭打。

同学们的反应多半是看好戏似的站在座位上，他们都是站在胡铭迪这边的，他们也对崔成博这样的丑角感到憎恶。

长相确实决定人的喜恶，长得漂亮或是帅气的往往能得到别人的青睐，学习好就更加分了。

但出乎意料的是陈老师并不想多管闲事，他并不管谁对谁错，全都以扰乱班级秩序论罚，然后骂骂咧咧地批评了他们几句，就返回办公室去了，也不太关注后续事态。这让李晓茂对陈老师的好印象即刻消散了，一早就听说中学老师并不像小学老师那样的好管作为，所以，中学生常常发生打架的事情，而且频率相当之高。

胡铭迪的眼里充满憎恶和愤怒，而崔成博则反常态，露出嬉笑，同学们疑惑他是不是傻了，被人打了还笑。

从这以后，胡铭迪动不动就挑起事端，不由分说地欺负崔成博，崔成博还是会继续反抗，碎嘴反骂，喷口水，吐脏话，他抬着他那只歪肘，走路颠簸，他像个战士一样，不会向敌人妥协。

也正是他这份反抗精神，他成功地让别人不敢轻易冒犯他。

李晓茂的初中学习很是单调，早上上课，然后中午自己解决午餐。他能去就是小餐馆，因为他的爸爸每天只给他十元午餐费，七元吃一餐足够了，剩下的钱他用来坐公交。中午那么长的时间，他先是安排自己去吃饭，然后再到书店看书，这里有很多书店，足可以打发时间。

中午的这段时间，没有同学跟他同行，长久以来，他都独自一人，塘边那么远的地方，坐车就要好久。似乎同学们都就近读书，整个中午只有他走遍了学校附近，没见着和他一样的"旅人"，或是中午能在书店看书的学生。

他坐在地上看书，看各种各样的书，直到店员驱赶。有一次，他差点被店员锁在里面。因他又看得入迷，听不见店员的喊声，好在这个书店较小，要不是店员绕圈巡查一番，他就要被关在书店里头干着急了。

一点半后，他开始往学校的方向走去，渐渐地，路上的学生多起来了。他像找到了组织似的，快步跟上他们的脚步，与他们齐头并进，走向学校。

等到了班级，来人恰好八九个学生，他们在教室里大嚷大叫，说些电脑游戏之类的话题。李晓茂哪里听得懂他们所说的游戏话题。也许是一个中午未眠，他觉得困乏，想小眯一会儿，可班级的噪声特别大，他只好趴在桌上发呆。

铃声响起，第一节课，他受不住大脑瞌睡的信号，迷迷糊糊地趴在桌上睡着了。同桌拍他的肩膀提醒他，老师也怒瞪着眼看向他，同学们都朝他看去，他这才窘迫地低头假装看书。

这以后，他内心笃定，中午要早来学校，在班级座位上小眯一会儿，否则下午太困会睡着。

有一回，李晓茂中午在学校附近闲逛，他物色要去哪家餐馆吃饭才好。忽然抬头看见一家汉堡店，没吃过麦当劳的他很好奇这是一家怎样的餐馆。

这家汉堡店在二楼，李晓茂随其他人一起走上去，他不像那些人走路自然，他紧张地扶着阶梯栏杆上楼。因他第一次进这种餐馆，见这家餐馆装饰精巧，环境优良，不免心生拘谨和不安。人真多啊，他心里这样想。

李晓茂紧紧揣着兜里的十元钱忐忑不安，他不知道这十元够不够买汉堡店的午餐。许多人排着队，长长的队伍，直排到大门口，他也跟上去排好队，时不时把目光集中到大厅去。好多学生都在这里吃午餐，他想他来对了，十元钱吃一顿午餐定然足够了。

轮到李晓茂时，他面向服务员，服务员问他要点什么，他局促不安地说："我只有十元，你能帮我点十元以内的餐吗？"他说这话时红着脸，颤着音，姿势忸怩，十分难为情。原来刚才快到他的时候，他突然看向服务员头顶身后的餐食价目表，横在头顶的价目表一目了然，所有价格都远超十元以上，这不禁让他背脊一紧，惊出一身虚汗，他心里逐渐生起了恐惧。离队夺门而出，那势必没有颜面了，毕竟来这就餐的学生中就有同班同学，可自己只有这点钱，要是……

还不等李晓茂反应过来，身前的人离开了他的视野，取而代之的就是服务员微笑着问他要点什么价位的午餐。

他慌了，才说出这样细小声音的话来。

服务员似乎看出了李晓茂的窘迫，微笑着说："好，那我们就点这份吧！"他随即给李晓茂安排了一份十元的午餐，这份午餐自然无法跟别人相比，像是缩小版的一样，小汉堡一个，小薯条一份，外加一瓶小杯的可乐，这是他与同班同学对比之后发现的。

后来，李晓茂再也没到那家汉堡店去了。

李晓茂很羡慕那群学习成绩好的人，他们凑在一块侃侃而谈，聊说有趣的话题，李晓茂嘴笨又自卑，且没有同他们聊话题的资本，无法插混他们之间的乐趣。

他们说的话题最多的就是电脑游戏，这些话题深深地印在他的脑子里，李晓茂以为他们学习好是因为玩游戏。那段时间以后，李晓茂央求他的爸爸给他买一台电脑，谎称这是用来学习英语和查找资料，还说同班同学都买了，老师也说过这个事情。

后来，爸爸真的实现了李晓茂这个愿望，他感到难以置信，就在那刻，他萌生了怯意，要是让爸爸知道他是用来玩游戏，那会多伤爸爸的良苦用心，可欲望腐蚀了他懦弱卑怯的心。

趁爸爸做生意忙，无暇顾及他时，他操作起这台神秘的电脑。他用同学教他的方法掌握了登录网站，寻找游戏官网，下载游戏等操作方式。这些游戏内容打开了他全新的视野和无法压抑的激动心情。从那一刻起，他根本不知道自己会因此沉迷而走上一条无法回头的道路。可这都不重要了，因为它实在太具有诱惑力了。

26

　　这个阶段的学生正值青春期的萌芽,爱在这一刻悄然萌生。李晓茂也不例外,他深深地暗恋着一个女孩。这个女孩算得上一般漂亮,她灵动的身姿和自信的笑容无时无刻不吸引着李晓茂。情人眼里出西施,他太喜欢她了。

　　李晓茂不知用什么方式来引起她的注意,于是每每故意挑逗她,试图用激怒的方式,让对方来"教训"自己。

　　正如他所料,女孩觉得李晓茂说话和行为都很欠揍,气得追着他打。她追,李晓茂就跑,像追捕蝉虫似的,可女孩哪里追得到李晓茂。两个人从教室跑到走廊,又从走廊跑到园池。李晓茂感到快乐,那是青春的荷尔蒙在躁动啊!

　　可是后来有一次,女孩追着追着,不慎摔倒,胳膊肘擦伤了,女孩难受得起身,眼里满是哀怨,沮丧着脸,欲要哭出来了,但周围同学多,她只好难受地蹲下来抱住胳膊。因为她的摔倒,周围同学赶忙过来宽慰。

这一刻，李晓茂的心揪动着，但他不敢上前去，这件事本就与他有关，可他的脑子不知在想些啥，他退缩了，忧虑和紧张在他脑门上盘旋。好多人围了上去，最后，女孩在众人的搀扶下走向教室。

李晓茂深感歉意，他没有胆量上去道歉，他愣在原地不知所措。

从那以后，女孩不再理会李晓茂，李晓茂也不敢再对女孩有过分的挑逗，哪怕上前同她说话都不敢。李晓茂默默地注视着那个背影，爱意虽有，却不敢践行。

不知什么时候，女孩的身边有了另外一个男生的存在，而且如此亲密，李晓茂怔住了。这男生坐在他的身旁，与他仅隔着一个过道，他们还是不错的朋友。他心想，他是从什么时候喜欢这个女孩的？为什么这女孩会和他在一起？

接着，更令她意想不到的，女孩时常与他同道并行，有说有笑，那笑容绽放得如同花朵一般，娇艳美丽，楚楚动人。

李晓茂醋意涌上心头，那一刻，他知道心痛是种什么样的感觉。

男生曾对他说过：我知道你也喜欢她。李晓茂诧异，这个男生竟然知道这件事，也对，他对女孩炽热的目光怎么也避不开，旁人绝不会感受不到的。

男生还说：其实她那时候也喜欢你。李晓茂怔住了，他本卑微的喜欢忽然间凝聚成酸楚的滋味，酸楚入舌，哽咽在喉，直入心房。

女孩原来喜欢自己，难道……

他知道是自己的鲁莽行径和卑怯的性格痛失女孩的爱。男生说他非常感谢李晓茂，正因如此，自己才能追到她，他要感谢李晓茂的成全。这无疑不是对李晓茂的嘲讽与责骂，嘲讽李晓茂是个懦弱的小人，责骂李晓茂不是个男人，连喜欢一个人都不敢说出口，还曾伤害过女孩。

李晓茂最终还是错过了喜欢自己，自己也喜欢对方的那个女孩。

这份青春的爱意随着时间的流逝而流散，再遇时，李晓茂也逐渐

— 193 —

没了当初的那种感觉。他时常看见那个男生与女孩打情骂俏，也见过班级的其他小情侣做出激烈而刺激的举动。他似乎只有羡慕，而无法触及。

女孩子美丽的容颜和白皙的皮肤都在对李晓茂的精神进行冲击。没有哪个男孩的青春不为某个女孩所吸引，就像微风到来，嫩叶也会拂动自己。

李晓茂继续着他的孤独之旅，一个人吃午饭，他喜欢吃西北拉面，放些辣椒，将面拌匀，再喝一口胡辣汤。吃完后，再到书店，选一块好地方坐下，而后沉浸在书中的故事。

李晓茂有了第一位真正意义上的好朋友，那是在初一下学期。这个好朋友名叫郑军，在班里学习优秀，聪慧过人，但他平时里极少说话，满腹书生意气，柔弱孤冷，这种类型的男生要是与活泼开朗的女孩坐一块，则免不了女孩的挑逗与戏弄。不了解他的人，看他外表觉得木愣呆傻，认识他的人会十分惊讶于他的行径，简直是出乎意料，比如打篮球，他完全有不输任何人的气场，运球上篮如猛龙过江，游刃有余。

李晓茂最早注意到他时，原是郑军与李晓茂喜欢的女孩坐一块，后来因为放学同路的缘故，与之交上了朋友，再后来了解深入，成了无话不谈的好朋友。

同路而行，就能聊上各种东西，尤其游戏，这段时间，李晓茂沉迷电脑游戏，郑军也有喜欢的电脑游戏，可以说班里的男生极少有不玩电脑游戏的，但能把电脑游戏玩好，又能不耽误学习的同学也是极少，郑军算一个，他的数学很好，要说这都靠脑子，有的人脑子好，天生逻辑思维能力强，这数学里的奥秘转转脑筋就解出来了。要像李晓茂这样的，抓耳挠腮，脸红脖子粗，也终究解不出来。幸而他们不只聊电脑游戏，李晓茂下课时也会请教郑军，郑军也乐得解题，一步步的解题思路似乎比老师还要清楚，李晓茂听完才恍然大悟。其实，李晓茂上课走神了，要不就不会一窍不通。作业不会写可不行，他最担心作业完不成，所以下课依旧会缠着郑军教他。

本来二人之行，始于情下，忽又一人插足进来，这人正是同班同学马子洛，他长得胖，脸圆鼓鼓的，再戴上一副圆框眼镜，像个胖皮猴站在那儿，微微一笑，不知是喜还是忧。他个性开朗，爱讲笑话，逗得李晓茂哈哈大笑。三人同路回家，一路上说说笑笑，这样的氛围最令李晓茂开心。

可不知怎的，突然有一天，这马子洛与李晓茂打了起来，脸色气急败坏，阴沉的可怕，李晓茂都不知道为什么马子洛会突然攻击自己，他显得莫名其妙，一脸茫然，旁人还看着，这更令他手足无措，极为难堪。

这马子洛不知道发什么神经，就径直朝李晓茂打去，李晓茂躲避及时。马子洛也没对李晓茂解释什么原因，然后一声不吭地回到自己座位去了。

事后，李晓茂再也不跟马子洛来往了，而马子洛看李晓茂时，那眼神和神态都显不屑，还总将郑军拉走，与郑军说小声话，一起排斥李晓茂。李晓茂觉得很无辜，他明明什么也没做，却让马子洛这样伤害他。

李晓茂的眼里充满对马子洛的仇恨，是他毁了他们之间的情谊。后来，他从别人口中得知，是因为某个同学对马子洛说他背后讲马子洛的坏话，还说得很难听。李晓茂知道后，心都颤抖了，这样恶意的诽谤与诬陷，竟是他身边的同学传予的。他找到那个同学问他为什么要诬陷他？可对方轻描淡写地说这只是个误会，他也是道听途说，然后随便跟马子洛讲个两三句，谁知道马子洛信以为真，他让李晓茂不要放在心上，开个玩笑而已。李晓茂愤怒极了，当场就想动手打他，可对方人高马大，还有一起玩的朋友在他身旁，见李晓茂要动手，全站了出来。

— 195 —

李晓茂心中涌出一股憋屈与失落，使他无法镇定下来，说那时，他的眼圈就要红起来了，为了不显自己的难堪，他愤恨地瞪视了对方后，转身回到自己的座位上，可终究无法平复自己激愤的心情。他心底自问，自己没有招惹过任何人，凭什么要遭别人的取笑和侮辱。对方仅凭一个玩笑就将自己美好的友谊破坏掉了，足见人心可恶至极，这种人真不是个好东西，他们的心这样肮脏与污黑，到头来还说自己开不起玩笑，全怪罪到自己头上。可自己又能做什么呢？无力感深深扎根在李晓茂的内心。诬陷他的人是班里的优等生，这样的事，班里时常发生，许多人产生这样或那样的矛盾，也大部分和他们有关系，他们这样戏弄别人，却得不到应有的报应，真是老天无眼。恰而连班主任都不干预，这班主任也是废物，这班主任不是个好老师。

　　李晓茂认为他作为弱者和受害者，却得不到任何的保护，坏人却都被保护了起来，而他只能忍气吞声。

　　罢了，能因为几句话被他人怂恿而欺负信任自己的人算不得好朋友，李晓茂也算看透了这个班级里的人情善恶了。为此他更加觉得只有自己好就行，交一个不信任自己的朋友来使得自己心情变坏，这又何必呢？

　　他又回到了他原先的状态，自己一个人多好呀！

27

初一的夏天,这个时候最令他难忘深刻,他要搬家了,搬到高林去。

李晓茂爸爸要做厂房生意,那家小超市赚了些钱,打算投资木材加工厂,他是听从朋友的建议才这么决定的。为了赚钱,爸爸真是拼了命,他说属牛的人最勤劳,他相信勤劳能致富。

在搬家的事上爸爸毫不犹豫,说搬就搬,搬家时间定在周六早上。李晓茂前一晚才得知这事,他还没来得做好准备,况且他还未跟他的好朋友道别。

他先想到王一义,打算先去找王一义,那天晚上是他与这些塘边伙伴玩耍的最后一晚。他心底失落惆怅,觉得再也不会交到这么好的朋友了,四年的光景一晃而过,曾经就离别过一次,但那是短暂的离别,谁知道这次是不是也这样呢?

男孩们的心里没有那种你侬我侬的割舍感,离别之感就在一刹那,可能大家睡一觉,这事就过去了。李晓茂想起以往日子,他们在一起看晚间动画片，一起玩游戏机，再到康乐那儿捡瓶子，又到篮球场打了球。去遥远的沙滩捕捉风的影子，又去邻近的湖里公园观赏荷塘月色，还去城市广场夜游霓虹下的老街巷，再到塘边的幽光小巷子寻找快乐。塘边的灯火永远不会熄灭的，这是孩童赋予的永恒的念想。

晚上十一点后，李晓茂告别了王一义他们，他最后一次感受塘边热闹的街巷。十二点后，街巷逐渐变得冷清了。李晓茂躺在床上，静静地感受着黑暗笼罩下的肃静世界。

周六的早晨，货车正在搬运店里的货物，李晓茂帮不上什么忙，他只要带上自己就好了，爸爸妈妈会给他安排好的。趁这个时间，他想去跟他们做最后的道别，他还是不舍得这些伙伴。

"朱习彬在不在？"

"在睡觉呢！"朱习彬的妈妈说。

"这样啊，那我就不打搅他了。阿姨，我要走了，你给朱习彬说下。"

"常回来看看哈！"朱习彬的妈妈说。

李晓茂点点头。然后他飞快地奔向王一义的家，王一义起了个大早，见李晓茂来了，打了个哈欠问了声早。

李晓茂说："我马上要走了。"

王一义神情有些木愣，迟疑了半会儿，才缓缓说道："记得回来看我们，哈哈。"他笑了起来，还是那样爽朗，就跟他们多次会面时一样，平平常常，又简简单单。

"我走了。"

"等一下。"

"这些送你吧！"

王一义送给他那些圆形卡片，那是他好不容易收集起来的，对他来说十分珍贵。

李晓茂看着他，笑着说："你确定？"

"确定，拿去吧，没什么能送你的了，趁我没改变主意之前。哈哈！"

"我真的走了。"李晓茂试探地说了一句，脸上的笑容再也挂不住了。

"你还会回来的吧，就像上次那样？"

"我也不知道，我爸爸没说去多久。"

王一义招了招手，像个大人一样，平静地说道："去吧，去吧！"

李晓茂不知道这一别就是永久了，他再也不会回塘边了。

李晓茂走了，这次，他轻松地离开了。货车已经来回两趟了，直到店内的货品全部搬空。店内空空荡荡，风尘飘起碎屑，李晓茂想起在这里的点点滴滴。原先拥挤的小超市，现在这般敞亮。通往里间的仓库，他曾在那儿与别的小伙伴蒙着眼摸黑玩抓人的游戏。现在，阳光直射进来，好像穿透了黑暗，明晃晃地照射所有能照射到的地方。

是了，那是种空旷的感觉，是卸下所有回忆又忽而明了的感觉。

李晓茂爸爸把卷帘门拉下，伴随着咯吱刺耳的拉门声，李晓茂在塘边的生活就此拉下了帷幕。他搭上了爸爸的小货车，爸爸的小货车载的全是他们的生活用品。关上车门，李晓茂倚在车窗上，看身后远去的小超市，小车驶入拐角，那小超市落寞的光景便消失在李晓茂的眼里。

等小货车开上了大马路时，他也将思绪拉了回来，靠在车窗边，吹着风，望着迎面扑来的远处的建筑和人群。

风吹得真舒服呀！

车开上了高架桥，驰骋在高速路上，又开到了郊野，颠簸在泥土路上。泥土路上尘土飞扬，要是不关车窗，非弄得灰头土脸不可。

"爸爸，这是哪里？还有多久才到？"

"快到了,再十分钟,咱就到新家了。"

接着,小货车拐进巷子里,泥土路没有了,取而代之的是平坦的水泥路。他看见许多工人在炎炎夏日光着膀子从工厂里走出来。那些工厂有好多个大烟囱,大烟囱散出浓浓的黑烟,那黑烟向着碧蓝的天空飘去,不一会儿就散在空气中,浑浊的气体仍在飘荡,只是未被肉眼察觉。

"这是什么地方?"

"这就是高林啊。"

高林工业区,这是李晓茂今后要待的地方,他们就要安家在这里了。

从没见过城里还有这般景象。原来城里也有农田、屋舍以及杂乱的电线,再看马路,杂草丛生不说,地砖都是裂开的,车走在上面摇摇晃晃。经过餐馆时,往里一望,内置设施简陋到只有灶台和桌椅,一位老奶奶坐在小凳子上剥蒜,抬头时恰好与李晓茂对视。

终于到了!李晓茂一家抵达了工厂门口。刚才路过其他工厂时,李晓茂的印象便是一眼可见的宽敞便捷的电动大门、平整亮堂的大厂房、轻巧灵活的各式车具,还有许多工作人员忙碌其中,他料想爸爸的工厂也是如此吧!可他亲眼所见却是大失所望,他能看见的,只有莽草丛生,沟壑纵横的泥地,还有几间用木头和瓦片搭建而成的大棚子。

啪!一只蚊子狠狠地叮了他的大腿一口,痒得他龇牙咧嘴。这蚊子好毒,李晓茂妈妈也被叮了一口。接着又来几只,吓得李晓茂冲出工厂。李晓茂爸爸毫不在意,随口说道:"没事,你去上面小店铺买点蚊虫水来喷一喷,就好了。"

李晓茂心想:"爸爸怎么租到这么一个破地方来。"

可他只能自言自语地抱怨几句,他不能改变什么。

原先那些货物全堆在了正间的大棚子里,这间大棚子与其余的不一样，四面都用木板隔了起来，密不透风，可用来住人。厂房最大的木棚房在最里边，全是用竹子搭成的。大棚屋里摆放了四件大机器，有切割木板用的切割机，有磨边角的角磨机，有连接枪钉机的空压机，还有各种小机器，一应俱全。

李晓茂爸爸高兴地看着他的厂房，在畅想他的生意将会红红火火，将来稳赚大钱，坐着数钱数到手抽筋，他还能开上漂亮的小轿车。

几天后，李晓茂见到一人，他很意外，这人不是别人，正是他的大哥，他很好奇，大哥怎么会来这里？

原来，大哥是来给李晓茂爸爸打工的。然后，大哥就跟他们住在了一块。大哥放弃了在老家开店的工作，想来厦门闯荡一番，来李晓茂爸爸这儿做事大伯也比较放心，一来先适应一下，二来也好有个照应。

大哥身子特别硬朗，长长的斜刘海很像古惑仔电影里的"陈浩然"，大哥特别崇拜那些电影明星，所以连穿着都学着他们的样子。

工厂的机器运转了起来，李晓茂妈妈、爸爸、大哥三人每天都在工厂里忙碌着。渐渐地，工厂里那些长了杂草的空地上堆起了他们的成果。一个个栈板十分新亮，很难相信这是那些从破旧的木箱敲下来的木板再作为材料组装成新品的栈板。

栈板堆了一幢又一幢，老高了，要比围墙都高了，而且随着时间的过去，半个月里，共做好了七十六个。

爸爸说这是他接过的最大的单子，对方要一百二十个，一个月内要完成，只用了半个月，他们就完成了三分之一，足以见得爸爸对这次生意的重视。

再过一个月，暑假就要来到。李晓茂来高林也有一个月了，但自从来了这里，他有些不快乐，因为这里没有一个朋友，荒无人烟的地方，只有农田和工厂。大马路离他们这儿有好几公里，离塘边更有十几公里远，走路是走不到的，公交车都要转换两三回，况且爸爸又不许他跑那么远，再者，他根本不晓得怎么坐公交车到塘边，向北向南，他一概不清楚。一到周末，他就要帮爸爸干活，每天放学回来，他就见到左边的杂草堆上摆满了破烂木头，上面密密麻麻地钉满了钉子，妈妈坐在木头堆下弯着腰辛苦地拿着铁锤拔钉子，这个时候，他定要帮忙的。

因为离学校距离远，李晓茂坐公交回来，天色早已暗下来了，公交车只到高林站，要进高林工业区抵达他家，这区间除非妈妈开电动车来接他，否则他就要走好长的路才能到家。

李晓茂周末都要干活，像大哥那样上下班，他没办法像在塘边一样，到了周六、周日就到处玩耍。他常常干到精疲力竭，厂房里的木屑漫天飞舞，一天下来，他的脸及身子都是灰木屑，就连鼻腔里都填满木屑。

他越来越不喜欢这样的生活，所以，一下班，趁妈妈去煮饭的空档，他会离开厂房四处溜达一会儿。

这儿倒有老家的味儿，田野、竹林、果树林，还有溪流，都散发出大自然的气息。他自己四处奔走，走到哪儿算哪儿，然后天快黑时再回来。

他想起放学回来时会经过一个村子，他就跑过去看看，他想或许那儿也有跟他年龄一样的孩子吧！可没有，全是小学生，像他这样的初中生一个也没见着。

嚯！这个村子有个健身区域，旁边还有篮球场，不仅如此，有一个很大的戏台子。原来，这里并不像想象中的那样荒凉啊。

这倒解了李晓茂贪玩的瘾了。

吃完晚饭，家里的电视机接收不到信号，李晓茂哪里受得了这般无聊。他想出去走走，大哥要去买烟抽，早就出门去了。爸爸妈妈累了一天，还不到八点就进门眯眼睡去了。

于是，他自己出门去，他打算去村子里看看。

去村子的路依稀只见两三盏路灯，其余全是黑漆漆的，不时还传来工厂里大狗的叫声。晚上的风稍是凉爽的，但还带着地板散发出来的余热。李晓茂刚走到一半，就见工厂里出来好些人，有妇女和孩子，小孩子拿着塑料板凳，他们高兴地走向村子。

李晓茂感到好奇，等到了村子才知道，村子里的戏台搭起了露天荧幕。

"放电影咯！放电影咯！"有孩子兴奋地呼喊着，拿着小板凳从李晓茂身旁跑过，一到戏台下就放下板凳坐好，等待电影的放映。

这期间已经挤满了人，还有人家在自己家的天台上看，位置正好对着荧幕，那多惬意！

此时电影正播放着周星驰的电影《少林足球》，李晓茂想起在塘边时，自己就常常和伙伴们蹲在音像店门口看免费播放的电影。那种音像店里会贩卖许多录音带和影盘，可以购买，也可以租借，租借费用只需三元，李晓茂就租用过影盘放在自家电视上看，那会儿他最喜欢看的就是周星驰的电影，总乐得哈哈大笑。

他找了个石墩坐下，前排已经被占满了，除了小个的孩子能钻进去，再没什么位置站得住脚了，况且看电影时间长，仰头蹲坐在大屏幕前，会弄得脖子和腰椎酸痛。夏天正热，许多人趁着这个时间出来凉快，还有人光着膀子，手掌一瓶啤酒，边看边喝，好自在。他们大多是附近工厂的工人，唯有利用这个空档获得些清闲。

电影时长一个半小时，九点半刚好散场，原本平静观影的场上立马喧声阵阵，人们谈笑着，嘴里时不时吐出瓜子皮，每个人都满足地伸了下懒腰。

"不早了，也该回家了！"李晓茂也满足地伸了下懒腰，仰头望见夜空时，不禁赞叹月色美好，这会儿的星星和月亮是那么的明亮啊！

忽然听见有人喊他的名字，一回头，正巧撞见妈妈的脸，妈妈微笑着说："你还懂得跑来这儿。"

"你怎么会知道我在这儿。你不是在睡觉吗？"

"我醒来没见着你，我一猜就猜到你要来这儿了。"

李晓茂挠挠头，他想为什么妈妈没怪他，他不打个招呼就乱跑出来，肯定让妈妈担心了。

"走吧！回家。"妈妈摸着他的头说，"下次要出来记得跟我和你爸爸说下。"

李晓茂点头回道。

妈妈拉着李晓茂的手缓缓向家的方向走去，夜空中那轮巨大的圆月为他们照明回家的路，路灯似乎不再暗淡了，它有力地释放着它的光芒，水渠里、杂草丛中还有稻田上都发出夜虫清脆的响声。

看来，李晓茂回去的路不会寂寞了。

28

噩耗传来，李晓茂爸爸接着的那份大单，对方老板逃单了。就在这天早上，李晓茂爸爸还沉浸在做完所有栈板后就能拿到巨款的自我喜悦中，可突然一通电话打来，只听了一小会儿，他就眼前一黑，身体颓软，瘫倒下去，要不是李晓茂妈妈与他同在，他就要晕厥倒地了。李晓茂爸爸的表现让李晓茂妈妈大惊失色，等他好些后，她才焦急问缘由，她本来从李晓茂爸爸身上预感出坏事情，可真正听到这个噩耗时，她脸上瞬间失去血色，一声不吭，脑海中想到这个月来的艰辛，不由得涌出泪水。

李晓茂爸爸这几天都闷闷不乐的，大哥抽着烟，叹着气。妈妈不知道怎么安慰爸爸，只随坐在一旁。

李晓茂爸爸为了这个生意，已经掏光了他所有的家底，这样的打击他实在接受不了。可生活还要继续，能怎么办呢？工厂不能停下去，一停就得倒闭，刚开一个月不久就倒闭，这会令人耻笑。李晓茂爸爸恍恍惚惚三天才终于振作起来，跑去借钱。李晓茂爸爸向厦门的朋友都挨个借了个遍，然后又四处寻找订单，他要努力挽救生意。

又过了一周，工厂终于接来订单，工厂的机器轰隆隆地运作了起来。李晓茂爸爸怕重蹈覆辙，这一次他尤为谨慎，不再寻私人订单，他通过朋友的朋友介绍有厂房的正规企业，接这些工厂的散货单，又寻小公司，接零部件生产的流水线，哪怕再小的单子他也接。

意志坚强的爸爸忘记了吃饭，忘记了疲惫，全身心投入到这场斗争中来。

又过一个月，爸爸的工厂逐渐有了起色，生活恢复到正常的秩序中来了。李晓茂感到由衷的喜悦。爸爸妈妈开心了，他就开心了。

暑假来到，爸爸的工厂进行得如火如荼。工厂很难请得起工人，因此全家都要上阵，李晓茂也不例外，他都十三岁了，能帮上家里的忙了。

李晓茂干活格外卖力，他负责简单的粗活，敲掉废木板上的铁钉，那些废木板都是一些工厂拆卸产品后丢弃的外壳，这可都是大宝贝，只稍把钉子去掉，重新切割再组装，又能做成有用的木箱或者栈板。

暑假时，他的表弟从老家来厦门。表弟想来赚些零花钱，所以他来了，在爸爸的工厂里，与李晓茂一起。表弟只比李晓茂小一岁，李晓茂对他这个表弟不是很熟悉，只在过年时见过几面，表弟的到来令李晓茂高兴，这表示他终于有与他差不多岁数的玩伴了。整日在工厂做事，他像个大人那样，早起干活，然后下班点结束，精疲力竭后，倒头睡去。日复一日，重复而重复，身心俱疲，这样的生活他实在不喜欢，他没有朋友，也没有娱乐，做工却要比那些工厂里的叔叔阿姨还要卖力。暴晒在太阳底下，渴了就喝水，然后继续干。结束后，连个聊天讲话的人都没有，即使是到处溜达也只有他一人。

现在好了，表弟来了。爸爸对他们说："现在起，你们每工作一天，我给你们二十元。你们可以把钱存起来，到时候买自己想要的东西。"

李晓茂一听高兴坏了。表弟一来，爸爸就发工资，算一算日子，一个月能拿六百元。他原本还觉得工作累人，现在不由得精神振奋。

于是，李晓茂更加卖力地干活，他本来又瘦又小，单凭着蛮力干活。来车卸货时，他手疾眼快，顶着大太阳，咬着牙，将木头一件一件快速地卸运下来。装车时，跟课桌子一样宽的扁木盒他能顶着肚子抱起五个，五个木盒堆起来的高度都要盖过他的鼻子了，从厂房搬到货车上，二十米的距离，他没喊过重，也没喊过累。

他这样拼命，只有一个目的，那就是得到那些令人心花怒放的夸赞声。

爸爸夸表弟干活勤劳，做工有方法，人长得壮实，做事积极，吃苦耐劳……

妈妈也是如此，他们俩非常喜欢表弟，表弟的一言一行都包裹着他们热情的赞赏。而李晓茂呢，竟无半点夸奖，反而遭到说教与批评。

无论李晓茂怎么努力表现，爸爸妈妈永远只把赞扬给予表弟。李晓茂拼尽了全力，都没得到一句宽慰的话，他太累了，只是去喝口水，妈妈就说："李晓茂你怎么又偷懒了！"李晓茂只是去上个厕所，妈妈就又对他说："懒人屎尿多，你看看你表弟都没你事多！"他被太阳晒得有些晕眩，想去休息一会儿，爸爸就会说："一点小问题就偷懒，你看看你表弟，他怎么没事，你是不是又想偷懒，你就不能学学你表弟吗？"

李晓茂啜泣哽咽，他明明很努力了，可根本得不到爸爸妈妈的认可，他觉得委屈，眼圈都红了，爸爸都没安慰他，还说他不值得那二十元一天的工钱，要扣他钱。

李晓茂差点哭出来，他很不明白，爸爸妈妈对他的爱都去了哪里？这一切从表弟的到来都变了。他开始讨厌表弟，都是他的到来，才使得自己遭受这般的待遇。他也讨厌爸爸妈妈，他这么努力的表现也得不到他们的褒奖。

李晓茂爸爸妈妈对表弟很是关心照顾，不仅好言好语问候，就连好吃好玩的都给他，给表弟夹肉盛饭，又给表弟买衣服。李晓茂甚至觉得自己不是爸爸妈妈的孩子，表弟才是。

这样的苦楚整整折磨了他一个暑期。这期间，他常常以泪洗面，忍受痛苦，他想过离家出走，让父母后悔，他的脑海中就只有一个想法——爸爸妈妈不爱他了。

他开始反抗，不再理会爸爸妈妈的话，干活也不再卖力了，随爸爸妈妈他们怎么说吧。

爸爸妈妈见李晓茂这样，还怪他变得懒惰不勤快了，经常出言讥讽他。李晓茂无力反驳，只能默默忍受。

李晓茂学会了自我排解苦闷，有一块闲置的杂草地，他在上面开垦出农田的形状来。他要种点东西，以此来消除自己的苦闷。种点瓜果吧，这样似乎有点乐趣，也解了自己的心结。既然爸爸妈妈不喜欢自己，那何必要理会他们呢！他要用这样的方式反抗，这是他小小年龄能做出的最大限度的反击。

随他们说去吧，"懒惰""不勤快"这样的词在他彻底放弃挣扎时已经听得不下二十次了。他小时候就常帮爷爷耕田，那是他最幸福的时刻，爷爷的言语中全是美妙的呵护和赞扬。

吃饭时，李晓茂也不与他们同桌了，他内心认为自己已经不是爸爸妈妈的孩子了，只是外人而已，他想着自己赚够了钱就离开。他把所有的不开心都藏进自己的心里，强颜欢笑是他仅能表现出的一点情态，其余时候他都不言不语。

李晓茂的不开心并没有打动爸爸妈妈，他们反而认为李晓茂在耍脾气，他们也不认为这是自己的错，不认为是自己导致李晓茂心理扭曲的变化。

他们会为此付出代价的。

这一刻，李晓茂的情感里缺少一种家庭的爱，他不再管爸爸妈妈的事，如果爸爸妈妈吵架，他只会神情漠然地走开，他不再去关心他们，也不会在意他们的态度。

暑期将要结束，表弟回去了，回去时，表弟的存钱罐里装满十元、二十元的纸钱，而李晓茂的钱仅仅一百来元，这样的落差令李晓茂心灰意冷，他的那颗心就好像掉入了冰墓穴里一样。他作为年长一岁的人却要接受如此巨大的耻辱，这怎能不令他内心沉重呢！

表弟满心欢喜地回去了，可李晓茂开心不起来了。

他花了三个月的时间把这段痛苦的记忆消散了去。可谁知道，寒假一来，表弟又从老家来了。这表示，他的磨难又将开始了。

为了不让闲置在仓库里那些货品占位置，爸爸打算把工厂里用来住人的房间，那面朝北的墙壁打出一个门面来，这堵墙正好面朝马路。不到一天时间，墙体打通，卷帘门做好，连货柜也买来拼装完成。

一个简陋的杂货铺建好了。

可笑的是这条路上毫无半点人烟，就算过往的车辆从早晨数到晚上也超不过十个指头，而周围只有农田村舍以及厂房，谁会需要这些东西呢？所以，杂货铺的生意冷清到连路过的阿婆看都不看一眼。

这不得不说爸爸的心血来潮用错了地方，不仅大费周章，还吃力不讨好。

李晓茂精心伺候那片开垦出来的田地，终于迎来了秋收。早前，他为使得瓜藤茁壮成长，不惜用自己挣得的那点钱购买农田阿伯的肥料，一周施肥一次，才使得瓜叶长得油绿健康。见瓜叶被太阳暴晒，缩成卷了，又找来黑网搭起木棚来罩住。这些努力都结成了果实，不枉他用心地辛勤耕耘。爸爸见了还笑着说："你要是读书有像种田这么努力就好了。"这些话，他听了不下十遍。他在心中反驳：读书要真像种田这么简单就好了，我的脑子要真这么好用就好了，读书要真像看书那么悠闲就好了。谁都想简单地生活，可偏偏人有差异，怎能更改呢！他没说出声，因为他知道，即使他说了，爸爸也会用其他极其严肃的话来反对他的言论。

第二年，工厂地主将租金提高了，爸爸受不住这样高的租金，决定搬厂。他又搜寻了一遍附近要出租的土地，寻来寻去，终于看中村子里头一处废弃的空地。

暑期前，爸爸就将工厂全部迁移过去，连同那些卖不出去的杂货物。

工厂的机器又隆隆地响起来了……

面对那些杂货物，爸爸实在不甘心这些货物一直闲置着占地方，想到自己已经置身于村子中，那么只要有人，就不愁卖不掉，于是，他把隔壁的一家小仓库租下来，开了一间杂货铺，专门卖那些闲置货品。买卖靠妈妈，工厂靠爸爸，他们赚钱的信念从没有减弱。

好在村子里人多，而且没有一家有卖工具类和生活用品类的杂货铺，所以他们的生意还算可以，可能爸爸也发现这一点，他还自豪地说这是他的生意头脑发挥了作用。

29

　　李晓茂还在课上愣神时，窗口突然出现班主任的身影，他一见班主任板着脸看着他，吓得后背冷汗直流，班主任上讲台与任课老师小声说了一句，然后突然叫李晓茂的名字，要他去门口一趟。

　　李晓茂出了教室门，班主任对他说："你爸爸来让我跟你说，你家里有急事，让你收拾下书包跟他走，我给你请了假，你现在就去收拾书包吧！要尽快，不要让你爸爸等得着急。"

　　李晓茂没问班主任是什么事，他回到座位，然后自顾自收拾好书包。班级同学在上学期间请假离开是常有的事，所以这并不是什么稀奇的事，同学们只是暂时起了好奇心，但谁也不敢突然拦住李晓茂问他发生什么事。随着任课老师重新示意同学们回到课堂上继续聆听课堂知识后，就再没有同学去想刚才李晓茂的离开了。

　　出了校门，爸爸的小货车已经等在了校门口。爸爸让李晓茂赶紧上车，爸爸的脸上没有了任何笑容，严肃又有些落寞的样子让李晓茂心头一紧，他不晓得即将要发生什么不好的事。

车上，爸爸没有说话，车内显得异常平静，风呼呼地刮着，不一会儿乌云就遍布天空了。

车行驶在回家的路上。

窗外噼里啪啦地下起了大雨。李晓茂忽然看见不远处马路边的妈妈，她手上拿着行李，一手还遮着伞。

"快上来。"爸爸喊了一声。

雨声太大了。

妈妈上了车，雨下得更大了，车的雨刮器不停地来回刮动。

李晓茂问："我们这是要去哪里？"

爸爸说："你奶奶去世了。"

突然间，天空闷雷滚滚，阴沉的可怕。李晓茂的心跟着一颤一颤的，他着实害怕了，他把头倒在车窗玻璃上，脸上显出悲伤的样子。

小货车一路奔驰，三个小时后终于开进了李溪村。

李溪村的村路沿街口都挂满了白布条，那座老宅此刻再见时，却是那么庄重严肃。李晓茂忽然觉得，自入冬以来，天地近乎荒芜，草木枯萎，到处都是凋零的生命，连同白色的锦缎无主地飘扬在房梁架上。

爸爸一下车，脸便已惨白，他明明已吃过早饭的。

晒谷埕上站满了人，他们身穿麻衫，头戴白巾。大伯抖着烟，神情漠然又带有阴郁，他来到爸爸身边，拍了拍他的肩膀，说："昨晚就去了，憋不过最后一口气。哎……"

爸爸的眼睛红了，喉咙哽咽，一句话都说不出来，他静静地走进老宅。

李晓茂郁郁寡欢，他看着这样寂静的广场和肃穆的老宅，心底说不出的难受和害怕。他抓住爸爸的衣角，跟着他走进老宅。

厅房内，一众亲戚都在此，有人抽着烟，有人流着泪，他们大多是旁系族人。还未走进灵堂，哭诉声便传来。

爸爸一进灵堂，见到一口棺材横放在中央板凳上，他撇开李晓茂紧紧抓住衣角的手，冲了上去，疯了似的呼唤着他的妈妈，爸爸终于绷不住了，像个孩童一样号啕大哭。

这样的氛围，李晓茂当即禁不住了，跟着号哭起来，旁人知道这是孙子辈的李晓茂，便为他披麻戴巾，领他来灵堂一侧跪下，同在的有他大哥、二哥等人，他们早已哭成个泪人了。

李晓茂低着头萦想儿时与奶奶的生活片段，想起奶奶对他的好，他的心更痛了。

哭是他最后离别奶奶的情绪宣泄，他只有哭，他后悔辜负奶奶对他的好，他后悔长大了，他后悔离开了乡，他后悔没有多陪陪奶奶，他也后悔两年才回一次，后悔没有报答奶奶的恩情，连礼物都没给奶奶买，他觉得自己无情无义，愧对奶奶的好。

灵堂前，请来做法事的道士敲起了钵，嘴里念叨着俗事儿语，按闽南这带的讲究，这道士念的是李晓茂奶奶一生的因果、善行、为人，说奶奶的丰功伟绩，说奶奶为李家做出的贡献，讲述她平凡且伟大的一生。

人的一生很短暂，可是这人可以做的事却很多，这事又分好事和恶事，好事占得多，那这人就能上天堂，坏事占得多，那这人就下地狱。

奶奶所做的事可感天动地，叫为十里八乡人人称颂，所以奶奶是要去天堂过好日了的。不仅如此，她的子孙越多，她走得越有面子；为她送葬的人越多，那她的声望就越高。

人啊，这辈子不求荣华富贵，但求多子多福，这是李溪村祖祖辈辈得以传承至今的因果。

奶奶去了，她静静地躺在棺材里，送葬的队伍排成了一条长龙，村里街坊没有人不送她一程的。尤其是那些与他一样迟暮的老人，他们可能也在惋惜自己的岁月将至吧！

炮仗轰天响，一响青烟起，二响云天纵，三响铜钟嘡。数子哀涕泪，苦娘因获福，苍染红天煦，子延万代秋。

奶奶的离去，也让儿孙醒悟，至亲都将老去，陪伴的时间不足以用长短来衡量。

可知道这些明理又能怎样呢？生活还是要继续下去，一刻都不能停歇，社会的更迭是不会因为亲情而止步的，异乡的眷念也只能成为遥远的奢望。也许现在的努力，是为将来不重蹈覆辙，过着寂寥滋味的生活吧。

爸爸守孝七日后，便也要带着李晓茂回归那座他们长久以来生活的第二座故土了。

没有人可以选择出生，但却可以选择怎样过好自己的一生。爸爸为之奋斗的目标就是成为"城里的人"，这样来说，他何尝不想着改变他贫苦的状态呢！

奶奶躺进土里，李晓茂匆匆一别，来也匆匆，去也匆匆，故此，不知李晓茂会不会在时间的流逝中渐渐失去了怀念？想是不能吧！这总该是为人子孙的执念。

人死如灯灭，如果连亲人都忘记了过世的人，那这人就真的不存在了。

30

　　李晓茂爸爸的小货车淘汰了，它终于卸下使命，丢进了汽车废品站，然后让报废压缩机压成了一块扁又宽的铁疙瘩，堆放在成堆的铁件当中。

　　爸爸有钱了，不仅购置了一辆加宽加长的大货车，还买了辆黑色小轿车，这是爸爸艰苦奋斗得来的回报。

　　这年李晓茂初二即将初三，暑假时期，家里再次迁厂，迁到一处高山上。在李晓茂的印象中，爸爸的木材厂从没像那些大厂一样宽阔整洁，就像是随便找一处废墟地，搭几个大棚，放置几台机器，工厂就运作起来了。如今这个厂址也跟之前差不多，砖瓦残破，连围墙都只围了一半，其余地方还落了几处坑洼。不仅如此，厕所还得自己造，挖个深坑，砌四面墙，顶上用竹和瓦盖起来，这就成了，简陋到雨天漏雨，水滴溅湿了衣裤。

　　至于那住人的房子原先就有，但看起来就形同土窝，连进房的门都跟老家的木门一样，钉个木栓以防偷窃。李晓茂想这样又破又烂的屋子，窃贼都不会看一眼吧！

李晓茂不喜欢放假，因为放假他就要像大人一样上班，做工厂里的累活。而且，他的表弟会来跟他一起干活，届时，那些大人的眼里又只有他的表弟。人言可畏，谁不愿意得到嘉奖与赞美呢，可能是这些大人从不懂什么叫爱的均等分配。因为这些事情并不在他们身上展现，他们似乎也不懂出口伤人的可怕。

李晓茂没法离开，他还只是个未成年孩子，无从选择，却又独自承受。这是他性格越来越自卑的缘由。

他从来都是一个人。

后来，父母再吵架时，他学会了冷漠，他不再考虑这些问题，他只求得自己心安理得。

像所有孩子一样，他热衷于电脑游戏给他带来的快乐的感觉。这种诱惑没能令他止步，为此，他挨了不少爸爸的责骂。可他不在乎，因为他也没得到多少来自爸爸的赞扬和肯定。那些赞扬是给表弟的。他嘛，只能获得责备和贬低。

他又瘦又小，可他很努力地干活了，但他只要累了，去休息一会儿，爸爸就认为他在偷懒。那样热的天，身为小孩，顶着太阳干活，他不过一会儿就没力了。可爸爸好像忘了他是小孩，拿他同大人比较。表弟也累，他偷懒时，爸爸就当看不见一样。可能这就是别人孩子和自家孩子的区别吧。自己的孩子觉得无所谓，任打任罚，随意责骂，别人孩子要呵护着，怕伤着又怕累着。大人们从来都只会用不健全的伪情愫来遮掩自己丑陋、黑暗及虚伪的内心。然后堂而皇之地夸赞自己的"美德与付出"。

表弟之所以到来，却是双方父母的一句话，他们以锻炼孩子为借口，夺取孩子玩耍的乐趣，他们不在乎孩子的心理感受，只凭一句为孩子好而操纵他们去做他们认为对的事。

所以，李晓茂身为情感的受害者，逐步在这样的生活环境中形成内敛自卑的独行人，他的父母难辞其咎。

每次暑假，李晓茂的表弟都能满载而归，而他却是从心底里到身体上的伤痕累累。可他依然是个善良的人啊，每次搬家带给他的都是孤独，总在父母身旁，没有可以互相玩耍的伙伴，对谁都说不上话来，好不容易有表弟这么个朋友了，可他却因为父母的偏爱缘故对他的表弟又喜欢又讨厌，喜欢有这么个伙伴，讨厌他夺走了父母对自己的爱。他知道这不是表弟的错，错事全归咎于父母。

表弟走后，他还是主动写了封信给表弟，来表达自己对他的歉意。李晓茂把所有委屈都留给了自己，可他并没有错呀！

初三那年，李晓茂迎来了中学考试。

毕业后的那天中午，爸爸来接李晓茂，在爸爸的小轿车里，李晓茂低着头不说话，他心底悲伤，没法去看爸爸的眼睛，爸爸叹了口气，说了些不好的话。可结局已经注定了，他没能考上好高中，他这样的分数只能上普通一些的高中，距离父亲经常挂在嘴边的重点高中差之十里。

小轿车开回家去，一路上，李晓茂闭着口不说话，爸爸也不说话了，李晓茂的视线只有窗外来来往往的人群和远去的行道树。

骡子不停地劳作，就渴望一口萝卜，每个人从出生开始都像一只没有思想的畜生，活着，用尽全身力气活着。

城里的人为了生计，不敢想毫无边际的事，即使在失落不得意时，还是会咬牙坚持，争取有一天得到自己想要的东西。可人生而有别，区别于智慧，聪慧的人往往更容易得到，根本无须他争取，因为他本身的智慧就胜过勤奋；又或者区别于出身，那些本来就立身于本土的居士自然比外来的苦者要来得好一些。

李晓茂的爸爸不懂如何教育孩子，因为他本身就没有任何物质条件给予李晓茂优质的成长。每个人的发展就犹如小齿轮的转动，稍有一粒沙尘就足以改变轨迹，进而形成不可逆转的趋势。

向前，向前！为了生活。

31

　　初中一毕业，前途都已了然。同学们各奔东西，去重点高中，班级就占了七人，二十几人去了一级和二级高中学校，成绩稍稍可以的人去了普通高校，除却个别去了专校。当时大人们给孩子们的说法是这样的：去了专校意味着这个人的人生从此灰暗、堕落，就如一颗不会引人注意的小小秧苗，随时任人撺折，是生活在底层圈子的人。不仅如此，专校的人都是一些不学无术的人渣，问题少年多如牛毛，同他们在一块，染缸一染，也能生成他们一样的脾性。到那时，这人的一生就毁了。家长们常常给自家孩子讲一些在专校发生的坏事案例，想以此让孩子为借鉴努力读书。为了吓唬孩子，他们形象而直接地断定了那群专校孩子此生的贫苦与低贱。

　　好在李晓茂没有去到这种学校，他还是要学习的。

　　高一时期，李晓茂结识了班里的一群男生，他腼腆的性格自然不是主动结识，而是男生们抱成一团，结成了很好的友谊。

　　下课一有时间，男生们都要冲到楼下，到操场上踢球，仅利用大课间的三十分钟。高三的学生是没有时间娱乐的，他们要不停地刷卷子，高二的学生热衷篮球，高一的学生以踢球为乐。

李晓茂从打篮球到喜欢足球仅仅不过半刻工夫，他的兴趣由班级同学决定，大家都以踢球为乐，怎好意思不合群做其他事去呢！

事实上，他在小学阶段就已经有培训过足球，只不过培训了一个学期就停止了，他确实不是踢球的料，很多踢球的技巧怎么也学不会，因此他越发对足球失去信心和兴趣。

可不知怎的，与那么一大帮同学踢球，反倒觉得踢球很好玩，他来了兴趣，对踢球逐渐热爱。年段有个踢球很好的人，他叫关跃，个子很高，性子沉稳，说话少，却极喜欢踢球，一大群人扑上去抢球，他轻松就能带球躲过，继而大力抽射球门，少有人挡住他的射球。李晓茂很羡慕这样会踢球的人，而且这人的脾性与外表很符合女生们看的言情小说里的人物偶像。

放学时间早的时候，球场都会成为他们的主阵地。常常是一群人赶着一粒球，从操场中赶到操场边，再从操场边赶到球门边。没有多少人会踢球，又迫于人多，乱作一团，胡乱踢来踢去，但不管怎样，全身跑出汗水，累得气喘吁吁，再给凉风吹拂一下，那今天的快乐就到此于止了。

有一个极具痞性的学生，他叫徐东海，外号麻子，因一脸麻子，而被他从初中一起升学上来的同学取的外号。这么多人都有外号，不管怎样，大家都叫着玩儿，没谁在意。看到徐东海，李晓茂就想起远在家乡的李良平，徐东海身上有他的影子。

这与徐东海一起升学上来的初中同学后来成了李晓茂的极好朋友。他们相遇，仅仅是因为放学同路，聊着聊着就结伴而行了。此人名叫陈幕，陈幕性格开朗，但又不喜滥交好友，他看李晓茂仅是一眼之缘，觉得李晓茂人不错，才会与他成为朋友。

只要上学期间，他们几乎形影不离且无话不谈。陈幕也喜欢踢球，但他这体格明显不善冲前奔跑，所以他任守门员再适合不过，他倒也乐意做这个守门人，守门员很少人愿意去当，大家都喜欢冲上去带球，这种快意的感觉为不少人所热爱。但也竟是如此，也很少人愿意将球传给队友，喜欢单打独斗，等球丢了才懊恼自己技不如人或是被人责怪不懂团队合作。

陈幕的学习比李晓茂要好些，尽管大家对高一的学习成绩并不重视，他们认为还可以挥霍一年的时间来娱乐，等高二再努力就是了。

这一整年里，大家都沉浸在各种运动的乐趣中。李晓茂又把兴趣转移到乒乓球上，他还因此结识其他班一些乒乓球爱好的同学。这些同学身体素质都没有球场上那些人的健硕，却能凭借他们对乒乓球的玩法独树一帜，玩转乒乓球场，令人羡慕。

能在乒乓球桌上说说笑笑，巩固友谊，又以切磋，互相嬉闹，远比球场上单打独斗来得有趣。也不尽然吧！不管是踢球还是打乒乓球，都应有各自的乐趣，这是对人而言。

这个高中学校并没有像其他高中学校来得那样的混乱，只是学校里总传出其他学校之间学生互相霸凌的传闻，这类传闻都是骇人的，比如说高中生成群结队组建帮派去他校殴打他人，又如校园欺凌，攻击受害人，又或是为了女生争风吃醋，把对方打残等行为。

传闻终归传闻，可李晓茂听着胆战心惊，要遇上这种事，他自知不该如何是好。听此前他的同学跟他说起，有一高三学长耍威风，下手不知轻重，把人打成脑震荡，赔了几十万，还被学校开除，这等结果于双方都不是什么好结局。对李晓茂来说，自己能顺利毕业考上大学才是重要的。

可以说高一时期给了李晓茂最大限度的快乐。他庆幸在这个学校，这个阶段，他不会受到各种难堪的刁难，也不会受到无故的歧视，更不会有人来欺负他。

青春并不会因为短暂的失去而沉浸在无边的痛苦，每个人都要争取，不要错过留在这个时间内的经历。如果人总要学会乐观面对生活，那不如用心体会之前和之后的另一种感觉。仅仅是为了自己，也一定要这么做。

32

"她坐过来了,她坐到我身旁了。天哪,她太美了。"

李晓茂涨红了脸,呼吸急促,他不敢相信,他暗恋的梁虹坐在他旁边的位置上,且离他非常的近,他不禁咽了下口水,时间多么短暂,他又咽了下口水。

他暗恋的梁虹,一双明亮的眼眸,大眼眶包裹着,晶亮剔透;还有那张迷人的微笑,青春的气息就藏在其中,每当她微笑时,李晓茂的心神便跟着荡漾,仿佛是一波秋水忽然汹涌澎湃。

他无法将眼睛从她身上挪开,他的脑海里有她,他的青春里有她,可他不曾拥有过她。异性的吸引总在青春的骄阳里朦朦胧胧,一层道不清、说不透的爱意。李晓茂从不觉得拥有了就能保持绝对的忠诚,他深知失去的痛苦,所以,他大胆的不是追求,而是暗自喜欢,这就足够了。

"你在做什么?"梁虹突然向他问道。

他颤抖得不知道说什么好,支支吾吾地蹦出几个字:"没干嘛，写练习本。"他目光逐渐模糊，并没有去认真地看练习本上的数学题。

身后传来数学课代表张儒佳的笑声："你写错了！"

李晓茂发出"啊"的一声，他哪知道自己写错了哪里，从数个整合的数字中寻找错误，无疑是对他混乱一片的头脑所提出的一种不对等的挑战。

"这里啊！笨蛋。"张儒佳单膝跪在椅子上，单手撑在课桌上，脖子伸长了，俯身探到李晓茂的肩膀一侧，手臂伸前，指了指他的练习本中的那处错误位置。

"啊…嗯，谢谢。"李晓茂既像惊弓之鸟，又像呆头鱼娃，忽而不知所措，忽而大惊失色，忽而又做出一副恍然大悟的样子。

他这副滑稽好笑的憨憨样子惹得近旁的梁虹扑哧一笑。

李晓茂的心忽然咯噔一下，接着如同海水翻涌，此刻他亦不能再平静下来。喜欢一个人，竟有如此焦躁不安的心境。教室里的电风扇转动着，窗户大开，两系说不出什么名字的风恰好相汇，教室里翻涌着青春的气息。

李晓茂舌头抵住上颌，痛苦地咽了下口水。

"肖老师来了。"旁人喊道。这时铃声响起，同学们开始移动，陆续走回到自己的座位上。

这一刻，李晓茂才从紧张的情绪缓缓平静下来。

下午，蝉虫鸣叫得厉害，似乎整个夏天的舞会都是它在渲染气氛，那些声音就像永不停歇的流行乐曲轮番播放，倾听的人也有，就是那些侧耳托腮，摇头观外的发呆学生。窗外的大榕树遮天蔽日，再有凉风吹拂，怎会不装作沉思的学者来思考今生与未来！

李晓茂跟梁虹实际上并无交集，高二分班，他选了文科，他怎么也想不到选文科的女生会这么多，乱花渐欲迷人眼啊。开学报到的那一天，他独自选坐在最后一个位置。

老师未到，班级熙熙攘攘，吵个不停，他侧卧在课桌上，面朝窗外，看外面蓝天白云。忽然耳边传来一声："同学，你旁边位置有人吗？"

见李晓茂无应答，她摇了摇李晓茂的肩膀，李晓茂还沉浸在自我清闲的幻想中，忽然被人摇醒，他回头答道："啊？啊！没……没人。"原来，教室差不多坐满了人，李晓茂旁边的位置空着，桌上摆着几本书，让人误以为这桌已有主人。

这询问的女生就是梁虹。

睁开眼看梁虹的那一刻，李晓茂刹那间惊神了，仿若见到仙子，倾心拂动，难以平缓。梁虹那天穿着青色的连衣裙，肩膀及手臂上，那透白的肌肤毫无遮掩，清晰地印记在李晓茂的脑海中。李晓茂顿时清醒，仿佛清风袭来，一时不觉疲倦，愈加精神抖擞。

可这般旁若无人的"盯梢"，顿时引起了梁虹的注意，他赶忙挪开视线，朝外看去。老师恰时走进，铺说一些开学后的注意事项和学习要求。

梁虹的坐姿坐得那叫个直挺，怪不得她站起来，一米七的个头，精气神全显现在她的身姿上，那气质与生俱来，远远看去，独有一分傲莲的既视感。

本想有个俏姑娘坐在身旁，李晓茂觉得妙不可言了。可自己心头紧张，浑身丝毫没有松弛下来，就觉得这也不是什么好事，好像有什么魔咒一般，禁锢着自己，使自己无法动弹。李晓茂觉得一般好又一般坏，既可有，也可无，但转念一想，有的话必然好啊。当心底窃笑思想着，天却不随他愿，即下，肖老师就开始换座位了，李晓茂的发育算是长足了个头，其实还算得高点，理应坐在后头，可比他高的也大有人在，甚至高到一米八，坐后排也轮不上他了。梁虹挺拔的身材，也恰好比班级里的女生都要高。

梁虹离开座位的一刹那，李晓茂的心咯噔地不止一下。

李晓茂被安排在第三排，与梁虹的位置相差甚远。梁虹的身旁有了其他的男生，一个巨胖的家伙，相貌平平，甚至有些臃肿。李晓茂见了这幅换位的场面，心乱如麻。

　　时间飞快，将近期末考。

　　李晓茂对梁虹的喜欢丝毫没有减少，但他只敢偷偷看她，尤其下课，他就喜欢坐在座位上，不时地瞭望教室后面，看着同学们在教室后面嬉戏打闹，看着同学们在后排座位窃窃私语，恰好时机，他的目光微微侧移，独聚梁虹身上。

　　"喂！你认真点。"同桌陈灵荷狠狠地掐了下他的胳膊肉，李晓茂痛得不行，惊恐地看着她。

　　"你掐我干甚。"

　　"你要认真些啊，怎么总爱发呆出神？思春啊。"

　　"你……你才思春。"

　　"不是思春，你老盯着人家看干吗？"

　　"我才没有，我是看后面那些同学在玩好吗？"

　　"嘿嘿……"

　　陈灵荷瞥了一眼后方，又嘻笑地看了眼李晓茂，眉眼中都是挑逗，想说的话不言而喻。

　　陈灵荷是班里的学习委员，成绩名列前茅，她受班主任的明意来帮助李晓茂。李晓茂却对她很不感冒，觉得她野蛮，性子彪悍。陈灵荷的相貌在班里并不出众，虽经常受到老师表扬，可男生们绝不会喜欢她这副盛气凌人的外表。偶尔还有男生拿她开玩笑，谣言她跟哪位同学好上了，因班级女多男少，又值青春时期，聚众就爱说些流言蜚语。

　　"好啦，我有在写。你别老掐我，很痛的啊。"

　　陈灵荷笑着说："你要是期中考能考好来，我就不掐你。"

　　"好男不跟女斗。"李晓茂转头就去写他的数学作业。

陈灵荷对李晓茂的滑稽表演习以为常，其实他是知道李晓茂在想些什么，可她没有点破，甚至有些懊恼于李晓茂的行为。她对李晓茂算蛮有好感的，李晓茂人是善良的，从未说些污言秽语，语气也轻柔，不像其他男生那样乖张无礼，反显书生意气，但这书生却无半点才华，有时还挺柔弱的样子。见李晓茂奋笔疾书的样子，她心底升起一丝愉快，嘴角微微上扬，半笑着哼说了句："还往自己脸上贴金。"

　　李晓茂一听不恼，反倒乐呵呵地说："来，好同桌，这题怎么写。嘿嘿……嘿嘿！"

　　"不教，你是好男，那我就是坏女了。你都骂我了，那我还教你，你忘恩负义，我怎敢教顽化之徒。"

　　"啊——我错了，我说错话了，对不起啦，哈哈哈，我是坏男，你是好女，哎呀，别这样嘛。大人不计小人过，快教教我，要上课了啦……"

　　陈灵荷故作高冷，却见李晓茂嬉皮笑脸又美言好语称赞她，心底不禁好笑。抵不过他的软磨硬泡，她最终给他解了那道数学题。李晓茂的好学之心还是有的，只是愚笨，需听好几回才懂。陈灵荷不厌其烦地教他，他也觉得不能亏待陈灵荷，所以常常买汽水给她，或是在其他事情上对她照顾一二。

　　可能是他俩彼此上心的缘故，竟也给班里同学传成两人似在交往的样子，害得他羞愤，不敢再去与陈灵荷说话。而他再去看梁虹时，心里便会莫名出现害怕和紧张的情绪。

　　没了陈灵荷的帮助，他又不敢问老师，李晓茂只能向后桌或者前桌问问题，可他们哪里像陈灵荷这样耐心和好意地教授他，他心里叫苦不迭。

　　入秋了，同学们相继穿起厚厚的长袖衣，外套是秋季校服，最流行的要数帽衣，校服外露出个帽子很有特色，冷时套头上，或是午休趴桌上瞌睡时，也能用作取暖。青春的服饰只能是外显校服，无法彰显个性，所以，这后背的一抹颜色就是少年们仅留存的青春张扬。

课间这会儿，用MP4听歌便是独属高品位的事情，好多家境不错的同学手里都能有一副MP4，听最流行的音乐和炫耀自己喜欢的歌星本身就是一件内心充实的事，但他们也时刻谨慎，防止被老师发现它的存在。

李晓茂就喜欢悠闲地坐在座位上，背贴在墙面，拿着最新一期的杂志看，《意林》和《读者》还是非常受学生们的欢迎，再不然就看《故事会》《花火》等杂志。他看累时，还会站起来看看窗外。偶然，他会将余下的目光瞟向教室后的梁虹，梁虹的侧脸在晚霞的辉映下美得仿若人间素青一般，又见她认真书写，那独染一身的烟火气息，不禁让李晓茂心底澎湃，脸红如胭脂，羞涩如闺中红秀。像李晓茂这样的目光不止他一人投射，有三束，均来自爱慕者。也是，谁会不喜欢美丽又活泼的梁虹呢！她是班里最令人瞩目的存在。

时间晃晃一过，一学期就这样过去。

李晓茂始终没有勇气表明自己的爱意，少年的爱来得那么卑弱，以至于宁愿深埋心底也不敢妄言什么懵懂爱情。但这是他最后悔的事。

梁虹有了男朋友，便是坐她身旁的那个胖子。比他高，也比她高。所谓近水楼台先得月的意思怕是李晓茂理解得最深刻的诗句了。

他的目光再次扫过时，她的颦笑全只在她身旁的那位同学身上了。李晓茂觉得天要塌下来似的，他所有的情绪在这一刻崩坏了。他无力地注目，失去对学习的渴望，也失去了对美好生活的向往。往常，他的心里都能装下整个春天，现如今，他的心只如四季之一的寒冬那样冷冽了。

喜欢的人成了别人的恋人，这是一件痛苦的事。

33

  等冬来后,天更冷了,学生们穿着厚厚的棉袄,双手互相摩挲,嘴里哈着热气,行走在校园的每一处,天虽是冷的,但大家的热情却不灭却于萧寂的寒冬之中。学校花园中,那五棵桦树纷纷落了满地的叶子,池塘也落了数片,园林师傅在剪常青灌木时,帽子上常扣着几片大叶榕树的叶子,楼上出来看景的学生们欢呼着,为老师傅的新帽子喝彩:头上一顶绿,日子过得去。

  南方这样冷的天,室内是没有暖气的,厦门大多数学校也没有空调制热这一说,所以,谁穿得越臃肿,谁越暖和。可勇敢的人也不少,隔壁班有个穿短袖的少年,看他神情淡然自若,完全不在乎冷风的无情肆虐。许多人以为他在装样子,惹人眼球,断言他明天就会得个重感冒。可这少年真就不怕冻,连续多日穿着短袖、短裤,还敢在洗手间的水盆里仰面洗脸。有人笑着说,不知道他是被哪个班的女生甩了,心底里的冷盖过了这酷寒的天。老话讲,正所谓,悲痛万分则心灰意冷,这才能抵抗得了这无情的寒冬。那么,他曾经也是一位柔情似火的有情人呀！不过，这都属学生们闲聊时的废言，几句过后，又扭转话题说与别处。

　　李晓茂的心也是冷的，他曾几次见到梁虹依偎在他同桌肩上。他们的事全班都已知晓，对他们腻歪的行为见怪不怪，再者，像他们这样的情侣做的事情在班级里屡见不鲜。

　　李晓茂心里总在抗拒，他希望用别的事来忘怀。比如，他如今十分热衷于跟分班之前的同学一起打乒乓球。再有，他时常去叨唠班里的一位闷葫芦。这人叫谢呈，之所以叫他闷葫芦，是他比李晓茂还要寡言少语，实在是闷极了。一下课，大家都会四下走动，与人说话聊天，唯独他好似没什么朋友，常常一人坐在板凳上，也不写题，也不看书，就自己发呆，还不曾见他笑过。

　　李晓茂对他来了兴趣，觉得他人一定不错。李晓茂第一次走近他时，他还在托着腮想着事情，李晓茂不管不顾，饶有兴趣地走到他身旁坐下，然后跟他说话。李晓茂高声阔语，可他不予理会。李晓茂觉得尴尬，但他并没放弃，厚着脸皮说起笑话，这几则笑话有些冷，是李晓茂刚从《故事会》里看来的，他并不抱什么希望，因为他说笑话的水平不怎么样，他就想说来试试，没想到谢呈冷峻的面容一下就绽开，最后竟不自觉地咧开嘴轻笑了几下。

　　谢呈原来并不像他认为的那样沉闷，他也能和人聊得欢乐，只是没人愿意搭理他，他也不愿意搭理人家，他是那种不愿意主动与人交际的性格，且不说他擅不擅长，本身他也懒得这样做，李晓茂问他为什么，他却若有所思地说，这样的事做多了并没有什么意义，朋友不用多，真心的一个就够。

　　李晓茂果然猜对了，眼前的谢呈正是值得他深交的朋友啊。

　　谢呈说："其实，你挺烦人的。"

　　"这话怎么能这样说，你蛮需要我的，我看你静静坐着，一定挺烦闷的吧。我可是你的'知心姐姐'啊，哈哈哈！"

"去你的。"

李晓茂笑岔了气。

"我才没有，我喜欢这样。"

"你为什么喜欢这样？"

"你管那么多干吗？"

"我这是关心你啊，好心当作驴肝肺。"

"不用你好心。"

"我知道了，你肯定是不好意思，咱们班男少女多。"

"笑了……这跟我有什么关系。"

"哈哈哈。"

"我还能被女生给束缚住？"

忽然，李晓茂一本正经地说："我觉得你很适合做我的朋友。"

谢呈一愣，随即呵呵一笑。他没有回答李晓茂的话，但这话即代表他对李晓茂的认可。班级里的大多数男生已经混作各个小派别，大多男生跟陈竹皇一道，他们的行为、言语、穿着相一致，李晓茂觉得他们就像街边上一群邋里邋遢的"小混混"。

所谓近朱者赤近墨者黑，脾性相投的人自然都是一个样式。像臭老鼠喜欢扎堆地下洞窟，他们一群人也爱如此。抽烟，耍帅，奇异的发型和服装，这一对比，倒与周遭的人像是来自两个不同的世界。也有略微"气味"的女生与他们一道，他们走在校园中，无不展示他们自以为成熟的外表与傲慢的姿态。

李晓茂曾看见几出滑稽的场景，在学校里的一处廊道内，几个高二的学生在地上打滚，陈竹皇就在其内，李晓茂并不懂他们在干吗，身旁与他并行的同学对他说他们这是在跳街舞。李晓茂心里想，什么舞蹈这么不堪，满地打滚，弄得衣服都脏兮兮的，回家不得挨爸妈的打？而且他们还喜欢把黑色外裤穿得特别低，露出颜色多样的内裤来。这些行为着实惊呆了李晓茂，他又想，如果他们的妈妈看到他们这个样子，会不会拿着鸡毛掸子跑来收拾他们。

天底下怎么会有这么巧的事，陈竹皇喜欢的女生竟然喜欢一副正经相的谢呈，这位女生叫林艺姗。谢呈五官是极佳的，完全招女孩的喜欢，班级不乏外向开朗的女生，林艺姗便是其一。偏偏这种偶像剧里的剧情发生在李晓茂的班级里，谢呈对林艺姗的热情并不买账，他是个有姿色的"天然呆男生"。林艺姗并没有因为谢呈的冷淡回应而浇灭了对他的喜欢，频繁地献殷勤。

林艺姗追求谢呈惹恼了陈竹皇。可陈竹皇却不敢找谢呈的麻烦，因为谢呈可是练家子，胸大肌和肱二头肌撑起短衣校服，饱满有形的体态，男生见了都要羡慕三分。

"正义的铁拳终究能战胜不可一世的邪恶势力。"这句话是谢呈顶喜欢拿出来说的，它出现在DNF游戏中一名角色的口头语中，被以套用在谢呈的口头禅上。

好在这事并没有升级成打架斗殴，因为谢呈的置之不理，识趣的林艺姗最终放弃，可却也看不上陈竹皇这样的类型。陈竹皇确实长得不怎么样，任凭他怎么胡搅蛮缠，林艺姗就是不为所动。

其实对谢呈而言，他早已心有所属，不是本班，而是高一时与他同座的同桌林时娟。这是他非常后悔的事，那时的他还只是单纯的暗恋，还来不及跟她告白，就因为分班的缘故相隔开外了。林时娟的学习比他优秀，选的理科班，还是在实验班。谢呈每每提及与林时娟同桌的回忆，都会腼腆地笑一笑，他说时，那双眼睛泛着灿烂的荧光。但事后，他眼中那束晶亮的光便会暗淡了去。

他没敢再去找她，他担心这学习的差距是一道遥不可及的鸿沟，对读书这件事，他即使拼了命地学习，也无法追上她的脚步。他也担心这只是自己的一厢情愿，所以他没再主动找过她，即使放学偶然间遇到，他也只是注视着她的背影不敢靠近。

谢呈曾在班上发过三次难以抑制的怒火。一股在陈竹皇的身上，自是那陈竹皇嘴贱，不知从哪儿知道了谢呈的事，在班级造起谢呈与林时娟不堪入耳的绯闻，惹得谢呈一拳打坏了他的下颚。

糟了，在这个时代的肮脏法则中，不管是谁先挑起的战斗，先下手打人的那方就是理亏的那方，嘴贱的行径反倒无什么罪过，祸从口出只是一句劝诫的俗语，而并非罪过。谢呈忍不住的这把怒火让自己陷入了麻烦的境地，对方家长愤愤地冲进学校办公室，老师站在家长身旁，仿佛与他们达成统一战线，对着谢呈就是一顿劈头盖脸的训斥。谢呈并不以为意，叉着口袋，蔑视地摇着头，任由老师无辨是非地羞辱和对方家长义愤填膺地谩骂。

李晓茂就不曾这么勇敢过，他敬佩谢呈的勇气，也敬佩他的实力。

谢呈与陈竹皇打架在人数上偏弱势，他在班里本就没什么人与他交好，李晓茂虽然站他这边，但对方人多势众，他只好埋着头坐在椅子上，他害怕受到牵连，害怕自己站队之后被陈竹皇他们故意针对，毕竟他只想安安稳稳地在这个班待两年，然后毕业。

即使敌众他寡，但谢呈这人不容他人小觑，谢呈从小练习散打，早已评级到散打七级段位，应对陈竹皇这方人的压势倒显得游刃有余。也正因为这次的打架，陈竹皇等人才不得不正视谢呈。他们要是早知道谢呈是练散打的高手，哪会不知死活找他麻烦。双拳难敌四手，谢呈的拳头还是受了伤，但对他来说只是些皮外伤，他的双手布满了厚实的老茧。

陈竹皇这次吃了大亏，谢呈却名声大噪，传遍整个学校。那林艺姗本来放弃追求，因这次谢呈所展现的男子气概和英勇武力，令她心中升起了崇拜之心。以她大大咧咧的性格来说，她是不会畏惧班级和年段的流言蜚语，她更加大胆地向谢呈示爱。虽然，谢呈依旧不太理睬她。

李晓茂有些后悔之前陈竹皇包围谢呈时自己没能为他做点什么，

这样也好博得谢呈的好感，他想明明之前与他交好，作为朋友，应该挺足义气，可自己怯弱地躲在角落里，到底是他需要朋友，还是谢呈需要朋友，想这些时，他内心生出一丝看不起自己的想法。

李晓茂认为陈竹皇那样的痞子在这次吃瘪事件之后绝不会就此善罢甘休地退去。

这第二把火与林时娟有关。林时娟有了男朋友，都说近水楼台先得月，与他同为尖子班的赵海升博得林时娟的喜欢。

这赵海升实在优秀，且家境富裕，理科实验班学霸，逢考必是榜上前三的位置。论学识，谢呈无法比拟。谢呈是文科生，成绩总在七八十的序列中徘徊；论运动，赵海升和谢呈还同为学校田径队的主将，两人竞赛不相上下。但论相貌和体格上，谢呈更胜一筹。

林时娟能选择赵海升还真是出乎大家的意料，谁都没能想到他们会在一起。前段时间，因为陈竹皇传出的绯闻，大家都认为谢呈与林时娟真的有男女朋友关系。

当谢呈得知这个消息时，李晓茂作为他的朋友见识到了他的颓废和自卑。或许谢呈在后悔没跟林时娟表白，也痛恨陈竹皇故意制造绯闻，使他颜面扫地，还让林时娟讨厌他，不过这都是他的内心在揣测罢了。他甚至还猜测林时娟定是受了这些影响才会同意赵海升的追求，与自己撇清干系。可就是这样，才令谢呈伤心难过，他想起与林时娟相处时的快乐，也想起林时娟对他的好，就更加埋怨起自己来。如今，再想鼓起勇气去追求她已然没什么可能了。

谢呈本以为自己再与林时娟有什么瓜葛了。没承想，赵海升无故挑起事端，惹得谢呈对他拳脚相向。

距离市田径赛还有一个月时间，学校要派学生代表去参加市田径个人赛，名额只有一个，再三商榷后，校队里决定让他们自己赛一次，以最优的成绩角逐出最佳人选。

这是一场公平竞争。赵海升的竞争对手便是谢呈，谢呈在田径运动的天赋要比赵海升强上一分，虽说赵海升实力不俗，人也非常勤奋刻苦，可谢呈总能压他一头。早在之前，他就与谢呈暗暗较劲。平日队里训练，谢呈总是用一副冷淡的姿态来回应赵海升，便是如此态度，才令他逐渐心生厌恶。他扪心自问，以他的优渥家境和无可比拟的骄傲，岂容他人瞧不上自己。赵海升的胜负欲十分强烈，他什么都想争得第一，自从谢呈加入田径队后，他的光芒全被他笼罩了。

他不服气。

他之所以追求林时娟，有一半的目的就在于他无法击碎的自尊心。他得知谢呈喜欢林时娟，于是，他想方设法博得林时娟的喜欢，正如他所愿，林时娟成了他的女友。

看着林时娟等自己放学，与自己一并离开，而谢呈的眼光里流露出一种落寞的神情时，他的心中填满了畅快的滋味。

这次比赛前，他故意激怒谢呈，致使谢呈对他挥拳击打。

赵海升的计划成功了，谢呈失去了比赛资格，还因为这次殴打他人的行为受到了学校警告处分。

李晓茂看着谢呈的拳头，那双饱受沙袋锤炼的坚硬拳头好似褪去了肉甲，变得柔软了许多。谢呈输得一塌糊涂。

谢呈过不了内心冲动这一关，事情并没有出现反转。即使田径教练再看好他，也取消不了他因为打人的行径而受到的处罚。

谢呈的第三把火便与李晓茂有关。陈竹皇近日愈发看谢呈不痛快，上次的事还没找回面子。四个人围攻谢呈都没能打过他，自己还受了伤，手臂骨折打了一个礼拜的石膏，他越想越气。陈竹皇因为父母的警告，忍住了一阵子，但每每遇见谢呈那副冷酷的脸，他的心情就极为不好。他听说谢呈把理科实验班的赵海升也打了一顿，心里突然生起莫名的害怕。

对于谢呈这方实力强劲的敌手，有了前车之鉴，他不会再傻到在班上对他动手了。

陈竹皇毕竟游走于各校之间，人际关系通达，朋友众多，他朋友一听他被揍惨了，急赤白脸地就想会会这个谢呈。

陈竹皇便拉帮结派，计划着在谢呈放学的必经之路埋伏起来，伺机对付他。人数占大优势，他就不信谢呈抵得住这波攻势。

然而，这消息却让在厕所蹲便的李晓茂听见了，本来李晓茂并不想惹上这个麻烦，但出于上次的愧疚以及与谢呈之间的友情，他硬着头皮偷偷告诉了谢呈，才不至于令谢呈陷入险境之中。

事后，陈竹皇的算计落空了，他们不知从哪儿获知这次行动的失败归结于李晓茂告密，气得他头都冒烟了。

陈竹皇胆敢在下课趁着谢呈去厕所的空档就对李晓茂破口大骂并出口恐吓威胁。李晓茂面对他们几人的抓耳揪领，无不表现极度畏缩和恐惧的神情来。

"你胆敢再跟谢呈告密，嘿嘿，那每天晚上堵的就是你了。"陈竹皇露出忽而愤怒忽而狡黠的面容。

这几日，李晓茂处在紧张害怕和惶恐不安的情绪中。

这一日，谢呈没有来学校。下课后，李晓茂被陈竹皇等人围住。

"你们要干什么？"

"嘿嘿！怎么！你不是很牛吗？谢呈罩不了你了，你不是很能说，说啊！"陈竹皇边说边用手甩李晓茂的头，言语和行为极具戏弄和蛮横。

李晓茂大气都不敢喘一下，任由陈竹皇的欺凌。

"弱鸡，菜狗。哼！"陈竹皇忽然气愤地打了李晓茂一巴掌。

打完后，陈竹皇深吸一口气，骂了一句转身走出教室，他身旁的人嬉笑着跟着他出去了。

李晓茂脸上的巴掌印清晰可见，他内心愤怒，可无法表现出来，他沉忍着拿出课本，眼泪不争气地流了下来，怕给同学们瞧见，他用书遮挡住自己的面庞。

下午，谢呈回到学校来，他从同学口中得知李晓茂每节下课都挨陈竹皇的打，由喜转怒，当即冲到陈竹皇的面前，凭他大块头和结实的肌肉，一把就将陈竹皇撂倒，按在地上打了好几拳，揍得陈竹皇嗷嗷叫，而那些平时跟在他身旁的"小弟"没有一个人敢上前阻拦。

　　谢呈恶狠狠地警告陈竹皇："你派人堵我的事我还没找你算账，你这又欺负到李晓茂头上来了，我劝你别玩火，不然对你没有好处，别动李晓茂听见没有？"

　　"听到没有？"谢呈扇了他一巴掌，语气凶狠。

　　陈竹皇的胳膊都快被谢呈抡折了，只得号叫着求饶。

　　"堵我，呵呵呵，可以啊，我跟你说，只要你没把我打残，下次就是我把你打残，你不要忘记，你人在学校里我都敢动手，更何况在外面，况且你总有落单的时候吧！再不济就跑你家里去。我跟你说，我可是个疯子。"

　　谢呈的威胁和强势令陈竹皇背后发凉，他知道自己再惹不起这号人了，因为谢呈是个疯子，一个不要命的疯子。

　　谢呈的这次行为明明白白地给李晓茂上了一课，做人一定不能软弱，一旦软弱就会遭他人欺负，忍得了一时，势必要承受更多的伤害，因此不要怂，就算拳头软，但只要不服输，像疯子，像猎狗一样撕咬对方，只要咬下对方一块肉，就一定会把对方的锐气戳伤，这样，才能赢得所属于你的尊严。

　　李晓茂看着谢呈，他真真切切地在他的身上看见了李良平的身影。

　　李良平也说过这样的话。

34

高三这年,气氛变得焦躁了起来,那是因为高考要来了。

百日誓师,令所有高三学子热情高涨,不少人投身于艰苦卓绝的奋斗中。

李晓茂不再迷茫和彷徨了,他收起玩乐的心思,专心投入到学习中,他清楚地认识到自己决不能再看见那张充满失望神情的脸庞了。

父母的腰杆好似有些弯曲了,不为别人,为家人,也为自己,他怎能失了这份期望和救赎。

晚自习间,一旦困意来袭,他便来洗手池泼水,他要让自己时刻保持清醒。他和陈幕比拼地理;和陈灵荷讨教数学,和谢呈比记历史;在寒冬深夜的回家路上,拿着小本英语书背诵单词;又在破晓之晨,于破垣废墟的石柱上诵读诗词。总之,一切余下的时间,他都拿来学习。

梁虹和那个胖子男生分了手,也分了桌,班级只剩下一对互相鼓励,为同考一所大学而努力奋斗的情侣了。

凛冬之风再次侵袭肃穆庄重的学校，自习教室里，一股暖流正顽强地迎击着。

当春暖花开之时，谢幕的时刻也离不远了。

35

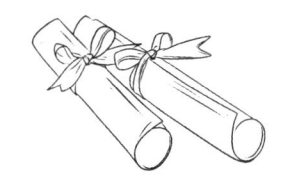

毕业会是一场即将离散的筵席。

领取毕业证的那天，班主任老陈如愿讲完最后一场生动的毕业演说，同学们陷入深深的回忆当中，每个人都在回忆着过往。

陈灵荷对李晓茂表白了，她说她要再不说出来，她会后悔一辈子，就像班主任老陈说过的话：青春不要给自己留下迷惘的遗憾。

她说她不需要李晓茂喜欢她，因为过了今天，她的喜欢就没有了，那份喜欢就可以埋葬在今时今日。她呀！她在为高中二年生活的最后时刻做一次深情的道别。

李晓茂会心一笑，与陈灵荷来了个大大的拥抱，这是他第一次拥抱女孩，这个女孩是那么的熟悉，又是那么的亲切，他感谢陈灵荷的喜欢，也感谢陈灵荷的陪伴。

晚上，大部分人参加了班级组织宴请的酒席，也有少部分人未去参与，他们似乎不在乎这样的宴席，他们中有些人甚至退出了QQ群。

宴席上，那些平日要好的同学们一起向班主任老陈敬上酒杯，感谢班主任老陈辛勤的付出。

饭后，大家又轮流向班主任老陈敬酒，敬酒时与其合影。老陈忙碌着，满脸承载着数不胜数的欢笑，李晓茂跟在其他同学的身后，他端着酒杯，等待与班主任老陈的碰杯，可同学们太热情了，他顾暇不及。轮到李晓茂时，却因为这些女同学忽然的拉揽，老陈便起身与她们合照，李晓茂端着酒杯尴尬地愣在原地。

李晓茂笑了笑，举杯晃了个动作，仰头独自饮了去，然后他回到了自己的位置上。

今晚，谢呈并没有来，陈灵荷也没有。李晓茂摇摇头，自顾自说，说了一句："真是奇了怪了。"

李晓茂觉得他该走了。于是，他起身穿上皮袄，穿过正在举着手机自拍的同学，绕过门柱的转角处，老陈还在与同学笑说着过去的事迹。

李晓茂对着班主任老陈的方向轻声地说了句："陈老师，我先走了！"

老陈并没有回复他。李晓茂走过廊道，迈过玄关，径直下了楼。当他站在酒店门口时，他感受到冷夜的寒意，这明明是夏天，为何会这般清冷，连他自己也想不明这层凉意。

哦！原来刚才下了场小雨。

36

　　终于毕业了，李晓茂迎来了自己的十八岁生日，但这个十八岁并没有得来祝福，它回了趟老家，匆匆地办了一张身份证，而后赶回到厦门。他并没有回到李溪村，派出所在镇上，即使离家乡不远，他也不太想回去。他心中有些许彷徨和急促，想是因为，家乡没有值得眷念的人了吧，爷爷在他高二时离世了。又或许是因为那些情谊随时间的流逝已然淡化了吧。他在想，如果回去了，见到了他们，自己该说些什么？那是怎样的一种尴尬境地。他不记得自己多久没回去了，得有三年了吧！

　　爸爸说：去打暑假工吧，人也长大了，该学会挣钱了，挣钱买些自己喜欢的东西吧！

　　李晓茂回绝了爸爸让他进家里工厂打工挣钱的恳求，他决心不想再回到那儿，他决心要去外面看看，他是斩钉截铁地回绝了他的爸爸。

　　李晓茂想：他要拥有一部自己的智能手机，余下还有闲钱，他要请父母吃一顿大餐。

很早以前他就想要一部手机，他想起高二那会儿，班里许多同学都有自己的手机，他们下课经常偷偷拿出手机玩耍，有玩游戏的、听音乐的、看小说的，他极羡慕他们。很长一段时间里，班里在各种攀比自己的手机。

爸爸通过朋友的介绍，给李晓茂安排一份服务员的工作。这家店是爸爸朋友开的餐饮店，在毅宏大厦下，位于莲前西路的一条繁华街道，街道为东西走向，人来人往，还有一座天桥。这家店卖的主食为牛肉面，生意红火，无论在哪个时段，都会引来路人进餐。

第一次去的时候，李晓茂十分紧张，坐在椅子上拘谨地看着店内用餐的客人，爸爸正与他朋友交流着。临近十点时，他们好似达成什么协议，爸爸让李晓茂好好跟着老板，嘱咐他做事勤快别偷懒。三言两语，爸爸就因为急事要走，匆匆道离了去。

店内只剩下李晓茂和老板，他一时慌了神，不知所措地拘在座位上。他第一次要在这个陌生的环境里做事，哪能不提心吊胆。

爸爸一走，店内的客人好似也多了起来，李晓茂在老板的招呼下，开始收拾店内客人用餐结束后的餐具。他还是有些放不开手脚，做事时格外小心翼翼，蹑手蹑脚。

这家店并不大，大约五六十平的空间，两旁摆满了桌椅，过道狭窄，略显得拥挤。老板人很和善，脸上总挂着笑容，客人一进来就热情地招呼。老板娘从后厨走出来，额头上的汗水和脸颊上的温润足以见得她的辛劳。这个天十分闷热，即使有大风扇吹着，后厨的温度也能使人大汗淋漓。

中午时段是店里最忙的时候，李晓茂还不能完全记住菜单，但好在餐桌上有菜谱，客人点什么，他就记什么。客人点的餐食大多是菜单上的前几样，尤其是招牌菜。李晓茂第一次进店时，就给菜单上的价目表惊住了，因为那上面的价格特别贵，最便宜的一份都要15元，其余则要二十以上。一碗小菜也特别贵，例如拍黄瓜 12 元一份，凉拌海带丝 10 元一份，平常人独自进店吃饭是无法点上两三样的。有些人路经此地来吃饭，会觉得这小店装潢朴素，心想价格应该实惠。可等坐下看完菜谱却迟迟选不定吃什么，他们的眼睛快速在菜谱上浏览，脸色愈发难看，说话更是吞吞吐吐，想是价格高昂，装作抉择犹豫，又碍于面子，不敢慌然离店。故而店里最畅销的便是那碗 15 元一份的"招牌牛肉面"了。

李晓茂还是第一次做服务员，工作从十一点开始，之后便再也没有停歇过了。客人络绎不绝，他手忙脚乱了一个中午，两点多时，店里的客人才逐渐减少，这时他才突然发现自己的双脚酸痛得厉害，这比他每年暑假帮家里工厂干活都要累人。

他累到疲倦发困，可却没有地方打盹，三时，店里再没什么客人了，老板让他坐下歇歇，接下时间要闭店一个多小时，他可以趴在餐桌上眯一会儿。

老板看出李晓茂的疲惫，说："做这行这就是这样的，从早到晚不说，全年还无休，挺累人的，不过能磨炼人的意志，我看你挺不错的，加油，小伙子，慢慢适应，习惯了就不会这么难受。"他拍了拍李晓茂的肩膀，转头钻进厨房去。

还不到五点，店门又重新打开了。轮到老板在后厨，老板娘来店内招呼客人，除此之外，她还要负责收银。店虽不大，可生意兴隆，老板和老板娘看起来还很年轻，他们待人时亲切友善，来店进餐的客人大多数都是回头客。这家店的牛肉面在这商圈附近可是一绝，来此光顾的客人多多少少沾着味道来的。

李晓茂强打起精神，晚上的用餐时间更长，直至十点，依稀见得零零散散的客人，十一点之后还有吃夜宵的客人。

但老板不会让员工坚持这么久的，九点半时，李晓茂就能歇息了。

爸爸给李晓茂找的这份工作，既包吃也包住，虽然工资少了些，但已经比其他工作要来得好些了。每年打暑假工的高中生有很多，这不乏还有大学生，所以想找一份暑假工属实不容易，只是李晓茂并未意识到这点，他心底抱怨工作乏累，身心都受到了折磨，但他不会表现出他的不满，因为他有他的期待和愿望。

第二天醒来，腰骨、大腿及脚踝传来的酸痛感让李晓茂连下楼都要小心翼翼地扶着栏杆走。昨晚，李晓茂睡得昏沉，翌日，迷迷糊糊地早起。他虽不想起床，可这并不是在家中，也不是周末，他不能失了尊严。

老板派给他一项新的任务——外出送餐。店里还兼做外卖生意，但店内太忙，后厨也需要人手，不能走开。平时都是老板提着篮子，开着小电动车去送餐，而老板娘就会来前台负责点餐服务，两人交替换岗，不忙还好，忙时则慌乱。后厨有另外一位大厨掌勺，配有小学徒，各自分工做事，大厨掌勺，负责做菜，小学徒做配菜、洗菜、清理厨房之类的活。

以往，店内活计由老板一人负责，李晓茂作为服务员倒显得有些多余，所以老板决定让他代替自己去送餐，好缓解后厨与店内交接班的压力。送餐是份苦差事，因为李晓茂还控制不了那辆小电动车，老板只能先让他徒步去。

夏天的温度总会令人焦躁不安，李晓茂却觉得自在，在外走动好过长久站在店内来得舒服，店里虽有空调，但这狭小的空间待久了会使人产生烦闷的心情来。

天虽炎热，但目之所及还有碧空和绿树，偶尔还有凉风吹拂。李晓茂老早就想在附近走走，可下了班就又累又困，没有闲心思游晃，而且从早到晚离不得饭店，自是那份闲情雅致也随意不得发出。

他提着篮子，迈着沉稳的步伐，哼着小曲，不时有微风吹拂，好不自在。他要去的是一座矮平建筑楼群，相比马路对面的高楼大厦，这处地方倒像是新农村的小平楼。小平楼已有50年的历史，厦门多是这样的建筑群，不过为了发展，好多破损严重的小平房都没入了爆破的尘埃中。

李晓茂原以为送餐十分轻松，可当他步入这种老式的建筑群内，一户挨着一户地找寻，一梯接一梯地攀爬，他小时候不觉得爬楼梯是件累人的事，现如今，才不过爬了六层楼就觉得乏累，更何况还要来来回回数十趟。

那些处在高楼大厦的白领也爱点牛肉面，但他们通常点十几份单，这就得分两三次来送，虽然是同一栋楼，且有电梯，可装得满满一篮子，对李晓茂这副瘦弱的身躯来说，无疑是份艰巨而困难的任务。

李晓茂不得不适应那辆难以控制的电动车了，稍微一拧控制转把手，那车就如脱缰的野马一下飞驰出去，根本不给人以缓冲或是等待的机会。往往刚启动，身子就能仰后成四十五度角，更别说控制它缓缓前行。又怕篮筐绑在电动车后座会使得篮筐内的打包盒因颠簸而泻出汤汁，影响客人用餐。所以，李晓茂必须一手控车，一手抓篮，这又使得骑行难度增加了好几倍。李晓茂苦练了几个晚上，终于不至于让车摇来晃去。

但行车哪有安全可言，路况瞬息万变，稍有不留意，这该死的小破车就能因重量不平衡导致倾斜，冲出马路或撞到护栏。近处送餐还好，远处可就难了。有一回，李晓茂要去离店五公里的地方送餐，穿车水车往的大马路，爬倾斜的高坡，还挤进熙熙攘攘的菜市场，到目的地时，三份餐盒已经泻出了汤汁，有一份餐盒还因挤压严重导致扭曲变形了。李晓茂面露难色，望着客人，窘在原地，不知如何是好。幸而，客人善良，看李晓茂年轻气茂，慌神慌色，满脸汗粒，一副窘迫难堪、颓丧无奈的样子，只是抱怨了几句，没有为难李晓茂，至于这位客人今后是否还点这家的外卖就难说了。

这样的打工生活太苦了，李晓茂曾想过放弃，但当他偶然路过菜市场，见到一位拼命在推销洗鞋喷剂的小伙子。那个小伙子的脸上总是充满笑容，他给路过的行人一个劲地推销自己的产品，尽管遭人嫌弃，挨人打，他也依旧笑脸相迎，不放弃不退缩。他为讨行人的注意，甘愿弯腰主动求人试试，如有人愿意了，他便立刻跪地，拿出小板凳，捧起客人的脚，像对待金宝贝一样的态度，喷剂、擦拭、洗刷、抹摸，一套行云流水的动作下，一双崭新的鞋子立时呈现在客人的眼中。他这样热情到痴狂的状态总能令人心甘情愿掏钱买他产品。李晓茂觉得自己完全无法如他一样，放下一切，舍去尊严，磨掉自己的棱骨，换取如他一样的"自信"和成功。

生活艰难，每个人都在辛苦地活着。

为了生活，大人起早贪黑拼命工作，只为赚钱养家；为了考上好学校，小孩拼命读书，以一纸好成绩，换取未来成就。

一位残疾人倚在小木车上向过路的行人推销自己的木扇子。地摊上，一位年轻漂亮的姐姐在为客人试衣服，只要有人来到她的摊前，她都会起身卖力地介绍着自己的产品。

所以，李晓茂不再觉得自己的生活充满艰辛，与他们相比，这不算得了什么，更何况，他只是来尝试假期的工作，他还可以去上学，做自己想做的事，选择自己今后的人生。

大家都在为生活妥协，又在用力讨生活。李晓茂终于长成了大人，他用成年人的视角看这座城市，成年人的生活里没有容易。

李晓茂瘦得可怜，好似他天生就这样瘦骨嶙峋，弱不禁风。整个假期，他都沉浸在自我提炼的苦修中，他难得明白怎样走好自己的人生路途。城中生活的每一步，他都要付出辛勤的汗水，才足够应对好今后的生活。他在逐渐适应的过程中体会人情冷暖，也在逐渐适应的习性中学会了沉默，越长大越不快乐。

他站在街巷中，一家钢琴店里传来了钢琴声，悠扬清脆的琴音飘进李晓茂的耳朵里，那是饱含着热烈生活的律动音曲。

37

　　李晓茂考上了大学，这是他梦寐以求的。可也意味着他要离开厦门，去往其他的城市。对于这座城市，他已相知相熟，融入情感当中，厦门成了他的第二故乡。

　　他生活在这里，体验了半数人生的人情冷暖。年少时，他匆忙闯入尚未了解的城市；成年后，他又要远离它，赴异地求学。这座年轻的城市让他的父母经历了不少苦难和忧愁，他恰是遭了边缘的罪，连带着切身体会了少时短暂的人世浮沉。犹记得，搬家十有余次，意用颠沛流离来形容，尚不为过。

　　装拾行李，把愿想留在心中，百般不舍地离开父母。

　　在动车站外别离。

　　启程了哟！

　　人生又即将踏上另一重境地，前路未知，人亦迷茫。

　　遥远的车程，比少时第一次进城的路还要遥远，不禁想到往后年间只剩自己孤军奋战，就像爸爸成年时，别离了故土，独自踏上旅程，来到陌生的城市拼搏。

在奋斗的岁月里缅怀过去，在寂寥的生活里展望未来。

动车上，李晓茂遇到了同上一所大学的同学，两人一见如故，友谊的联结此刻汇聚。不知道哪位诗人说过这样一句话，在外莫要彷徨，无论走哪，总有人与你心心相印。

北浙一带，还未过夏至，气温已上升到三十度。李晓茂穿着一件乘凉的卡通印花款短袖，提着行李箱，背着包，穿梭在人来人往的火车北站口。

走走停停，兜兜转转，疲惫奔波。

当他站立在辉煌气阔的校门前的那刻，李晓茂举目环望，不由得感慨万分：余下的四年光景，人生的第二阶段将从此开始。

忽而一抹亮丽的景色展露眼前，一群披着秀发、穿着短裤的漂亮女孩拉着行李箱缓慢走进校门口。

"喂！哥们，在看什么呢？"他身旁从起初就与他同道而行的男生碰了他肩膀一下。

李晓茂从愣神的状态中回转过来，挠挠头，害羞地说："没……没什么。"

这男生坏笑一声："哈哈，懂，都懂。"

而后，他与李晓茂拉着行李一同迈入那辉煌壮阔的大学校门。

38

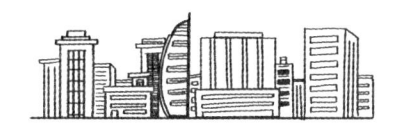

　　从一座城,到下一座城,再到下一座城,城在变,人也在变,至于变成什么样子,平心而论,这并不重要,重要的是旅途中体验的喜怒哀乐与悲欢离合。

　　不管遇到什么人,经历什么事,大起大落也好,平平淡淡也罢,朝前看去,天高地阔,山花烂漫,接受现在的自己,过好当下,及时行乐,心底舒坦就好。

　　毕竟,这路还远……